Chères lectrices,

Vous avez certainement remarqué que la dentelle est un élément indispensable de la lingerie féminine. Balconnets festonnés, petites choses ajourées, caracos faussement sages et jarretières sophistiquées — la dentelle apparaît partout où l'on recherche à la fois le raffinement et la sensualité. Et cette tradition ne date pas de notre époque. Bien avant que les publicitaires ne s'amusent à afficher en grand format les « Leçons de séduction » d'une marque bien connue, les femmes ont joué de la vision fugitive de leurs dessous de dentelle pour allumer l'amour dans la prunelle des hommes. Le temps n'est pas si loin où, pour inviter un homme à lui faire la cour, une femme laissait malencontreusement tomber son mouchoir brodé — qui devenait alors la toile arachnéenne dans laquelle le cœur se laissait capturer. D'ailleurs, le mot « dentelle » vient du latin « attraper ». Et c'est ainsi que, dans les esprits, la dentelle fut rapprochée du sentiment amoureux et du désir… et qu'elle vint orner les toutes premières cartes de la Saint-Valentin.

Car c'est là que je voulais en venir, bien sûr ! C'est le bon mois pour ça, non ?

Alors bonne fête, Valentines, et bonne lecture !

La responsable de collection

Sur la route de Monroe

MARGARET WATSON

Sur la route de Monroe

ÉMOTIONS

éditions **Harlequin**

Cet ouvrage a été publié en langue anglaise
sous le titre :
HOMETOWN GIRL

Traduction française de
JULIETTE BOUCHERY

HARLEQUIN®

est une marque déposée du Groupe Harlequin
et Émotions® est une marque déposée d'Harlequin S.A.

Photos de couverture
Paysage : © GUY EDWARDES / GETTY IMAGES
Femme : © CHAD JOHNSTON / MASTERFILE

Toute représentation ou reproduction, par quelque procédé que ce soit, constituerait une contrefaçon sanctionnée par les articles 425 et suivants du Code pénal.
© 2005, Margaret Watson. © 2006, Traduction française : Harlequin S.A.
83-85, boulevard Vincent-Auriol, 75013 PARIS — Tél. : 01 42 16 63 63
Service Lectrices — Tél. : 01 45 82 47 47
ISBN 2-280-07958-5 — ISSN 1768-773X

Prologue

Les deux petites filles fuyaient, poursuivies par les voix furieuses qui s'élevaient dans la maison.

— Vite, Claire ! haleta la plus grande en secouant la main de sa sœur. Plus vite…

Des larmes de frayeur roulant sur ses joues, la petite Claire, âgée de neuf ans, galopa vers le bois situé au fond du jardin. Sous les arbres, le sentier était à peine marqué, mais elle en connaissait les méandres. Bientôt, elle put se jeter sous le petit abri de branchages qui était leur repaire secret. Le lieu où elles se terraient quand leurs parents se mettaient à crier, et que les coups commençaient à pleuvoir.

Janice la tira à l'intérieur et passa le bras autour de ses épaules.

— Ici, ils peuvent pas nous trouver, affirma-t-elle avec toute l'assurance de ses douze ans.

Frémissante, Claire s'accrocha à elle en tendant l'oreille. Personne ne venait ; elle se détendit un peu, s'essuya le nez sur la manche de son pull et se blottit plus étroitement contre sa sœur.

— Elle a peut-être trouvé le fort, murmura-t-elle d'une voix tremblante. Elle va peut-être venir nous chercher.

Si le visage furieux de leur mère s'encadrait dans l'entrée de leur fort, elle ferait pipi dans sa culotte. Et maman crierait encore plus.

— Elle ne vient jamais dans les bois, répliqua Janice. Lui non plus.

— Ils vont nous trouver, Janny, reprit-elle dans un sanglot. Ils vont venir !

L'haleine de son père aurait cette odeur bizarre qu'elle détestait, et son regard serait fixe et méchant. Il retirerait alors sa ceinture…

Elle serra les paupières de toutes ses forces.

— J'ai peur, gémit-elle.

Un éclair de colère jaillit des yeux de sa sœur, sa bouche se crispa, puis elle déclara, avec beaucoup de tendresse :

— Je sais, Clairon, mais il ne faut plus avoir peur. Je vais m'occuper de toi. Je m'arrangerai pour qu'elle ne te crie plus dessus. Et lui, il ne te fera plus de mal. C'est juré.

L'humidité du sol imprégnait lentement le jean de Claire. L'après-midi d'automne était frais, mais elle n'avait pas trop froid, tant qu'elle se serrait contre Janice.

Les voix lointaines, dans la maison, s'étaient tues. Le temps passa, la lumière verte du sous-bois se ternit, ses paupières s'alourdirent. Réconfortée par la chaleur du corps de sa sœur, elle oublia d'avoir peur. Quand le crépuscule tomba, elle dormait profondément, serrant dans sa main un pan du pull de Janice.

Claire Kendall fixait le trou béant dans la terre noire. Elle ne voyait ni le cercueil de sa sœur, ni le visage de Nick, son neveu, ni les inconnus groupés autour d'eux. Dans son esprit, deux petites filles fuyaient perpétuellement une maison sombre pour se réfugier dans les bois.

Elle sentait encore le parfum lourd des feuilles mortes et de l'humus ; elle entendait sa grande sœur lui chuchoter que personne ne lui ferait plus de mal. Et c'était terrible de comprendre, avec le recul, que Janice avait tenu parole. Ses parents ne l'avaient plus jamais touchée : ils avaient préféré s'en prendre à l'aînée, l'insolente, celle qui affichait ouvertement le mépris qu'il lui inspiraient. Janice leur avait tenu tête, elle avait encaissé les coups en les insultant ; pendant ce temps, Claire s'était faufilée de pièce en pièce, s'efforçant de passer inaperçue, petite souris malade de terreur et de culpabilité.

Janice l'avait sauvée… sans pouvoir se sauver elle-même. Son comportement autodestructeur s'était soldé par une grossesse à dix-sept ans ; elle s'était enfuie de la maison sans jamais révéler le nom du père de son enfant. Depuis seize années maintenant, Claire avait rarement eu de ses nouvelles… jusqu'à ce coup de fil, tard dans la nuit, quatre jours plus tôt. Une voix inconnue — celle d'un « officier de la police municipale de Monroe » — lui avait appris que sa sœur venait de trouver la mort dans un accident de voiture. Comme on ne lui connaissait pas d'autre famille, Claire était dorénavant responsable du fils de la défunte. Si elle ne se rendait pas immédiatement à Monroe, le garçon serait placé dans une famille d'accueil.

La voix monocorde qui bourdonnait à ses oreilles se tut, et Claire reprit subitement pied dans la réalité. Le pasteur la regardait. Il semblait attendre quelque chose. Elle se creusa la tête pour retrouver ce qu'il venait de lui dire.

— Tu dois prendre une fleur, marmonna Nick en lui jetant un regard noir. Mais si tu t'en fiches…

Il se tut, et un muscle tressauta sur sa mâchoire ; arrachant une rose à la couronne la plus proche, il la serra brutalement dans sa main et la lança dans la tombe ouverte. Claire vit une goutte de sang s'épanouir sur sa paume à l'instant où il refermait le poing.

Elle choisit un bouton qui s'ouvrait à peine, le laissa doucement choir sur le cercueil, et se détourna en cherchant à l'aveuglette la main de Nick. Le garçon s'écarta brusquement et s'éloigna sans la regarder. Elle le suivit, la tête basse.

Leur mouvement donna le signal du départ. Un murmure parcourut la petite foule, et un lent mouvement s'amorça vers les voitures. Claire, qui ne s'attendait pas à voir tant de monde, fut surprise par le nombre de personnes qui vint lui présenter ses condoléances.

— Merci d'être venus…, répondait-elle machinalement.

Certains lui pressaient la main, une ou deux femmes tinrent à l'embrasser. De plus en plus mal à l'aise, elle ne put répondre que par un sourire crispé.

Quand la dernière portière claqua, elle se tourna vers Nick en cherchant maladroitement ce qu'elle pourrait lui dire.

— Tu as faim ? demanda-t-elle enfin. Tu veux qu'on aille manger quelque chose ?

En quatre jours, elle avait appris au moins une chose au sujet du garçon : il avait *toujours* faim. Il réagit par un haussement d'épaules, qu'elle choisit de prendre pour un oui.

— Tu as envie d'aller quelque part en particulier ?

— Je m'en fiche.

Il restait planté devant elle, les mains dans les poches, le visage fermé. Elle lutta contre une bouffée de panique. Nick était désormais sous sa garde. S'il refusait de lui dire ce qu'il voulait manger, comment allaient-ils parler de sujets plus importants ?

« Surtout, surtout, s'ordonna-t-elle, ne pas perdre patience… »

— Il y a un restaurant en ville, dit-elle. Ça ira ?

— Ouais.

La tête basse, les épaules voûtées, il la suivit jusqu'à la voiture.

Ils n'échangèrent pas un mot pendant le trajet. Claire regardait Monroe défiler devant son pare-brise. Tout, ici, lui rappelait un passé terrible. Ce n'était que pour quelques jours, se répétait-elle. On peut endurer n'importe quoi pendant quelques jours. Dès qu'ils auraient emballé les affaires de Nick, ils partiraient d'ici pour toujours.

Il faisait frais dans le restaurant. La décoration datait des années 70. Une très jeune serveuse prit leur commande, ses yeux ronds d'oiseau brillant de curiosité. Sans doute connaissait-elle les histoires qui circulaient au sujet des Kendall…

Cela dit, ses parents étaient morts depuis longtemps, et on ne pensait sans doute plus à eux… Mais à l'époque, tout le monde était au courant, dans le voisinage. Quand les fillettes passaient, on chuchotait en détournant les yeux. La mort de leur père, ivre au volant, était venue couronner une vie de brutalité stupide. Pour les braves gens du bourg, l'accident de Janice s'inscrivait sans doute dans la même lignée. Elle, au moins, les ragots ne pouvaient plus l'atteindre.

Leur commande passée, Claire se pencha vers Nick.

— Combien de temps crois-tu qu'il te faudra pour faire tes bagages ?

Il fronça les sourcils avec un regard de défi.

— Pour aller où ?

— Pour rentrer à Chicago, bien sûr, répondit-elle en s'efforçant de ne manifester aucune impatience. C'est là que j'habite. C'est là que tu vas venir vivre avec moi.

Quand il prenait cette expression butée, il ressemblait plus que jamais à Janice.

— Moi, je ne vais pas à Chicago ! protesta-t-il. Je reste ici. Ma mère voulait que j'habite Monroe.

— Tu ne peux pas rester ici. J'habite Chicago.

— Alors retournes-y, personne ne t'en empêche !

— Je ne peux pas te laisser ici !

— Pourquoi pas ? Je ne suis rien, pour toi.

Il écrasait un petit pain sur la table, et le réduisait progressivement en miettes.

— Tu n'es… Mais tu es mon neveu ! Le fils unique de ma sœur. Je veux m'occuper de toi.

Il laissa échapper une petite exclamation ironique.

— C'est ça, je vais te croire ! Si tu tenais tant à moi, il fallait venir quand maman était encore là !

Cette franchise brutale n'aurait pas dû la surprendre : Janice disait toujours exactement ce qu'elle pensait.

— Ta mère et moi, nous avions des rapports… assez compliqués. Elle ne voulait pas venir chez moi.

— Tu n'as jamais cherché à la voir, riposta-t-il avec un regard de mépris.

— Je vous ai invités très souvent, tous les deux. Ta maman trouvait toujours une bonne raison de refuser.

12

— Tu crois qu'elle allait se traîner à genoux devant sa sœur riche ? Maman ne supportait pas qu'on nous fasse la charité !

Claire recula comme s'il venait de la frapper. Etait-ce ainsi que Janice la voyait ? Comme une femme riche qui faisait pleuvoir ses bienfaits sur sa ratée de sœur ?

— J'aimais ta mère ! Elle était ma grande sœur.

Blessée et furieuse devant tant d'injustice, elle dut faire appel à toute sa volonté pour retenir ses larmes. Sa vue se brouilla, adoucissant le jeune visage hostile qui lui faisait face, lui donnant un peu des traits de Janice.

— Elle a pris soin de moi quand j'étais petite, bredouilla-t-elle. Mais chaque fois que je lui ai demandé de venir me voir, elle était trop occupée.

Il soutint son regard en se penchant vers elle. Cette intensité aussi, il l'avait héritée de sa mère.

— Bien sûr qu'elle répondait qu'elle était trop occupée, assena-t-il. Qu'est-ce qu'elle pouvait dire d'autre ? « On aimerait beaucoup venir, mais la voiture n'est plus en état depuis la semaine dernière, et on n'a pas assez d'argent pour faire le voyage en car » ?

Il avait dit cela d'une voix maniérée ; elle se demanda s'il cherchait à imiter la sienne. Face à tant de rancune et de colère, elle sentit une tristesse affreuse s'installer en elle.

— Je ne savais pas, murmura-t-elle. Ses refus me faisaient de la peine, et je n'ai pas cherché plus loin. Je regrette… Tu es libre de ne pas me croire, mais je regrette terriblement, Nick. J'aurais dû faire davantage d'efforts pour vous voir, tous les deux.

— Oui, bon, on s'est débrouillés sans toi. Tu nous as pas manqué.

— Ça aussi, je le regrette, dit-elle tout bas. Vous, vous m'avez manqué. Tu n'avais que dix ans, la dernière fois que je t'ai vu.

13

— Je n'ai plus dix ans, je peux me débrouiller. Retourne dans ta belle maison et reprends ton super job à Chicago. Moi, je reste à Monroe.

Cela ne leur apporterait strictement rien, ni à l'un ni à l'autre, si elle se mettait en colère. Elle ne ferait que le braquer davantage. Par chance, la serveuse arrivait. Claire ferma un instant les yeux et murmura :

— Voilà notre repas. Nous en reparlerons plus tard.

— Quand est-ce que tu retournes à Chicago ?

Affalé dans l'un des fauteuils du salon, Nick levait vers elle son habituel regard de défi.

— Je n'irai nulle part sans toi, Nick, dit-elle en luttant pour garder son calme.

C'était un adolescent de quinze ans, presque un homme, mais il venait de perdre sa mère et l'enfant dominait en lui.

— M... Alors tu iras nulle part ! rétorqua-t-il avec dédain. Parce que moi, je bouge pas d'ici.

— Ne sois pas grossier avec moi !

La colère monta en elle, alimentée par la panique. Elle ne pouvait pas rester à Monroe ! Le souvenir de leurs anciens voisins lui sauta au visage — ces gens qui prenaient un air effaré pour commenter ce qui se passait chez les Kendall, sans jamais lever le petit doigt pour faire cesser les sévices et protéger les petites filles... Quand le visage méprisant de son ex-mari s'ajouta à la galerie, le souffle lui manqua et elle dut se détourner pour cacher son visage.

— Je t'ai pas insultée, répliqua-t-il. Je t'aurais insultée si je t'avais traitée de quelque chose. J'ai juste dit « M... », rien d'autre.

La colère de Claire retomba.

— Bien rattrapé, observa-t-elle en souriant malgré elle. Janice ne se plaignait jamais de vivre avec un gosse trop malin ?

L'expression de Nick se fit orageuse, et elle vit trembler ses lèvres.

— Ma mère s'est jamais plainte de vivre avec moi. Elle a jamais dit que j'étais trop malin.

— Je suis désolée, Nick, soupira-t-elle. Je sais bien que Janice t'adorait. J'essayais juste de plaisanter, pour alléger un peu l'atmosphère.

— Oui, bon, c'était pas très drôle…

Il s'arracha à son fauteuil, redressant ce long corps maigre et maladroit qui s'étofferait dans les mois et les années à venir. Quand il se plantait devant elle, il la dominait d'une bonne tête.

— Je serai dans ma chambre, si tu veux me dire au revoir.

Le cœur de Claire se serra tandis qu'elle le regardait monter l'escalier. Il boitait davantage, ce soir. Sa faiblesse congénitale de la hanche avait été opérée alors qu'il n'était encore qu'un bébé, mais l'articulation ne serait jamais tout à fait normale. Il faisait de gros efforts pour dissimuler sa démarche inégale. Sa porte claqua. Quelques instants plus tard, elle entendit Eminem, à plein volume.

Il serait horrifié s'il savait qu'elle aimait Eminem.

Fourrant les mains dans les poches de son pantalon bien coupé, elle erra de pièce en pièce en essayant de repousser l'assaut des souvenirs. Comment Janice avait-elle pu choisir de revenir ici ? A la mort de leur mère, au printemps précédent, elle l'avait surprise en annonçant qu'elle voulait la maison. Presque sans explications : il leur fallait davantage de stabilité, pour le bien de Nick.

Adossée au plan de travail de la cuisine, Claire contempla par la fenêtre le petit bois qui montait la garde au fond du jardin, à la fois ombrage et refuge. Si elle y entrait, trouverait-elle encore une trace du fort de branchages qu'elles avaient construit ? Bien sûr que non. Après tant d'années… Il n'y avait plus de fort, et plus de Janice.

Ce qui restait, c'était cette maison, bizarrement identique à elle-même. Le mobilier était plus élimé, les couleurs plus fanées, mais à part cela, rien n'avait changé. Le motif rouge du formica blanchi par l'usure, les placards de bois sombre au vernis éraflé, et ces appareils électroménagers qui dataient de son enfance.… Le passage de Janice avait bien laissé quelques traces plus gaies, comme ce vase de fleurs séchées sur la table, ou ces torchons bariolés accrochés près de l'évier. En dehors de cela, c'était exactement la cuisine dont elle se souvenait.

— Pourquoi es-tu revenue à Monroe, Janny ? chuchota-t-elle. Comment as-tu supporté de vivre dans cette maison ?

Les fantômes de ses parents hantaient chaque pièce, l'écho de leurs voix furieuses rebondissait encore sur les murs, et elle entendait encore l'impact des coups. Jamais elle ne pourrait dormir ici.

Dix ans plus tôt, elle était partie en se jurant de ne jamais revenir. Plus tard, après la mort de son père, sa mère et elle avaient plus ou moins fait la paix, mais elles se voyaient rarement, et toujours à Chicago. Et voilà qu'elle se retrouvait piégée dans la maison du malheur, sans pouvoir convaincre Nick de lever le camp.

Pourtant, ils n'habitaient ici que depuis trois mois, quand Janice était morte ! Ce ne devrait pas être si difficile de le déloger… Son appartement, dans le quartier de Lincoln Park, était assez grand pour les accueillir tous deux. Les adolescents étant flexibles, Nick s'adapterait.

Ce serait même parfait pour lui. Il entrerait dans la meilleure école privée de la ville, à quelques rues seulement de l'appartement. Il aurait une excellente éducation, bien supérieure à celle que proposait le lycée de Monroe. Il se ferait des amis, participerait à toutes sortes d'activités. Grandir à Chicago, n'était-ce pas une aubaine pour un adolescent ?

Sans doute… Mais ce n'était pas ce que demandait Nick, murmura une petite voix obstinée dans sa tête.

D'ailleurs, elle n'avait aucune idée de ce qu'il voulait vraiment, car elle le connaissait à peine. Arrachant un coussin du canapé, elle le jeta contre la cloison, atteignant un cadre qui tomba dans un grand fracas de verre brisé.

— Parfait. J'ai toujours détesté ce tableau, marmonna-t-elle.

— Qu'est-ce qui se passe ? demanda Nick du haut des marches.

— Rien ! cria-t-elle en retour. Rien du tout !

Penché par-dessus la rampe, il contempla fixement le cadre disloqué.

— Qu'est-ce qui te prend ? Tu démolis ma maison ?

Elle eut envie de lui rappeler que la maison leur appartenait à parts égales, mais heureusement, elle parvint à se taire. Une personne immature ici, c'était amplement suffisant.

— Je ne démolis rien. Le tableau s'est décroché du mur. Le cadre tombait en miettes, de toute façon.

— C'était mon tableau préféré, dit-il en braquant son regard noir sur elle.

Elle jeta un œil critique à la nature morte, avec ses fruits ternes et poussiéreux sur un fond verdâtre.

— Oui, je comprends ça, répliqua-t-elle.

Le coup d'œil qu'il lui jeta était méfiant, mais il s'abstint de tout commentaire. Se détournant, il disparut en marmonnant par-dessus son épaule :

— Ramasse bien tous les morceaux.

Cette fois encore, elle parvint à ravaler la riposte qui lui montait aux lèvres. Ce n'était pas le moment de se disputer. Trop de fatigue, trop de chagrin, les nerfs à fleur de peau…

Tout cela créait un mélange détonant et, de son côté, Nick devait se sentir encore plus mal qu'elle. Lentement, elle s'assit sur le canapé usé. Elle ne pouvait pas rester ici, personne ne pouvait lui demander cela. Une enfance désastreuse, suivie d'un mariage encore plus pitoyable, avait effacé toute affection pour cet endroit. Elle avait déjà donné.

En revanche… Chicago était-elle vraiment la meilleure solution pour Nick ? Il devait avoir des amis ici, peut-être un petit boulot, et même une copine ? Honteuse, elle s'aperçut qu'elle ne lui avait posé aucune question. Sans s'intéresser à sa vie, elle supposait qu'il ferait immédiatement ses bagages pour partir avec elle.

— Nick ? s'exclama-t-elle dans l'escalier. Tu veux bien descendre un moment ?

Là-haut, une porte s'ouvrit.

— Quoi ? cria-t-il.

— J'ai besoin de te parler.

— De quoi ?

— Viens ici, tu veux ?

Il sortit sur le palier, descendit quelques marches et s'arrêta dès qu'il put la voir.

— Quoi ? demanda-t-il.

— Viens t'asseoir, répéta-t-elle en refusant de s'énerver.

Il la fixa un long instant, puis acheva de descendre, traversa la pièce en traînant les pieds et se jeta sur le siège le plus éloigné.

— Dis-moi pourquoi tu veux rester à Monroe, demanda-t-elle.

Il scruta son visage avec méfiance. Un instant, elle crut qu'il ne répondrait pas, mais il fronça les sourcils et détourna brusquement la tête.

— C'est ici que ma mère voulait qu'on habite, d'accord ? Elle disait que ça nous ferait du bien de repartir à zéro.

Sa voix se brouilla et il sauta sur ses pieds, enfonçant les poings dans les poches de son jean baggy, le faisant descendre encore plus bas sur ses hanches étroites.

— Que disait-elle d'autre ? demanda-t-elle doucement.

— Elle avait un job, tu sais ?

Il s'était retourné d'un bond et la fixait avec rage, les yeux brillant de larmes.

— Elle disait qu'ici, on serait comme tout le monde. J'irais au lycée, elle irait au bureau. On serait une famille normale, on serait plus obligés de changer tout le temps d'endroit. C'est tout ce que je voulais, moi.

Sa voix se brisa. Il lui tourna le dos en passant furtivement la main sur ses yeux.

— Tu pourrais avoir tout ça à Chicago, dit-elle à mi-voix. Il y a une école formidable, tout près de l'appartement. J'ai un job, moi aussi, mais je rentrerai te retrouver tous les soirs. Je ne prendrai jamais la place de ta mère, mais nous pourrions avoir un vrai foyer, tous les deux.

— Je n'ai pas besoin d'un foyer à Chicago, j'en ai un ici.

— Et j'ai mon travail à Chicago…

En réalité, s'avoua-t-elle à contrecœur, elle avait une certaine flexibilité. Propriétaire d'un petit cabinet comptable, elle pouvait accomplir la plupart de ses tâches à distance. Il suffirait de s'organiser un peu. Sur le plan professionnel, il serait tout à fait envisageable de rester quelques semaines à Monroe. De laisser à Nick le temps de mieux la connaître, avant de l'emmener à Chicago.

Ses entrailles se tordirent, l'angoisse s'engouffra en elle. Monroe, la ville qui tenait encore le haut de l'affiche dans tous ses cauchemars, la ville où vivait encore son ex-mari… C'était *ce qu'elle voulait* contre *ce dont Nick avait besoin*. Son malaise s'accentua encore. C'était un adolescent, il devait passer en premier : n'était-ce pas le moins qu'elle pût faire pour Janice ?

Petite, elle l'avait laissée attirer sur elle les foudres de ses parents, et plus tard, elle n'avait pas été là pour l'aider. C'était sa responsabilité de s'assurer que sa sœur et son neveu ne manquaient de rien ! Elle prit une longue, très longue respiration. D'une voix qui tremblait un peu, elle suggéra :

— Et si on faisait un compromis ? Restons ici quelques semaines, le temps de faire connaissance. Quand nous nous sentirons plus à l'aise, tous les deux, nous rentrerons à Chicago.

Il se retourna lentement, le visage plus fermé que jamais.

— Et ton travail ?

Malgré la méfiance derrière laquelle il se retranchait, elle crut voir une étincelle d'espoir dans son regard. Elle s'en voulut encore davantage : trop pressée de repartir d'ici, elle ne s'était même pas demandé ce qu'il ressentait !

— Je peux travailler ici, au moins pendant quelque temps.

Elle vit ses mains se crisper dans les poches de son jean.

— C'est quoi, ce job si important ?

— Je n'ai pas dit que c'était important, répondit-elle d'une voix égale. C'est seulement important pour moi.

Un instant, elle hésita, redoutant de prêter le flanc à son hostilité, puis elle ajouta :

— J'ai un cabinet comptable.

— Et tu vas le laisser en plan ? demanda-t-il avec insolence.

— Je peux travailler ici, répéta-t-elle.

— Parce que tu crois que les riches qui prennent des comptables vont venir jusqu'ici pour te voir ?

— Mais non. Je laisserai les entretiens à mes collègues et je travaillerai sur dossier, par fax ou par e-mail. J'ai mon ordinateur avec moi, et je peux me débrouiller sans contacts personnels pendant un petit moment.

L'espoir luttait pour s'épanouir dans ses yeux. Elle vit l'instant où, délibérément, il l'écrasa.

— Ne t'embête pas à tout organiser. Je changerai pas d'avis.

— Cela, on s'en inquiétera plus tard.

Elle regarda autour d'elle, luttant contre une nouvelle poussée d'angoisse.

— La rentrée a lieu dans deux semaines. Voyons déjà où nous en serons à ce moment-là.

2.

— Tu as fait *quoi* ?

Les mains de Claire glissèrent du clavier de son portable ; incrédule, elle fit pivoter son siège vers son neveu. Planté sur le pas de la porte, Nick soutint son regard avec insolence. Janice était enterrée depuis trois semaines, et rien n'avait changé entre eux.

— J'ai été accepté dans l'équipe de foot.

— Tu ne peux pas faire de football !

— Depuis quand ?

— Depuis aujourd'hui. Je te dis non, tes médecins te disent non, et le lycée dira sûrement non aussi. Ils sont forcément au courant, pour ta hanche et ton asthme. Je ne peux pas croire qu'on t'ait laissé t'inscrire !

— L'entraîneur a dit que je pouvais, riposta Nick. Il dit que ça me fera du bien.

— Et bien entendu, l'entraîneur est plus compétent que tout le monde !

— Tucker Hall sait tout ce qu'on peut savoir sur le foot. Il dit qu'il fera de moi un botteur.

— Je me fiche de ses connaissances sportives. Il n'a aucune idée de ce qu'il te faut, *à toi*.

Tucker Hall... Le nom lui disait quelque chose. Etait-il déjà entraîneur, de son temps ?

— Il est super, déclara Nick. Tous le monde le dit. Toi, tu ne sais pas, tu ne connais rien au foot.

— En effet, répondit-elle sèchement. Mais je sais quelques petites choses sur toi.

Si elle oubliait un instant combien il se montrait désagréable, elle pouvait mesurer à quel point il avait envie d'être accepté et de se fondre dans un groupe. De ne plus être le nouveau, celui qui boite ! En trois semaines, elle avait au moins appris cela. Quand elle pensait à sa propre jeunesse, toujours à l'écart, perpétuellement *différente*, elle en avait mal pour lui. Mais pas au point de le laisser faire du football ! C'était une idée absurde et dangereuse.

— Bon, je vais devoir m'expliquer avec ce M. Hall.

— On n'a qu'à y aller tout de suite, proposa immédiatement Nick. Tu pourras lui parler après l'entraînement.

Elle aurait aimé refuser, dire que le sujet était clos. Mais quelque chose dans son expression la retint. Depuis la mort de Janice, jamais elle ne l'avait vu aussi animé. Ce visage ouvert, plein d'espoir… Il était tout à fait impossible de lui donner l'autorisation, mais elle pouvait au moins expliquer ses raisons au responsable.

— D'accord, Nick, je veux bien aller lui parler. Une fois qu'il comprendra tes problèmes de santé, je suis sûre qu'il sera d'accord avec moi.

Le visage de Nick reprit l'expression butée qu'elle connaissait trop bien.

— J'ai pas de problèmes de santé.

— Tu fais de l'asthme. Et ta hanche est fragile.

— Ma hanche n'a pas de problème ! riposta-t-il instantanément. On m'a opéré quand j'étais bébé et maintenant, ça va.

— Ta hanche a été réparée, mais elle n'est pas réellement solide. Tu ne peux pas pratiquer un sport de contact, surtout avec ton asthme.

— Beaucoup d'asthmatiques font du foot ! Ils ont leur inhalateur et tout se passe très bien !

Il clamait cela sur le ton de l'évidence, mais il restait poli, nota-t-elle. C'était tout de même un progrès.

— Est-ce que tu as seulement un inhalateur ? demanda-t-elle, intriguée. Depuis que je suis ici, je crois bien que je ne t'ai jamais vu t'en servir.

Il se détourna en faisant le dos rond, sa réaction habituelle quand il savait qu'elle avait raison.

— J'ai pas eu de raison de m'en servir, marmotta-t-il.

— Très bien. Je téléphonerai au lycée demain et je prendrai rendez-vous avec l'entraîneur.

— Non ! Il faut y aller tout de suite.

Cette fois, il ne se cachait plus : ses yeux la suppliaient si franchement qu'elle en eut le cœur serré.

— Il faut que je puisse commencer demain ! J'ai déjà raté deux semaines d'entraînement !

Elle baissa un instant les yeux vers le tableau sur lequel elle travaillait quelques instants plus tôt. Un travail important, à terminer d'urgence… Un clic, et l'écran se vida.

— D'accord, concéda-t-elle. Nous y allons tout de suite.

Tucker Hall surveillait étroitement les soixante-quatre garçons qui couraient autour du terrain en tenue complète, avec casque et protections. La chaleur lourde de cette fin d'été s'était un peu atténuée, aujourd'hui ; il redoutait moins les malaises, mais continuait à jauger l'attitude de chaque garçon qui passait devant lui.

Derrière lui, une portière claqua, et une voix cria :

— Monsieur Hall ! Monsieur Hall !

En se retournant, il vit Nick Kendall se hâter vers lui en faisant de gros efforts pour ne pas boiter. Le visage du garçon rayonnait d'excitation. Une femme marchait derrière lui. Petite, fine… Même à cette distance, il distinguait son attitude résolue. C'était donc la fameuse tante, celle que Nick décrivait comme un tyran et une geôlière !

— C'est bon ! Faites une pause, hydratez-vous ! cria-t-il à son équipe. Buvez, mais continuez à marcher.

D'un pas tranquille, il se dirigea vers les nouveaux venus, et salua Nick d'un hochement de tête.

— Te revoilà, Kendall. Tu m'as amené ta tante ?

Croisant les bras, il attendit que celle-ci les rejoigne.

— Elle dit que je ne peux pas faire du foot. Dites-lui qu'elle se trompe !

Avec ce visage impatient, rempli d'espoir, il ressemblait à n'importe quel gosse de son âge. Quel progrès, comparé à la physionomie fermée qu'il affichait depuis la rentrée ! Tucker étudia la femme qui marchait vers eux. Cette grande asperge de Nick la dominait d'une bonne tête. Toute mince dans son short et son T-shirt, fantastiquement bien faite, une chevelure courte et lisse d'un auburn très sombre, des jambes fines… Elle s'arrêta juste devant lui et il plongea dans de magnifiques yeux verts… qui n'exprimaient pour l'instant qu'une désapprobation implacable !

— Monsieur Hall ? Claire Kendall, la tante de Nick.

Sa poignée de main était ferme, sa peau très douce. Un peu interloqué par ses propres pensées, il la lâcha et recula d'un pas. L'air semblait tout à coup trop dense pour qu'il puisse respirer à son aise.

— Tucker Hall, répondit-il.

Dans son regard, il guetta l'éclair qui signifierait qu'elle le reconnaissait. En voyant ses sourcils se froncer, il se raidit.

— Votre nom me dit quelque chose, reprit-elle, mais vous n'êtes pas l'entraîneur dont je me souviens.

— Tom Peters a pris sa retraite l'an dernier, lui apprit-il en relâchant son souffle dans un soupir discret. J'ai pris la suite.

— Je vois.

Elle fronçait toujours les sourcils, comme si elle cherchait encore à le situer. Puis, se secouant, elle attaqua :

— Voilà… Nick m'apprend que vous proposez de l'accepter dans l'équipe. Je crains que cela ne soit pas possible. Il souffre d'une faiblesse congénitale de la hanche et ne peut pas pratiquer un sport aussi brutal.

Elle s'exprimait fermement, mais sans agressivité. Pour elle, la question était déjà réglée.

— Nick m'a parlé de sa hanche. Et aussi de son asthme, répondit-il.

Il vit un éclair de surprise dans ses yeux.

— Ah ? Eh bien, dans ce cas, vous devez comprendre que le football ne serait pas un bon choix pour lui…

— Au contraire. Je pense que ce serait un excellent choix.

Ses yeux se plissèrent légèrement.

— Vous ne comprenez pas, je pense. Nick…

Il leva la main pour l'interrompre.

— Un instant, je vous prie. Nick, si tu allais marcher avec l'équipe pendant qu'ils décompressent ? Tu as du retard à rattraper, si tu veux te mettre en forme.

Le visage de Nick s'illumina.

— J'y vais ! répondit-il.

— Johnson ! cria Tucker. Marche avec Kendall !

Galopant vers les autres, Nick se mit à marcher autour du terrain avec deux garçons de son âge. Se retournant vers Claire Kendall, Tucker précisa :

— Frankie Johnson est avec lui. Ils ont deux ou trois cours en commun.

Lançant un dernier regard vers les garçons, il se concentra sur elle.

— Vous disiez ?

L'air franchement agacée à présent, elle s'écria :

— Vous n'aviez pas le droit de l'envoyer participer à l'entraînement. Il ne peut pas entrer dans l'équipe !

— Il ne s'entraîne pas, il ne fait que marcher. Cela ne lui fera pas de mal ! A moins que vous ne lui interdisiez aussi de marcher, avec son gros problème à la hanche ?

C'était certainement une erreur de prendre ce ton avec elle, mais il avait envie de revoir cet éclair dans ses yeux. Elle ne le déçut pas.

— Je vais vous le répéter avec des mots plus simples, articula-t-elle. Puisque vous semblez déterminé à confirmer le vieux cliché qui veut que les athlètes soient des Néandertaliens sur le plan intellectuel. Nick ne peut pas faire de football. C'est cruel de votre part de lui faire croire le contraire.

— Je ne suis pas d'accord. Nick pourrait parfaitement pratiquer ce sport, et il devrait le faire. Venez à l'ombre, nous serons mieux pour parler.

Quand il effleura son bras pour l'entraîner, elle s'écarta d'une secousse.

— Vous n'écoutez rien de ce qu'on vous dit ? Il est né avec une hanche disloquée. Elle a été réparée par une série d'opérations, mais elle reste fragile. Et en plus, il fait de l'asthme.

Lui prenant le coude, il se mit en marche vers l'arbre le plus proche. Sa peau avait vraiment une texture incroyable… *Ne prends pas ce chemin*, chuchota une petite voix intérieure. *Ce n'est pas une femme pour toi. Tu n'as jamais apprécié les beautés urbaines, agressives et sophistiquées.*

Une fois à l'ombre, il la lâcha. Elle recula d'un pas en se frottant le bras avec rancune : malgré lui, il regardait ses doigts fins balayer sa peau. Les beautés urbaines seraient-elles pour lui, en fin de compte ? Et elle, avait-elle ressenti la même décharge électrique, quand il l'avait touchée ?

— Madame Kendall, avez-vous conscience des difficultés de Nick, au lycée ? demanda-t-il.

Elle haussa brusquement les sourcils.

— Quel genre de difficultés ?

Spontanément, elle fit un pas vers lui. Il eut envie de toucher de nouveau son bras, pour la rassurer. Cette fois, il eut la présence d'esprit de garder ses mains pour lui.

— Il n'a pas de difficultés sur le plan scolaire, dit-il amicalement. Je l'ai dans mon cours d'histoire et c'est un bon élément, intelligent, travailleur et consciencieux. Le problème, c'est qu'il s'isole des autres élèves. Il ne parle à personne, déjeune tout seul dans son coin… Et pourtant, les autres essaient d'aller vers lui ! J'ai vu plusieurs jeunes tenter de parler avec lui, mais il les repousse toujours.

Les splendides yeux verts s'étaient assombris, et elle semblait soucieuse tout à coup.

— Je me demandais s'il se faisait des amis, murmura-t-elle tristement. Il ne téléphone jamais à personne, et personne ne l'appelle à la maison.

— A l'école, il est aussi important d'apprendre la vie en société que d'acquérir des connaissances, reprit-il. Je me fais du souci pour lui.

— J'apprécie…, répondit-elle très vite. Sa mère est morte il y a quelques semaines. Tout est très difficile pour Nick, en ce moment.

— Je suis au courant, pour sa mère. Je suis sincèrement désolé pour votre deuil et le sien. Franchement, je pense que cela l'aiderait beaucoup de s'impliquer dans une activité de groupe. Il a très envie de faire du foot.

— Il y a d'autres activités qui présenteraient moins de risques pour lui.

— Sans doute. Mais c'est le foot qui l'attire.

Il se pencha vers elle, déterminé à se faire comprendre.

— Est-ce que vous savez qu'il vient aux entraînements chaque après-midi depuis la rentrée ? Il se plante derrière la barrière et il regarde l'entraînement du début à la fin. Chaque jour !

— Je ne savais pas qu'il y tenait à ce point, dit-elle à voix basse. J'aimerais que ce soit possible.

Son regard dériva vers le terrain, et il comprit qu'elle fixait son neveu.

— Je voudrais qu'il trouve une activité qui le passionne, dans laquelle il puisse vraiment s'impliquer. Mais sa hanche ne peut pas supporter les chocs qu'il devrait encaisser !

— C'est là que vous vous trompez, dit-il en se tournant à son tour vers l'adolescent.

Nick discutait avec Johnson. D'ici, on entendait des éclats de voix joyeux.

— Madame Kendall, connaissez-vous un peu ce sport ?

— Pas du tout, dit-elle en détournant à contrecœur son regard de Nick. Et vous ?

Face à cette provocation, il faillit lui lancer son C.V. au visage, mais il se retint à temps.

— Oui, je connais très bien la question, dit-il. Je fais du foot depuis vingt ans.

Elle le balaya d'un regard assez distant, puis hocha brièvement la tête.

— Très bien. Alors dites-moi comment Nick pourrait jouer un rôle dans votre équipe.

Une concession mineure, reconnut-il, mais une concession tout de même.

— Chaque équipe a besoin d'un botteur.

Tendant la main vers les poteaux dressés à chaque extrémité du terrain, il expliqua :

— Nous gagnons trois points chaque fois que le botteur parvient à expédier le ballon entre ces perches.

— J'ai tout de même quelques notions, dit-elle avec ironie. Je vis à Chicago, et il faudrait être un ermite…

— Parfait. Comme vous le savez sans doute, le reste de l'équipe joue avec les mains, mais il faut toujours au moins un bon botteur.

— Et vous pensez que Nick pourrait être celui-là.

— Oui. Le botteur est rarement pris à partie. Le plus souvent, il reste à l'écart des mêlées en attendant qu'on fasse appel à ses services.

— Monsieur Hall, ce sont les « rarement » et les « le plus souvent » qui me posent problème.

— Je lui apprendrai à éviter les chocs. C'est probablement le seul contexte dans lequel son problème de hanche sera un atout plutôt qu'un handicap.

Elle fronça les sourcils, perplexe.

— Comment cela ?

— Sa jambe droite est plus faible que la moyenne. Cela signifie que sa jambe gauche a dû se développer proportionnellement. S'il apprend à botter du côté gauche, il aura un net avantage.

— Et vous pensez pouvoir lui enseigner tout cela, dit-elle, toujours sceptique.

Il sentit sa compétitivité se réveiller. Il n'avait jamais été capable de laisser passer un défi !

— Oui, je peux m'en charger. C'est mon travail, et je crois le faire très bien.

— Je suis contente de voir que votre ego se porte à merveille. Je n'ai jamais trouvé cela particulièrement attirant chez un homme, mais ça n'a guère d'importance, du moment que vous pouvez aider Nick.

— Vous n'y allez pas de main morte !

— Effectivement, répliqua-t-elle. C'est plus efficace.

Réprimant une grimace, il s'enquit poliment :

— Avez-vous d'autres questions pour le Néandertalien à l'ego démesuré ? Je dois retourner auprès d'eux.

Sa peau fraîche rosit mais elle leva le menton, l'air combative.

— Nick fait de l'asthme, comme vous le savez. C'est une autre raison d'éviter le football.

— Plusieurs garçons de l'équipe sont dans le même cas. Ils s'en sortent très bien tant qu'ils suivent leur traitement. Vous devriez peut-être en parler à son médecin…

— Nick a déjà un inhalateur, mais il refuse de s'en servir.

— S'il veut faire partie de l'équipe, il sera bien obligé. C'est la règle numéro un : si vous avez un traitement, vous le suivez ; sinon, c'est la porte.

Elle le fixa pendant un long moment, puis hocha la tête.

— Très bien, monsieur Hall. Je vous donne une chance. Nick peut jouer.

Pris de court, il la fixa sans répondre. Il avait été si certain qu'elle ne céderait pas !

— Merci, dit-il enfin. Et personne ne m'appelle «Monsieur Hall » ! Vous pouvez m'appeler Tucker.

Elle le toisa sans beaucoup de chaleur.

— Je ne pense pas que j'aurai souvent l'occasion de m'adresser à vous, monsieur Hall.

Il s'autorisa un regard qui l'enveloppa de la tête aux pieds.

— Vous serez peut-être surprise…

Pour la seconde fois, ses joues s'empourprèrent.

— Je surveillerai Nick de près, répondit-elle sans relever. Si j'estime que cela ne se passe pas pour le mieux, je le retirerai de l'équipe.

— J'espère que vous m'en parlerez avant.

— Bien sûr. Encore une chose : Nick ne sera peut-être pas ici pour toute la saison. Dès qu'il se sentira plus à son aise avec moi, nous retournerons à Chicago.

— Ah bon ?

Bien sûr qu'ils retourneraient à Chicago ! se dit-il avec amertume. Cette assurance dans ses yeux, ce petit air de défi, cette coupe de cheveux sophistiquée… Rien de tout cela n'avait sa place à Monroe.

— Je ne sais pas quand nous partirons, mais ne comptez pas sur Nick pour toutes les rencontres.

— Nick est au courant de ce projet ?

Son regard dériva de nouveau. Dans ses profondeurs, il lut l'incertitude et le chagrin.

— Nous en avons parlé, oui.

— Eh bien, j'ai l'impression que Nick s'attend à participer à la saison entière. Qui est assez brève, au passage, puisqu'elle se termine en novembre.

— J'en tiendrai compte pour nos projets, dit-elle en retrouvant son attitude distante. Combien de temps avant la fin de l'entraînement ?

— Cinq minutes. J'aime dire quelques mots au groupe avant de terminer.

— Que lui faudra-t-il comme équipement ?

— Le magasin de sport sur la place a la liste. Vous trouverez tout ce qu'il lui faut chez eux.

— Merci.

Elle lui tendit sa main minuscule, si fragile au creux de la sienne. Et pourtant, elle n'avait rien d'une femmelette. Petite, certes, mais elle ne se laissait pas marcher sur les pieds.

— Je vous verrai au premier match, dit-il.

Elle approuva de la tête.

— J'y serai.

De sa place sous l'arbre, Claire regarda Tucker Hall s'adresser à son équipe. Sa voix paisible ne portait pas jusqu'à elle, mais les garçons l'écoutaient avec beaucoup de concentration. Cet homme savait se faire entendre… Cela ne tenait pas uniquement à sa carrure athlétique, assez spectaculaire, mais aussi à son air d'autorité tranquille. Ce genre de chose impressionnait les adolescents ; Nick, en tout cas, était sous le charme. Jamais il ne l'avait écoutée avec autant d'attention.

Quelques minutes plus tard, la réunion se termina et les jeunes se dirigèrent en petits groupes vers les vestiaires. Hall intercepta Nick en posant la main sur son épaule ; un instant plus tard, elle vit le visage de son neveu s'illuminer. Faisant volte-face, il courut vers elle.

— Merci ! s'écria-t-il, le souffle court.

Elle nota qu'il refusait toujours de l'appeler par son nom. Pas une seule fois il ne s'était adressé à elle en disait « Tante Claire », ou même simplement « Claire ».

— L'entraîneur dit que tu veux bien que je joue. Je me servirai de mon inhalateur tous les jours ! promit-il. On peut aller chercher mon équipement ?

— D'accord, répondit-elle, heureuse de le voir aussi excité.

En retournant vers la voiture, il parlait à cent à l'heure de maillots et de crampons, et elle fut presque contente de l'avoir autorisé à jouer. « Presque », car le football le lierait encore davantage à Monroe. Heureux comme il l'était, jamais il n'accepterait de partir avant la fin de la saison. Autrement dit, elle allait devoir endurer deux mois supplémentaires ici.

Elle pouvait s'y résoudre, non ? Après tout, elle était déjà ici depuis trois semaines. L'important était de n'aller nulle part, de rester enfermée dans la maison à travailler, de ne se risquer au-dehors que pour acheter des provisions ou des fournitures scolaires ; ces courses, elle les faisait d'ailleurs dans la ville voisine. Ce serait la première fois qu'elle s'aventurerait dans les rues commerçantes.

Tout à coup, son attitude lui sembla grotesque. Comptait-elle vraiment se terrer dans la maison de ses parents jusqu'à la fin du mois de novembre ? Elle qui détestait la lâcheté… Cessant d'écouter le bavardage de Nick, elle se gara, respira à fond et posa le pied sur l'asphalte. Le centre de Monroe restait identique à son souvenir. Elle voyait quelques enseignes nouvelles, mais on avait très peu construit. La bibliothèque municipale occupait toujours le vieux manoir Rogard, belle demeure entourée de grands chênes, en face de l'immeuble carré de brique qui abritait la mairie. Et le cabinet juridique de son ex-mari… Elle eut beau se répéter qu'elle n'était plus la toute jeune femme qui s'était enfuie d'ici dix ans plus tôt, l'ancienne honte, l'ancienne angoisse la prirent à la gorge.

— Où est le magasin de sport ? demanda Nick en se démanchant le cou pour voir les vitrines de la rue principale.

— Après le carrefour. Viens.

Il dut trotter pour la suivre. Quand elle s'en aperçut, elle s'obligea à ralentir. Elle était adulte, elle avait pris sa vie en main. Ce n'était pas à elle de filer dans les rues, la tête basse. Si elle montrait le moindre signe de faiblesse, les gens de Monroe seraient sans pitié.

Ils allaient atteindre le magasin de sport, et personne n'avait remarqué sa présence. Elle commençait à respirer plus librement quand la porte du salon de coiffure s'ouvrit : un homme en émergea. Elle s'arrêta à temps pour éviter la collision, mais trop tard pour échapper à son regard.

— Tiens, tiens ! Regardez qui est de retour parmi nous, dit Roger Vernon d'une voix traînante. J'avais bien entendu dire que tu revenais vivre à Monroe. Que fais-tu ici, Claire ? Tu viens nous regarder de haut ?

Claire resta figée sur place dans la chaleur de cette soirée d'été, les yeux levés vers le visage de son ex-mari.

3.

Elle se reprit très vite, mais son hésitation avait tout de même été perceptible. Reconnaissant cet instant de faiblesse, Roger attaqua.

— Alors, tu as changé d'avis, en fin de compte ? demanda-t-il d'un ton grinçant. Je croyais qu'on n'était pas assez bien pour toi.

— Toi, en tout cas, tu ne l'étais pas, répondit-elle fermement.

Il rougit de colère ; malgré l'instinct qui la poussait à reculer, elle lui tint tête.

« Je n'ai plus vingt ans, se dit-elle en serrant les dents. Je ne suis plus mariée avec lui. »

— Et qui voilà ? Le fils de Janice ? demanda-t-il en jaugeant Nick du regard.

— Nick Kendall, Roger Vernon, dit-elle avec froideur. Désolée de ne pas rester bavarder avec toi, mais nous avons à faire.

Contournant l'homme planté au milieu du trottoir, elle saisit le bras de son neveu et l'entraîna. Dès qu'ils eurent passé l'angle de la rue, Nick se tourna vers elle, les yeux arrondis de stupeur.

— C'était qui ? demanda-t-il tout bas. Dis donc, tu l'as mouché !

— Roger Vernon ne mérite pas qu'on lui adresse la parole. Voilà le magasin. Allons chercher ton équipement.

Quand ils ressortirent, quarante-cinq minutes plus tard, Nick serrait sur son cœur un énorme sac en plastique bariolé. Dans le magasin, en choisissant sa tenue et ses chaussures, il était redevenu le garçon joyeux et charmant d'autrefois. Cette dernière rencontre avec Janice avait été si brève, se souvint Claire, submergée de culpabilité. Et elle remontait déjà à cinq ans !

Ils passaient devant le café-restaurant, point de ralliement de la jeunesse de la petite ville. Nick ralentit, et jeta un coup d'œil par la vitrine.

— Ça t'arrivait d'y aller quand tu habitais ici ? demanda-t-il.

Elle lui adressa un regard vif, et retint de justesse le commentaire qui lui venait aux lèvres. Il lui adressait si rarement la parole, en dehors des nécessités pratiques ! C'était bien la première fois qu'il l'interrogeait sur le passé. Pourtant, elle ne lut aucune moquerie dans ses yeux, mais seulement la tristesse d'un enfant qui contemple un plaisir inaccessible.

— Pas très souvent, dit-elle d'une voix neutre. Nos parents n'avaient pas les moyens de nous emmener au restaurant.

Ce n'était pas l'exacte vérité. Même s'ils avaient eu de l'argent, ni son père ni sa mère n'auraient eu l'idée de le dépenser pour une sortie en famille. L'idée leur était totalement étrangère.

— Janice et toi, vous êtes venus ici avant…

Elle laissa sa voix s'éteindre, incapable de compléter la phrase par les mots : « avant l'accident ». Il ne sembla pas remarquer son hésitation.

— Non. M'man disait que ce n'était pas notre genre.

Pourtant, il avait terriblement envie d'y aller, et elle devinait pourquoi. De son temps, tous les jeunes venaient ici après les cours ; elle mourait d'envie de les rejoindre, mais elle n'avait pas de quoi se payer un Coca ou des frites. Chaque jour, elle passait devant la vitrine en faisant semblant de se désintéresser des groupes tassés autour des tables à l'intérieur.

— On va dîner ici, proposa-t-elle spontanément. Nous avons besoin d'une petite sortie.

— C'est vrai ? Tu es sûre ?

Puis, examinant le modeste menu affiché à la porte, il ajouta :

— C'est un peu cher…

Une nouvelle vague de honte se leva en elle. Elle aurait pu leur faciliter l'existence, à Janice et à lui. On peut toujours trouver un moyen d'aider sa famille, sans qu'elle ait l'impression qu'on lui fait la charité. L'argent qu'elle mettait de côté pour l'éducation de Nick semblait vraiment peu de chose, à présent !

— Allez, on se fait plaisir, dit-elle en forçant un sourire. On ira même manger un sundae pour le dessert.

Enchanté, Nick poussa la porte ; une clochette tinta et une jeune femme s'avança à leur rencontre.

— Une table pour deux ? demanda-t-elle gaiement.

— Oui, s'il vous plaît.

Claire la suivit en parcourant la salle du regard, retrouvant les vieux paysages encadrés de lacs et de forêts. Les tables et les chaises aussi étaient les mêmes, mais la salle gardait son air de vitalité. Elle voulait bien parier que si Monroe avait un cœur, c'était ici qu'il battait.

Elle s'installa sur la banquette en face de Nick. Le garçon étudiait déjà le menu, son grand sac d'équipement sportif serré contre son flanc. Pour ce soir au moins, ils pouvaient faire semblant d'être une famille comme les autres.

Ils s'attaquaient à leur repas quand la clochette de la porte tinta. Nick leva les yeux, son visage changea, et il lui jeta un regard rapide. Curieuse, elle se retourna à demi pour voir ce qui l'avait troublé… et fut atterrée de voir Roger Vernon entrer en compagnie d'une toute jeune femme, la main posée sur son dos, dans un geste possessif dont elle se souvenait trop bien. Un grand froid s'insinua en elle.

Croisant son regard, il lui adressa un sourire suffisant et suivit la serveuse sans la quitter des yeux. Son expression de satisfaction ironique alluma en elle une petite flamme de colère. Il allait passer devant leur table... Sans réfléchir, Claire sauta sur ses pieds et tendit la main à la jeune femme.

— Bonjour ! Je suis Claire Kendall.

Interdite, la jeune femme serra docilement cette main qu'on lui offrait et se présenta à son tour :

— Andrea Vernon. Contente de vous rencontrer. Vous... vous êtes en visite à Monroe ?

— Je reviens m'installer ici.

Elle jeta un regard rapide au visage furieux de Roger et, sachant que les secondes lui étaient comptées, se concentra de nouveau sur Andrea.

— Nous nous reverrons sûrement.

— Sûrement, oui...

Roger l'entraîna et elle se laissa faire, l'air de ne rien comprendre à la situation. Lentement, Claire reprit sa place. Nick la fixait avec curiosité.

— Tu as voulu parler à personne depuis que tu es ici, dit-il. Pourquoi est-ce que tu lui parles, à elle ?

Elle le regarda, saisie. Apparemment, il s'intéressait davantage à ses faits et gestes qu'elle ne l'avait cru ! Choisissant ses mots avec soin, elle répondit :

— Il m'a semblé qu'elle avait peut-être besoin d'une amie.

Avec la curiosité sans complexe des adolescents, il se retourna pour étudier le couple.

— Pourquoi ?

Elle n'eut pas le temps de répondre à sa question. Nick se retourna brusquement vers elle, l'air penaud ; derrière lui, elle vit Roger sauter sur ses pieds et marcher droit sur eux. Posant les mains à plat sur la table, il se pencha vers elle d'un air menaçant.

— Toi, tu ne t'approches pas d'Andrea et tu ne t'occupes pas de mes affaires, menaça-t-il. Tu m'as bien compris ?

— Je ne suis pas bien sûre de comprendre, non, riposta-t-elle.

Sa voix était ferme, mais à l'intérieur, elle tremblait. Elle eut beau se reprocher cette réaction, l'instinct était trop puissant, trop bien gravé en elle.

Roger se pencha davantage.

— Je crois que tu vois parfaitement ce que je veux dire.

Son visage était tout près du sien ; si elle ne reculait pas, il ne tarderait pas à la toucher. La révulsion la saisit, et elle vit le petit sourire de satisfaction renaître sur ses lèvres. Avant qu'elle puisse réagir, une autre voix jaillit derrière elle.

— Je ne m'attendais pas à vous voir ici. Bonsoir, Nick, bonsoir, madame Kendall.

Une voix aux intonations du Sud, détendue, parfaitement neutre. Tucker Hall. Se redressant, Roger lui jeta un regard hostile et retourna à sa table. Claire, qui le suivait des yeux, vit le visage effrayé de sa jeune femme se lever vers lui, et elle se jura de lui téléphoner à la première occasion. L'entraîneur avait pris la place de Roger devant leur table.

— Ma parole, on dirait que tu as dévalisé le magasin de sport, dit-il gentiment à Nick.

Le visage inquiet du garçon se détendit.

— Ouais ! On a pris tout ce qui était sur la liste. Je serai prêt, demain.

— C'est bien. Tu as du retard à rattraper, mais comme tu as la tête sur les épaules, tu comprendras vite.

Le sourire de Hall les enveloppa tous les deux, et Claire dut lutter pour reprendre son souffle.

— Je ne vous ai encore jamais vus ici, observa-t-il.

— C'est notre première fois. Et vous ?

39

— Oh, moi, je suis ici presque tous les soirs. C'est ce que j'ai trouvé de mieux pour surveiller mes jeunes.

D'un discret coup de menton, il indiqua la table de Roger.

— Je vois que vous avez rencontré notre grand avocat ?

Etait-ce du mépris qu'elle entendait dans sa voix ? Prudente, elle murmura :

— Je le connaissais, il y a des années.

Elle lui sourit poliment et se prépara à le congédier. Il était intervenu au bon moment, mais elle n'appréciait pas la façon dont elle se sentait fondre quand il lui souriait. Avant qu'elle puisse trouver la formule juste, Nick s'écria avec un enthousiasme touchant :

— Vous voulez bien dîner avec nous ? Il y a la place !

— Bien sûr ! répondit-il sans un instant d'hésitation. C'est gentil de m'inviter. Si ça ne vous ennuie pas, madame Kendall ?

Quand son regard se posa sur elle, elle sentit de nouveau cette réaction curieuse. Troublée, elle réussit pourtant à secouer la tête, et fit signe à Nick de se pousser pour permettre à Hall de s'installer près de lui. Il se glissait déjà sur la banquette à son côté. Levant des yeux effarés vers ce profil qui semblait remplir tout l'espace, elle vit un coin de sa bouche bien dessinée se retrousser. Faisant un geste vers le sac d'équipement toujours pressé contre la hanche de Nick, il demanda :

— Tu comptes dormir avec ton matériel, ce soir, Kendall ?

Elle se raidit en attendant l'explosion. La moindre taquinerie déclenchait des torrents de sarcasmes ou de colère, elle l'avait appris à ses dépens ! Aussi fut-elle stupéfaite de voir son neveu adresser un sourire impudent à son entraîneur en répliquant :

— Peut-être bien. A votre avis, j'apprendrai plus vite ?

— Peut-être.

Hall lui jeta un regard en coin : elle reconnut l'étincelle qui signifie qu'un homme s'intéresse à une femme, et malgré elle, un très léger frisson la parcourut.

Il avait dû prendre une douche après l'entraînement : ses cheveux étaient encore humides — des cheveux courts, or sombre aux racines, les mèches blondies par le soleil. Elle respirait la fragrance fraîche de son savon, elle sentait la chaleur de son corps, et sa cuisse musclée reposait à quelques centimètres seulement de la sienne. Assise près de lui, elle se sentait absurdement menue.

Malgré les signaux que lui transmettait son corps, elle décida qu'elle ne s'intéressait absolument pas à lui. Trop grand, trop viril, trop sûr de lui, une présence trop écrasante… De toute façon, il vivait à Monroe. Ce dernier point sonnait le glas de toute possibilité de relation, car elle ne resterait pas ici une seconde de plus que nécessaire. Si séduisant que fût l'homme assis près d'elle en ce moment !

—… l'une des conditions pour faire partie de l'équipe, disait-il à Nick. Tu dois, autant que possible, éviter tout contact avec l'équipe adverse.

Le visage de Nick se ferma, et elle vit renaître l'expression butée qu'elle appelait sa « tête de mule ».

— Quand on fait du foot, on se fait cogner, et on cogne l'autre équipe.

— Pas le botteur, répondit Tucker Hall.

Il se renversa en arrière, posant un bras sur le dossier de la banquette ; pendant un bref instant, son avant-bras effleura la nuque de Claire, et la sensation explosa en elle. Sans l'avoir voulu, elle tourna brusquement la tête vers lui ; pris par sa conversation avec Nick, il ne sembla pas remarquer son mouvement. Ce contact était donc accidentel ? Le cœur battant, sans savoir si elle était déçue ou soulagée, elle s'écarta discrètement de lui.

— Le botteur est hors limites pour l'autre équipe, expliquait-il à Nick. Tu comprends, au moment où il shoote, il est complètement vulnérable !

— Mais alors, où est l'intérêt ? ronchonna Nick.

— L'intérêt, c'est de contribuer à l'effort de l'équipe, répondit-il d'une voix austère. L'intérêt, c'est de savoir fonctionner en équipe. Le foot, ce n'est pas autre chose.

S'accoudant à la table, il offrit à l'adolescent un sourire cordial. Assise près d'eux, oubliée, Claire écoutait en silence.

— Tu sais, un bon botteur, c'est vital pour une équipe… Tu vas représenter une part importante de notre succès, cette année. Je ne veux pas te voir prendre des risques qui diminueraient nos chances.

Ce visage rayonnant, soudain ! Nick n'avait pas dû entendre souvent de tels éloges. Il était trop susceptible, trop écorché vif. Hall disait exactement ce qu'il avait besoin d'entendre.

Le plat de Hall arriva et ce dernier mangea rapidement, comme on fait le plein de carburant. Nick parlait toujours football, et Claire fut émerveillée par l'enthousiasme qu'elle découvrait en lui.

— Tu es ici depuis quelques mois, maintenant, observa Hall en repoussant son assiette vide. Que penses-tu de Monroe ?

Nick haussa les épaules.

— C'est cool.

— C'est tout ce que tu trouves à dire ?

— C'est juste… qu'il n'y a rien à faire, ici, marmotta Nick en détournant les yeux.

— Il y a beaucoup de choses à faire, si tu te donnes la peine de les chercher, répondit Hall sans emphase. Le service des parcs et jardins organise toutes sortes d'activités pour les jeunes, pendant l'été. Tu t'es renseigné ?

Nick fit le dos rond et reprit sa tête de mule.

— Non. Ça avait l'air plutôt nul…

— A toi de voir.

Très détendu, Hall repoussa son assiette. Nick eut l'air surpris. Claire devina qu'il s'attendait au discours classique sur la nécessité d'aller vers les autres, de créer ses propres occasions. Se retournant vers elle, Hall demanda cordialement :

— Et vous ?

— Vous me demandez ce que je pense de Monroe ? Je n'ai qu'une hâte : rentrer à Chicago.

— Et pourquoi donc ?

— C'est là que je vis, c'est là que je travaille. Et Monroe…

Elle se tut abruptement, choquée d'avoir été sur le point de révéler à cet inconnu toutes ses raisons de haïr cette ville.

— Monroe… ? l'encouragea-t-il.

— Je n'ai pas ma place ici, dit-elle négligemment. Je suis plus à mon aise en ville.

— Je vois.

Ses yeux ne souriaient plus, son regard était neutre, et elle n'avait plus la moindre idée de ce qu'il pensait.

— Et que faites-vous, à Chicago ? demanda-t-il.

— J'ai un petit cabinet comptable.

— Ce doit être intéressant, dit-il d'une voix qui suggérait le contraire.

— Très, dit-elle fermement. Je suis heureuse à Chicago.

— Je lui ai dit qu'elle était pas obligée de rester ! rappela Nick.

Elle vit qu'il braquait de nouveau sur elle son regard furieux.

— Nick, tu sais très bien que je resterai. Je peux travailler d'ici presque aussi facilement que si j'étais sur place.

— Oui, mais tu meurs d'envie de partir.

— Je suis mieux là-bas, c'est vrai, répondit-elle en s'efforçant de contrôler sa voix. Mais je t'ai déjà dit que nous resterions tant que tu ne seras pas prêt à partir.

— Eh bien, je suis pas prêt ! martela-t-il d'un air de défi.

— Je sais. De toute façon, nous avons énormément à faire dans la maison. Les travaux nous prendront un bon moment.

— Tu veux refaire la maison ? Ça sert à quoi, si on est obligés de partir ?

Elle sentit le regard de Hall se poser sur elle, mais choisit de concentrer toute son attention sur son neveu. Avec douceur, elle expliqua :

— Tu comprends... le mieux serait de la vendre, alors... De toute façon, j'ai l'impression que ta mère voulait refaire la décoration. Nous allons finir ce qu'elle avait commencé.

Nick poussa du doigt une frite tombée sur la table.

— Elle aurait fait davantage, reprit-il, sur la défensive. Elle était très occupée, avec son travail.

— Elle travaillait à la mairie, je crois ? intervint Hall.

Il regardait Nick avec intérêt, les bras croisés sur la table.

— Ouais ! Elle avait un job important.

— Que faisait-elle ?

— Je sais pas, bougonna le garçon en haussant les épaules. Elle travaillait dans les bureaux.

Il se tut un instant, puis reprit :

— Elle aimait son travail, elle avait des responsabilités. Elle disait que c'était son premier boulot correct.

— Elle était contente d'être revenue ici, dit Hall à mi-voix.

Les yeux de Nick brillèrent de larmes.

— Oui, murmura-t-il. Elle disait que c'était un nouveau départ pour nous deux.

— Je suis vraiment désolé, pour l'accident.

Nick releva la tête ; leur jetant un regard de défi, il déclara d'une voix pleine de larmes rentrées :

— C'était pas un accident.

D'un geste brutal, il passa sa manche sur ses yeux.

— Ma mère a été tuée.

4.

Il y eut un silence brutal.

— Quoi ? demanda Claire, haletante.

— Je sais ce que je dis. On l'a tuée.

Nick braquait sur elle un regard rougi mais déterminé. Les larmes débordèrent, et il renifla bruyamment. Comme elle se taisait toujours, il certifia :

— On lui a téléphoné, ce soir-là. Ensuite, elle m'a dit qu'elle devait sortir retrouver quelqu'un.

— Même si elle devait retrouver quelqu'un, cela ne signifie pas forcément…

— Elle était inquiète. Même avant le dernier soir.

Il semblait la mettre au défi de le contredire. Le cœur de Claire se serra douloureusement. Pauvre, pauvre garçon ! Il avait dit bonsoir à sa mère en sentant qu'elle n'était pas tranquille, et il ne l'avait jamais revue.

Lui prenant la main, elle murmura :

— Je suis tellement désolée, Nick…

Il se dégagea d'une secousse.

— Je ne suis pas un bébé. Je sais ce que je dis.

— Je ne te prends pas pour un bébé.

Si seulement il était un peu plus jeune, elle aurait pu le serrer dans ses bras. Comme il devait se sentir seul, depuis que Janice n'était plus là ! Et comme il devait avoir peur…

— Je suis maladroite, je sais, mais… personne n'avait encore suggéré…

— Tu crois que j'invente tout, c'est ça ? dit-il durement.

— Bien sûr que non. Je suis abasourdie.

Il croisa les bras et la regarda de son air buté. Il ressemblait tant à Janice qu'elle faillit fondre en larmes.

— En fait, tu t'en fiches. Ça ne change rien pour toi.

Hall la stupéfia en intervenant :

— Kendall, dit-il très sèchement, présente tes excuses à ta tante.

— Vous avez pas à me dire ce que je dois faire. Vous n'êtes pas mon père, répliqua instantanément Nick.

— Pour l'instant, c'est une chance pour toi.

Le toisant avec sévérité, il reprit :

— Je suis tout de même ton entraîneur, et tu me respecteras. Ainsi que ta tante. Compris ?

Choquée par la métamorphose de Hall, de charmant compagnon de table en mâle autoritaire, Claire assista, muette, à l'affrontement. Nick baissa les yeux le premier.

— Ouais, marmonna-t-il.

— Oui quoi ?

— Oui, je comprends.

— C'est bien.

Il se carra de nouveau sur la banquette, sans quitter Nick du regard. Voyant que Nick n'ajoutait rien, il se pencha de nouveau en avant.

— Tu n'as pas quelque chose à dire à ta tante ?

Le regard de Nick sauta un instant vers elle.

— Désolé.

Hall ne se détendit pas ; son regard impitoyable resta braqué sur l'adolescent jusqu'à ce qu'il marmonne :

— Désolé, tante Claire.

La tension s'apaisa d'un cran. Hochant la tête d'un air approbateur, Hall demanda :

— Maintenant, tu crois pouvoir donner tes raisons, comme un adulte responsable ?

— Ouais.

Sa voix restait hostile, mais les mots « adulte responsable » venaient d'allumer une brève lueur dans son regard. Choisissant ses mots avec soin, Claire intervint :

— La police m'a dit que sa voiture avait glissé dans le lac. Ils n'ont jamais dit que ce n'était pas un accident.

Nick eut un petit reniflement de dérision.

— Bien sûr ! Comme s'ils allaient écouter un gosse…

— Tu leur as parlé ?

Il lui jeta un regard méfiant, mais consentit tout de même à répondre :

— Ouais. J'ai parlé au policier qui est venu… celui qui m'a dit ce qui s'était passé.

— Tu as eu raison. Et lui, qu'a-t-il dit ?

— Il a dit qu'il se renseignerait. Mais il a rien fait ! Il a rien fait du tout !

— Tu en es sûr ? Il a peut-être fait des recherches, et découvert que c'était vraiment un accident.

— Mais non ! Je lui ai demandé plus tard s'il avait découvert quelque chose, et il s'était même pas donné la peine d'essayer !

— Comment le sais-tu ? demanda Claire avec douceur.

— Il m'a fait le coup des condoléances. Il savait que c'était dur pour moi, bla-bla-bla… Mais les accidents, ça arrive, bla-bla-bla…

La voix de Nick montait, chargée de colère.

— J'ai bien vu qu'il avait rien fait du tout.

— J'irai parler à la police, décida Claire.

— Ah ouais ? Tu iras, toi ?

Ses yeux exprimaient à la fois l'espoir et le doute.

— Bien sûr, dit-elle fermement. Janice était ma sœur. Et toi, tu as le droit de savoir ce qui est arrivé à ta mère.

— Ils t'enverront sur les roses.

— Je vois mal Seth Broderick envoyer ta tante sur les roses, affirma Hall avec un brin d'ironie.

— Pourquoi pas ? demanda Nick en les regardant tour à tour.

— C'est une dure à cuire, une femme qui a l'habitude d'obtenir ce qu'elle veut. A mon avis, elle n'apprécie pas qu'on lui mette des bâtons dans les roues. Elle découvrira la vérité.

Quelle description ! Il la voyait donc comme une sorte de walkyrie agressive ? Vexée, elle se concentra sur Nick.

— M. Hall a raison, dit-elle très fermement. Je ne me laisserai pas écarter tant que je n'aurai pas obtenu des réponses.

Toujours sceptique, Nick hocha tout de même la tête.

— Bon.

Un silence chargé tomba sur la table. Les yeux baissés, Claire disposa ses couverts en travers de son assiette. Si seulement Hall n'était pas assis si près d'elle ! Cette tension qui émanait de lui… Enfin, au bout de quelques instants de gêne intense, elle parvint à sourire.

— Eh bien… Vous avez sûrement des choses à faire ce soir, monsieur Hall.. Et Nick a des devoirs, ajouta-t-elle avec un regard pour son neveu.

Hall abaissa vers elle son regard bleu perçant.

— Oui, je devrais rentrer. Ma grotte a toujours besoin de travaux de maintenance.

Elle rougit. Il n'avait pas pardonné son commentaire au sujet des Néandertaliens !

— Dans ce cas, nous ne vous retarderons pas. Je suis contente que vous ayez dîné avec nous.

S'il croyait cela, elle mentait mieux qu'elle ne le pensait ! Elle vit un éclair d'humour dans son regard.

— J'ai passé une bonne soirée, moi aussi. Il faudra recommencer.

— Tout à fait !

Il se leva enfin et elle le suivit, prenant soin d'éviter le champ de forces qui crépitait autour de son grand corps.

— A demain en cours, Nick, dit-il encore. Je suis content de t'avoir dans l'équipe.

Le regard blessé de Nick s'éclaira un peu.

— Merci.

Hall se retourna vers elle et, une fois de plus, elle se sentit trop petite, fragile et vulnérable. Instinctivement, elle recula d'un pas… et sut tout de suite qu'il avait remarqué son geste.

— Merci d'avoir permis à Nick de nous rejoindre, dit-il. Vous ne le regretterez pas.

Il tourna les talons et s'éloigna.

— Ça, nous verrons bien, marmonna-t-elle.

— Qu'est-ce qui lui prend, de me crier dessus pour des histoires personnelles ? demanda Nick à côté d'elle. Je croyais qu'il était cool !

Il semblait sincèrement intrigué.

— Je trouve toujours qu'il est cool, répondit-elle d'un ton léger.

Dommage que sa propre réaction face à l'entraîneur soit un peu moins « cool »… Lui jetant un regard désabusé, Nick empoigna son sac d'équipement et sortit du restaurant sans l'attendre.

Elle ravala sa déception. Envolés, son enthousiasme pour le football et sa joie de posséder son matériel tout neuf ! Désemparée, elle sortit à son tour et le trouva planté devant la voiture, l'air impatient. Elle cherchait désespérément un moyen de renouer la communication quand son regard se posa sur la vitrine brillamment illuminée du marchand de glaces.

— Tu avais oublié nos sundaes ? demanda-t-elle avec une gaieté feinte. On n'a pas encore eu notre dessert !

Il leva les yeux et son expression s'éclaira un instant. Puis il haussa les épaules.

— Si tu veux, répondit-il avec indifférence.

— Moi, j'ai envie d'une glace. Pas toi ?

— Je veux bien.

— Mettons ton équipement dans la voiture.

Il consentit à se séparer de son sac géant. Elle verrouilla la voiture avec soin et traversa la rue ; cette fois, il marcha près d'elle. Satisfaite, elle décida d'accepter chaque pas en avant, si infime soit-il, avec la reconnaissance qui s'imposait.

Le magasin de glaces était bondé. Essuyant discrètement ses mains moites, elle poussa la porte vitrée. Derrière elle, Nick s'arrêta court, le regard fixé sur une adolescente de son âge, une petite blonde qui servait derrière le comptoir. Un instant plus tard, elle leva les yeux et lui sourit :

— Salut, Nick !

Une vague de rougeur envahit le visage du garçon. Il s'efforça de répondre, émit un vague coassement, s'éclaircit la gorge et réussit enfin à articuler :

— Euh… Salut.

Les autres clients les dévisageaient. Plusieurs souriaient à Claire comme s'ils la reconnaissaient. Elle salua d'un hochement de tête à la ronde et les conversations reprirent. Il n'y avait pas de tables, mais les consommateurs semblaient avoir l'habitude de manger leurs glaces sur place, en bavardant. Luttant contre la tension qui lui étreignait le ventre, elle prit un ticket, le fourra avec de l'argent dans la main de Nick et recula discrètement vers la porte.

— Commande-moi un petit sundae, murmura-t-elle. Prends ce que tu veux pour toi. Je t'attends ici.

Elle vit la panique naître dans son regard.

— Mais je ne sais pas ce que tu veux…

Elle crut deviner la raison de son malaise. Avec un bref regard vers le comptoir, elle baissa encore la voix.

— La jolie fille, c'est une copine à toi ?

Virant au rouge pivoine, il admit confusément qu'il avait quelques cours communs avec elle. Se souvenant de ses propres béguins d'adolescente, elle murmura :

— Ah ? C'est sympa… Ecoute, n'essaie pas de lui faire la conversation, elle est trop occupée pour l'instant.

Elle parlait d'un ton dégagé, sachant que c'était justement le fait de devoir adresser la parole à l'adolescente qui le terrifiait.

— Demande-lui juste comment elle va, et passe ta commande !

— D'accord…

Sa panique s'était atténuée. Il fit un pas vers le comptoir et se retourna une dernière fois vers elle, comme pour lui demander d'aller au feu à sa place. Elle secoua la tête avec un sourire et il se détourna. Discrètement, elle se fraya un chemin vers la porte, passant entre les groupes. Des visages souriants se tournèrent vers elle, et plusieurs personnes lui dirent bonsoir. Surprise, elle se détendit suffisamment pour sourire à son tour, murmurer des saluts. Bientôt, Nick revint vers elle, les pommettes rouges, les yeux animés… et l'inquiétude qu'elle ressentait à son sujet s'apaisa très légèrement.

Lui tendant son sundae dans une petite coupe de plastique, il s'attaqua au sien, deux fois plus volumineux. Interloquée, elle le regarda manger avec voracité. Après le dîner énorme qu'il venait d'avaler ! Apparemment, ni le deuil ni les pulsions de l'adolescence ne pouvaient entamer son appétit.

— Tu devais mourir de faim, observa-t-elle, amusée.

— Ouais, répondit-il sans relever la tête.

— On rentre ?

— D'accord, dit-il avec un dernier regard vers le comptoir.

— Comment s'appelle-t-elle ? osa demander Claire.

Un instant, elle crut qu'il allait se rebiffer, mais il se contenta de remuer nerveusement les pieds en marmonnant :

— Caitlyn. Caitlyn Burns.

— J'avais une amie au lycée qui s'appelait Molly Burns. Je ne crois pas qu'elles soient de la même famille, car Molly a déménagé pendant notre année de terminale.

Il enfourna une énorme cuillerée de glace sans répondre. Claire comprit que la conversation était terminée. En se tournant vers la porte, elle trouva la sortie barrée par un homme à la prestance avantageuse, aux cheveux blancs ondulés et au visage haut en couleur. Un visage qu'elle reconnaissait.

— Ça, alors, la petite Claire Kendall ! s'écria-t-il d'une voix sonore. Bienvenue à Monroe !

Le visage figé, Claire articula :

— Bonsoir, commissaire Denton.

— Oh, je ne suis plus commissaire ! Il nous fallait quelqu'un de plus jeune et énergique ! Je suis maire, maintenant.

Les conversations s'étaient tues, les autres clients assistant à leur échange avec intérêt.

— Félicitations, répondit Claire d'une voix parfaitement inexpressive.

— Je suis toujours heureux de voir nos jeunes revenir à Monroe, clama-t-il de sa voix tonitruante. C'est une source de vitalité pour notre bonne ville !

— Cela ramène aussi des souvenirs.

Son sourire s'effaça, et il prit une voix de circonstance.

— Toutes mes condoléances pour votre sœur. C'était quelqu'un de bien.

— Merci, monsieur le maire.

Discrètement, elle poussa Nick vers la porte, mais ce geste arrivait un peu trop tard, car le maire s'était emparé de la main du garçon et la serrait entre les siennes.

— Un accident terrible, déclamait-il. Absolument terrible. Mes plus sincères condoléances.

Claire vit la colère poindre sur le visage de Nick et se glissa entre eux. Tant qu'elle n'avait pas davantage d'informations, elle ne voulait pas que Nick aille exposer ses théories à Denton.

— Nous devons rentrer, Nick, murmura-t-elle en prenant le bras de ce dernier.

Pour une fois, il ne se dégagea pas. Contournant le maire avec un regard méfiant, il la suivit dehors.

— Vieux débris, murmura-t-il avec un bref regard par-dessus son épaule.

— Nick !

— Je dis ce que je veux. De toute façon, ma mère l'aimait pas. A son avis, c'était qu'un *politicien*.

Le mot était de toute évidence une insulte.

— Il n'était pas maire quand j'habitais ici, dit Claire. Il était le chef de police.

— Alors, je parie que c'était un vieux débris de policier.

— Oui, c'est exactement ce qu'il était, soupira-t-elle.

Il lui jeta un regard interdit.

— Et Janice travaillait pour lui ? demanda-t-elle.

— Pas pour lui directement, mais à la mairie. Elle le voyait presque tous les jours.

Les traits durs, il précisa :

— Je crois qu'il essayait de lui faire du plat.

— Et qu'est-ce qu'elle en disait ?

— Qu'il était marié et que ça faisait de lui un vieux fumier. Que même s'il n'avait pas été marié, même s'il y avait pénurie d'hommes sur la Terre, elle serait pas sortie avec lui.

— Ta maman était très intelligente. Elle savait comment se débarrasser des types comme lui.

Il lui jeta un regard prudent, hésita un instant, puis se lança :

— Je me suis demandé si c'était pas lui qui l'avait appelée, ce soir-là.

Elle se figea sur le trottoir, serrant dans sa main le sundae dont elle ne voulait plus.

— Pourquoi lui, justement ?

— Parce qu'elle avait pas du tout envie d'y aller.

Baissant les yeux, elle vit de grosses gouttes de glace fondue choir sur le trottoir à ses pieds. Fourrant la cuillère de plastique dans le liquide, elle jeta sa coupe dans la poubelle la plus proche.

— Il vaut mieux ne pas parler de ça ici.

Jetant un regard rapide à la ronde, Nick hocha la tête. Claire déverrouilla la voiture, et se glissa à l'intérieur. Elle avait froid tout à coup, malgré la chaleur. Un froid de glace. Elle démarra, remonta la rue principale en levant les yeux vers la façade de la mairie. La théorie de Nick paraissait invraisemblable, mais Claire était tout de même décidée à savoir exactement ce qui s'était passé. Elle lui devait bien ça.

Elle le devait aussi à Janice, pour les années de mauvais traitements subis à sa place. Si sa mort était autre chose qu'un accident tragique, elle obtiendrait justice. C'était juré.

5.

Claire posa un régime de bananes dans son Caddie et contempla un instant la masse de provisions qu'il contenait. C'était ahurissant ! En temps normal, elle se contentait de visites éclair au supermarché, le temps de prendre au vol des crudités, des fruits et quelques plats surgelés. Ce Caddie bourré de viande, de légumes, de chips, de pâtes, de lait, aurait nourri une famille nombreuse pendant un mois ! Et pourtant, elle savait qu'elle reviendrait dans quelques jours pour reprendre un chargement équivalent.

L'appétit de Nick l'inquiétait presque. Tout ce qu'elle posait sur la table devant lui disparaissait instantanément. Ses petits déjeuners ! Et l'après-midi, quand il rentrait de l'entraînement, il dévorait tout ce qu'il trouvait. La veille au soir, médusée, elle l'avait regardé avaler un grand pot de yoghourt, un gigantesque paquet de cookies, deux grands verres de lait et une pomme… pour demander aussitôt quand ils allaient dîner.

Elle jeta un coup d'œil à sa montre et pressa le pas. Il serait de retour d'ici quelques minutes, et elle ne voulait pas qu'il trouve la maison vide. Surprise, elle entendit son portable gazouiller au fond de son sac. A cette heure, cela ne pouvait pas être le bureau. Nick avait son numéro, mais il ne s'en était encore jamais servi.

— Madame Kendall ?

Elle reconnut la voix de Tucker Hall.

— Oui ?

— J'aimerais que vous veniez chercher Nick.

Sa voix était grave. L'angoisse la prit à la gorge.

— Il est arrivé quelque chose ? Il va bien ?

— Mais oui. Pouvez-vous passer tout de suite ?

— Oui, mais pourquoi ? Que s'est-il passé ?

— Nick va bien, répéta la voix à son oreille. Nous parlerons quand vous serez ici. Venez au bureau des entraîneurs.

Hall raccrocha sans attendre de réponse. Le cœur battant, le ventre noué, elle planta là son Caddie et se rua hors du magasin. Le temps d'arriver, elle se sentait malade d'inquiétude.

Le « bureau des entraîneurs » était en réalité une grande salle. Elle vit plusieurs bureaux, des rangées d'armoires métalliques... et deux tables de soin. Nick ne reposait pas sur elles : il était debout, occupé à pousser un large balai sur le lino gris.

— Ne jette pas cette serviette dans un coin, Kendall ! lui dit sèchement Hall, de sa place derrière l'un des bureaux. Mets-la au panier.

Nick se pencha, ramassa une serviette oubliée et la lança dans un grand panier de linge. Elle resta prise sur le bord. Avec un regard rapide par-dessus son épaule, il acheva de l'enfourner.

— Quand tu auras terminé ici, tu pourras récurer les seaux à glace, reprit Hall.

— Que se passe-t-il ? demanda-t-elle en se précipitant vers son neveu. Tu vas bien ?

Le saisissant aux épaules, elle le retourna vers elle en le parcourant de la tête aux pieds d'un regard inquiet. Au lieu de se dégager avec impatience comme elle s'y attendait, il baissa la tête et fixa le plancher en marmonnant :

— Ça va...

Sans le lâcher, elle se retourna vers Hall. Il s'était levé et les regardait en roulant méthodiquement des bandes Velpeau.

— Alors ? demanda-t-elle. Vous allez enfin me dire ce qui se passe ? Nick a un problème ?

Il posa une bande bien roulée et prit la suivante.

— Il va bien. Il n'allait pas si bien il y a un quart d'heure.

L'affolement la reprit. Elle se retourna vers son neveu, qui refusa de croiser son regard.

— Nick ne s'est pas servi de son inhalateur avant l'entraînement, aujourd'hui. Il a fait une crise d'asthme.

— Nick ! Tu peux respirer ?

— Oui, tu vois bien.

Sa voix n'était pas très ferme ; un instant, elle crut qu'il allait fondre en larmes. Lui tournant le dos, il se remit à balayer la salle.

— Kendall, dit sèchement Hall. Explique à ta tante ce qui s'est passé.

Toujours sans la regarder, il lui dit :

— Je ne pouvais plus respirer. M. Hall a dû stopper l'entraînement plus tôt pour s'occuper de moi.

— C'est cela, renchérit celui-ci en s'appuyant à l'arête d'une table de soin, le visage sévère. Non seulement il s'est mis lui-même en danger, mais il a privé le reste de l'équipe.

— Pourquoi ne t'es-tu pas servi de ton inhalateur ? demanda-t-elle avec douceur.

Ses yeux glissèrent de nouveau de côté.

— J'aime pas ça.

— Qu'est-ce que tu n'aimes pas ? insista-t-elle.

— J'aime pas le goût. Et l'effet que ça me fait.

— Quel effet ?

— J'ai le cœur qui bat trop vite. Je me sens tout nerveux, électrique…

— Alors, il faut que nous retournions chez le médecin. Il y a peut-être un autre produit qui serait plus indiqué pour toi.

Il haussa les épaules, hocha vaguement la tête et se remit à balayer. Claire le regarda s'éloigner ; elle se sentait totalement dépassée par les événements.

— J'ai réglé la question, côté équipe, intervint Hall. Ce que vous choisirez de faire de votre côté dépend de vous.

— Que voulez-vous dire ?

— Au lieu de s'entraîner demain, Nick aidera M. Tracy à nettoyer le gymnase. Et il restera sur la touche pendant la première mi-temps du match, vendredi.

Levant un instant les yeux vers l'adolescent, il rappela :

— J'espère seulement que nous n'aurons pas besoin de notre botteur.

Une marée rouge sombre envahit le visage de Nick.

— Je regrette, marmonna-t-il sans se retourner.

— Le reste de l'équipe aussi. Ils regrettent de n'avoir pas pu répéter la dernière formation, aujourd'hui. Ils regrettent que tu ne puisses pas être là pour les aider vendredi. Maintenant, va chercher tes affaires.

Rangeant son balai dans un petit placard, Nick se glissa dehors. Désemparée, Claire le suivit des yeux.

— Ce n'est pas la fin du monde, dit Hall quand la porte se referma derrière le garçon. Il n'est pas le premier à faire ce coup-là.

Elle leva les yeux, surprise de le trouver si près d'elle.

— Peut-être... mais c'est la première fois que je dois m'occuper du problème.

Il scruta son visage et son expression s'adoucit.

— Ça doit être dur de devenir parent du jour au lendemain. Vous semblez vous débrouiller remarquablement bien.

— Ça dépend de ce que vous appelez « se débrouiller ». Entre Nick et moi, c'est l'affrontement perpétuel.

Sa bouche bien dessinée se retroussa dans un sourire.

— C'est un adolescent ! Vous devez bien avoir des amies qui ont le leur à la maison ?

— Je n'ai pas beaucoup d'amies ici, dit-elle avec raideur. J'ai perdu tout contact quand je suis partie.

— Vraiment ? demanda-t-il, surpris. Je vous aurais prise pour quelqu'un de sociable.

Elle le toisa de son air le plus distant, mais sa finesse venait de la surprendre. Elle était effectivement sociable… à Chicago.

Il soutint son regard en silence et, peu à peu, une chaleur amicale envahit ses yeux. Sentant quelque chose trembler en elle, elle se détourna brusquement.

— Je vais emmener Nick, dit-elle, comprenant qu'elle rougissait comme une adolescente. Je suis désolée qu'il ait coupé court à votre entraînement.

— Ne vous en faites pas pour ça. A mon avis, ça n'arrivera plus.

— Merci, soupira-t-elle. Je lui parlerai ce soir.

— Bien.

Tout à coup, il fut juste devant elle. Jamais elle n'avait vu un homme aussi grand capable de mouvements aussi fluides. Son cœur trébucha dans sa poitrine.

— Nick vient au dîner de l'équipe, jeudi soir ? demanda-t-il.

— Je ne sais pas, bredouilla-t-elle, la bouche sèche. Il n'a rien dit…

— Les garçons font une fête la veille de chaque match.

Il sourit, et elle sentit son cœur trembler de plus belle.

— Les parents les accueillent tour à tour et ils passent la soirée tous ensemble à manger des quantités invraisemblables de spaghettis ; c'est excellent pour forger l'esprit d'équipe. Voyez si vous pouvez le convaincre d'y aller.

— Comment s'en sort-il ? demanda-t-elle spontanément. Il se fait des amis ?

Il tourna la tête vers la porte. Tendant l'oreille, elle perçut un bruit de pas. Nick revenait déjà avec ses affaires.

— Nous n'avons qu'à dîner ensemble jeudi, proposa rapidement Hall. Nous pourrons discuter tranquillement. Je viendrai vous chercher à 6 heures.

Avant qu'elle puisse répondre, Nick poussa la porte, son sac de sport jeté sur l'épaule.

— On y va ?

Elle leva les yeux vers Hall. Elle devait refuser… mais comment le faire sans se montrer désagréable ? C'était tout de même elle qui l'avait interrogé ! A voir la lueur amusée dans son regard, il comprenait parfaitement son dilemme.

— A demain, Kendall, dit-il, très détendu. Bonsoir, madame Kendall.

Il se détourna, l'air très content de lui. Ils allaient parler de Nick, se dit-elle très fermement. C'était une réunion parent-professeur. *Pas du tout un rendez-vous !*

Nick jeta son sac sur le siège arrière et se glissa à sa place sans regarder sa tante. Bouclant brutalement sa ceinture, il fixa le vide, déterminé à ne pas pleurer comme un enfant devant elle.

— Je suis désolée, dit-elle avec douceur. Tu peux me dire pourquoi tu as fait ça ?

Il détestait quand elle prenait ce ton trop gentil. Ses yeux le piquaient de plus belle, et il dut serrer les lèvres pour contrôler leur tremblement. Pourquoi ne pouvait-elle pas crier comme sa mère ?

— Je sais pas.

— Tu ne sais pas pourquoi tu ne t'es pas servi de ton inhalateur ?

De plus en plus mal à l'aise, il se tortilla sur son siège.

— Je sais pas.

— Tu ne sais pas grand-chose, alors, soupira-t-elle.

Cette fois, elle allait crier. Il se raidit… mais elle se contenta d'attendre sa réponse en silence.

— Non, répondit-il.

Il avait bien un peu honte de son attitude, mais il se hâta de repousser ce sentiment. Après tout, elle n'avait aucune envie d'être coincée ici, dans ce trou de province. Plus vite elle comprendrait qu'il n'avait pas besoin d'elle, mieux cela vaudrait.

Elle ne dit rien d'autre pendant le trajet du retour. Dès qu'ils arrivèrent à la maison, il fila vers l'escalier, en direction de sa chambre.

— Nick, redescends, dit-elle. Viens dans la cuisine.

Il s'arrêta à mi-hauteur des marches, sans se retourner, la main crispée sur son sac de sport.

— Je veux te parler, insista-t-elle.

— J'ai pas envie de parler.

— Tu parleras quand même.

Elle se tenait en bas des marches. Cette fois, il se retourna lentement. Il connaissait cette voix. Sa mère prenait la même quand il avait des ennuis.

— Bon, d'accord !

Délibérément, il abandonna son sac sur l'escalier, en plein passage. Elle ne fit aucun commentaire.

Quand il la rejoignit dans la cuisine, elle avait posé un verre de lait et un paquet de cookies sur la table. Brusquement, il eut une faim de loup. L'estomac grondant, il se laissa tomber sur une chaise en s'interdisant de regarder la nourriture. S'asseyant en face de lui, elle prit un cookie et poussa le paquet vers lui. Machinalement, il en prit un, l'avala, en prit un autre… puis il réalisa ce qu'il était en train de faire et se força à le reposer. Elle le regardait d'un air profondément déçu. Fourrant le troisième cookie dans sa bouche, il s'avachit sur sa chaise.

— Je me souviens d'avoir entendu l'entraîneur te parler du règlement au sujet des inhalateurs, dit-elle. Alors je veux savoir pourquoi.

— Mais je t'ai dit ! Je me sens mal, tout électrique. Et ça a un goût de m… Ça a mauvais goût !

Enervé, il balaya une miette de cookie de la table. Elle fronça les sourcils.

— Oui, mais il me semblait que le foot, c'était important pour toi. Je pensais que tu tenais à faire partie de l'équipe.

— Mais oui, j'ai envie, marmonna-t-il.

Et comme il se sentait stupide, tout son ressentiment se retourna contre elle.

— Je ne comprends pas, répétait-elle. J'essaie seulement de comprendre. Tu peux m'expliquer ?

Il repoussa sa chaise, qui s'abattit sur le carrelage dans un grand fracas.

— Je l'ai fait parce que je l'ai fait, d'accord ? hurla-t-il. Je n'avais pas envie de me servir de cet inhalateur de m… de cet inhalateur !

Les larmes lui brûlaient les yeux, et il sentit qu'il ne pourrait plus les retenir bien longtemps.

— Laisse tomber, reprit-il simplement.

Avec emportement, il se tourna vers la porte, se prit les pieds dans sa chaise et manqua tomber. D'une ruade, il se débarrassa de l'obstacle. Fichue hanche, fichue démarche d'infirme ! Il les détestait, il détestait ne rien pouvoir faire pour s'en débarrasser. Au moins, pour l'inhalateur, c'était lui qui décidait.

Elle le regardait toujours.

— Est-ce que tu vas recommencer ? demanda-t-elle.

— Sûrement pas.

— Bon.

Elle le fixa encore un instant. Tentant de retrouver son ton habituel de défi, il demanda :

— Je peux y aller, maintenant ?

Elle approuva de la tête, puis dit de cette voix douce qui lui ôtait tous ses moyens :

— Je crois que tu es suffisamment puni.

Il aurait aimé sortir en trombe en claquant les portes. Quelque chose dans son expression l'en empêcha. Elle était triste, comprit-il. Triste pour lui. Vite, il repoussa cette pensée. Non, sûrement pas ! On n'est pas triste pour quelqu'un qui vous gâche la vie. Et il lui gâchait la vie parce qu'elle se sentait obligée de s'occuper de lui. Elle avait beau répéter qu'elle voulait rester avec lui, qu'elle n'irait nulle part sans lui… Tôt ou tard, elle s'en irait. Parce que c'était ce qu'ils faisaient tous, un jour ou l'autre.

6.

Tucker sonna à la porte de Claire, tout heureux à l'idée de la
revoir. Il avait tout de même un peu le trac. Comment allait-elle
réagir au changement de programme ?

Il entendit des pas et la porte s'ouvrit.

— Bonsoir, dit-elle. Entrez.

Il en resta bouche bée. Sa robe verte toute simple soulignait
cette silhouette fantastique qu'il avait déjà remarquée, ses
cheveux tombaient dans une vague lisse et brillante. Cette
femme possédait vraiment quelque chose de singulier.

*Merci, Nick, merci d'avoir fait l'imbécile avec ton inhalateur,
tu m'as fourni le prétexte idéal pour inviter ta tante à dîner !*

— Je suis trop habillée, murmura-t-elle en voyant son short
fait d'un vieux jean coupé à mi-cuisses, son T-shirt et ses
sandales de cuir.

— Ne vous excusez surtout pas pour cette robe, soupira-t-il
en forçant son regard à remonter vers son visage. Elle est fantastique. Seulement, il y a un… contretemps, pour ce soir.

— Quoi donc ?

— Le dîner de l'équipe aura lieu chez moi.

Avec un sourire un peu penaud, il expliqua :

— Les parents qui devaient accueillir la horde ont eu un
problème de plomberie ; leur petit dernier a voulu voir si sa
peluche savait nager.

Elle lui sourit en retour, amusée, puis haussa légèrement les épaules.

— Ne vous en faites pas pour ça. Nous pouvons nous voir un autre jour, pour parler de Nick.

— J'y compte bien ! Mais pour ce soir, je m'en remets à votre compassion. Vous n'allez pas m'obliger à affronter tout seul une maison pleine de garçons ?

— Vous tenez vraiment à ce que je vienne vous aider ? demanda-t-elle, incrédule. J'ai déjà du mal avec un adolescent. Alors toute une équipe…

— Absolument !

Elle était craquante, avec son petit air indécis.

— Bon…, dit-elle sans conviction. Si vous croyez que je peux me rendre utile…

— Parfait ! En fait… vous devriez sans doute porter autre chose, conseilla-t-il à regret.

Elle baissa les yeux, lissant la robe de ses paumes.

— D'accord. J'en ai pour une minute.

Elle grimpa l'escalier quatre à quatre. Resté seul, il referma la porte derrière lui et jeta un regard à la ronde. Une maison propre et bien rangée, certes, mais que tout, ici, était donc défraîchi ! Des sièges défoncés couverts de tissus fanés, des murs ternes, des huisseries jaunies et écaillées, un tapis si usé que son dessin était presque effacé.

— Un peu déprimant, non ?

Claire redescendait déjà, vêtue d'un short et d'un T-shirt. Suivant son regard, elle contempla le salon en avouant :

— Je ne crois pas que ma mère ait changé quoi que ce soit ici en trente ans.

— Cela gagnerait à être un peu rafraîchi, effectivement.

— J'espère que Nick et moi pourrons tisser des liens, entre les échantillons de peinture et la ponceuse.

Elle parlait d'un ton léger, mais il sentit la tristesse de ses paroles. Impulsivement, il proposa :

— Si vous avez besoin d'un coup de main, faites-moi signe. Je m'y connais un peu en bricolage.

— Merci, dit-elle en repoussant une mèche égarée sur sa joue. En fait, je ne sais pas trop par où commencer.

Vite, il fourra les mains dans ses poches pour se retenir de repousser lui-même cette boucle brillante derrière son oreille.

— Procurez-vous de l'outillage électrique, conseilla-t-il gravement. Nick ne pourra pas résister.

— J'y penserai !

Il se sentit amplement récompensé par le sourire bref mais éblouissant qu'elle lui adressa. Lui ouvrant la porte, il s'effaça pour la laisser passer, et son parfum léger et fleuri lui monta aux narines. Il respira profondément. Ses cheveux brillaient comme une flamme au soleil.

— Quelle belle soirée…

— Oui, murmura-t-il.

La lumière colorait sa peau, la rendant presque translucide. Quelle texture aurait-elle sous sa paume ? Se retournant à demi, elle surprit son regard posé sur elle, rosit légèrement et détourna la tête.

— Comment se passent ces soirées ? demanda-t-elle en descendant les marches du perron.

Le son de sa voix le fit sourire. Un peu essoufflé, plus du tout distant et contrôlé… Très satisfait, il lui ouvrit sa portière avant de s'installer au volant.

— Les jeunes apportent les ingrédients, les parents font la cuisine. On prépare une quantité énorme de pâtes, de pain frotté d'ail et de salade, et l'équipe passe un moment agréable en dehors de l'entraînement. Le principe est sûrement un peu ringard, mais les garçons adorent. Apparemment, c'est une vieille tradition.

— Vous voulez dire que vous avez besoin d'aide pour faire bouillir de l'eau et laver des salades ? s'enquit-elle en haussant les sourcils.

— J'ai besoin d'aide pour préserver ma santé mentale, répondit-il simplement. Sans une présence féminine, ils ont tendance à se déchaîner un peu.

— J'aurais peut-être dû emporter un fouet ?

— Oh, non, ce regard que vous lancez suffira à les calmer.

— Quel regard ? protesta-t-elle, outrée.

— Quand vous êtes contrariée, vos yeux se transforment en rayons laser. Je tremblais dans mes baskets, le jour où vous êtes arrivée au pas de charge pour me remettre à ma place.

Elle se laissa aller contre le dossier de son siège avec un petit rire gêné.

— Vous n'avez jamais tremblé dans vos baskets !

— Oh, mais si… Vous m'avez fait de l'effet, ce jour-là.

Elle se redressa. Sans la regarder, il vira dans son allée et se gara près de la porte.

— Nous y sommes. Bienvenue à l'asile de fous.

Elle leva machinalement les yeux vers la maison… et ce fut son tour de rester bouche bée. Au bout d'un long instant, elle se retourna vers lui et il vit que son visage avait changé.

— C'est votre maison ? demanda-t-elle, émerveillée.

Il haussa les épaules en se penchant pour examiner la maison à son tour. De grands adolescents tout en jambes se poursuivaient sous la véranda qui entourait le rez-de-chaussée ; leurs cris et leurs rires résonnaient dans l'air du soir. Le soleil couchant illuminait les bordures de bois sculpté qui décoraient le contour du toit, la véranda et les fenêtres. Des fenêtres étaient peintes en bleu, vert et violet. Les murs jaune pâle semblaient presque transparents, dans cette lumière magique.

— Je me souviens de cette maison, murmura-t-elle. Les fenêtres étaient brisées, il y avait de gros trous dans le plancher de la véranda. Nous étions sûrs qu'elle était hantée.

Elle se retourna vers lui, franchement admirative.

— Quelle transformation ! Elle est magnifique.

— Euh… Je n'avais rien d'autre à faire quand je me suis installé ici, il y a deux ans. Nous autres, enseignants, nous avons tout l'été…

En réalité, le chantier de la maison l'avait sauvé. Il lui fallait un labeur physique éreintant pour repousser les démons de la culpabilité et du chagrin. Pour recommencer à dormir la nuit, tout simplement…

— Vous avez fait ça vous-même ?

— Pas tout, j'ai aussi fait venir des artisans.

Elle descendit de voiture, puis grimpa les marches du perron. Il la rejoignit juste à temps pour lui ouvrir la porte d'entrée. Elle ne la franchit pas tout de suite ; s'immobilisant un instant, elle lui dit d'une voix douce :

— Je suis très impressionnée.

Incapable de trouver une réponse, incapable de cacher qu'il était fier de son œuvre, il ne put que murmurer :

— La cuisine est par ici.

Des voix féminines résonnaient vers l'arrière de la maison. Il la sentit hésiter, puis elle rejeta les épaules en arrière, leva le menton et s'avança. Quelle drôle d'expression, prudente, presque craintive…

En entrant dans la cuisine, Claire vit trois femmes s'activer dans un grand espace rempli de clarté.

— On dirait que la cavalerie est arrivée à la rescousse, avertit cordialement Hall derrière elle. Comment avez-vous su que j'étais en difficulté ?

Une femme aux courts cheveux sombres lui lança un sourire amical.

— Sue Berger a téléphoné pour m'annoncer le changement de lieu. Tu ne pensais tout de même pas qu'on allait te laisser te débrouiller tout seul ?

— Je n'en savais rien ! Alors je suis allée chercher une débutante qui ne se doutait pas de ce qui l'attendait.

La femme brune se tourna vivement vers Claire.

— Bonjour ! Vous devez être la tante de Nick.

— Bonjour. Claire Kendall, répondit celle-ci en s'écartant un peu de Hall.

— Je suis Judy Johnson. A quoi avez-vous envie de vous atteler ?

— Dites-moi ce qu'il y a à faire.

Hochant la tête d'un air approbateur, Judy proposa :

— La salade ?

— Va pour la salade.

Se dirigeant vers le grand réfrigérateur, elle se mit à aligner sur le plan de travail les ingrédients d'une sauce. Elle ne pouvait pas travailler en silence, ce serait mal perçu. Se creusant la tête pour trouver un sujet de conversation, elle finit par s'écrier :

— Quelle cuisine incroyable !

— Et tout ça pour un célibataire, se plaignit la jolie brune en riant. C'est trop injuste, nous sommes toutes vertes de jalousie...

— Je comprends ça. C'est magnifique.

— S'il se lasse un jour du foot et de l'enseignement, il pourra faire carrière dans la rénovation, affirma une autre, dont elle n'avait pas saisi le nom.

— Mmm... Avec un casque et une ceinture d'outils..., soupira la troisième.

Elles éclatèrent toutes de rire. Levant les yeux au ciel, Hall s'exclama :

— Continuez comme ça et je vais devoir sortir. Une fois que les femmes se lancent, il vaut mieux disparaître.

— Tu n'as encore rien entendu !

Se retournant vers Claire, il soupira :

— Vous voyez ce que j'ai à supporter ?

— Oui, ce n'est pas une vie, répliqua-t-elle, ironique.

— Vous aussi, vous vous retournez contre moi ? Et moi qui croyais que vous seriez dans mon camp...

Ses yeux brillaient joyeusement. Elle sentit quelque chose se gonfler dans sa poitrine. Derrière elle, Judy s'écriait :

— Les femmes se serrent les coudes, tu ferais bien de t'en souvenir.

— Alors je ne peux pas vous attirer du côté obscur ?

Il s'adressait toujours à Claire. Un éclair brûlant jaillit de ses yeux, un regard qui n'était que pour elle. Une nouvelle réaction eut lieu en elle, cette fois parfaitement intelligible : une flambée de désir. Ce fut un effort de répondre du même ton léger :

— Moi, je me range avec la majorité. Judy est armée !

Effectivement, la jeune femme hachait du persil avec un long couteau. Il leva les bras au ciel.

— Très bien, mesdames ! Je suis minoritaire, c'est l'heure du repli stratégique. Je vais m'asseoir, rouler les couverts dans les serviettes et m'occuper des mes affaires.

— J'aime quand un homme connaît sa place, commenta Judy avec satisfaction. Aux tâches subalternes !

— Oh, nous avons notre utilité...

Son regard dériva vers Claire, et captura le sien un instant ; elle sentit une vague de chaleur monter à l'assaut de sa nuque. Se tournant vers l'évier, elle se mit à laver la pile de laitues qui l'attendait. S'installant au bout de la longue table, Hall entreprit de rouler des couteaux et fourchettes dans une cinquantaine de serviettes en papier. Il semblait parfaitement à son aise face à leurs taquineries ; il s'amusait même énormément. Un homme qui apprécie sincèrement la compagnie des femmes..., pensa-t-elle. Transpercée d'un nouvel éclair de désir, elle décida qu'il était plus que temps de parler d'autre chose.

— Je n'en reviens pas de ce que vous avez fait avec cette maison, dit-elle.

— Elle vous plaît ?

— On l'appelait la maison hantée, quand j'étais petite.

Elle évitait de le regarder, s'adressant plutôt aux autres femmes.

— Ah, vous êtes d'ici ? demanda Judy, le regard plus perçant que jamais.

— Oui, je suis partie à vingt ans.

Elle se raidit en attendant de voir son expression se faire distante et circonspecte, mais Judy lui sourit avec gentillesse.

— Maintenant que j'y pense, on m'a parlé de vous, au moment de la mort de votre sœur. C'est une bonne chose de revenir vers ses racines. Nous, nous sommes ici depuis cinq ans. C'est une bonne petite ville.

— Nick a l'air de s'y plaire, commenta prudemment Claire en se concentrant sur sa salade.

— Vous êtes venue ici pour vous occuper de lui ? demanda une autre femme avec un intérêt poli.

Etait-il possible qu'aucune d'entre elles ne sache rien ? Claire se força à sourire.

— C'est temporaire. Je l'emmènerai à Chicago quand il sera prêt, mais rien ne presse.

— Vous avez tout laissé tomber, votre travail et vos amis, et vous êtes venue jusqu'ici pour lui ? demanda la troisième maman, impressionnée.

— C'est mon neveu…, dit Claire en haussant les épaules.

Du coin de l'œil, elle vit Hall cesser son travail un instant pour l'étudier.

— Vous faites quoi, à Chicago ? demanda Judy.

Ce fut une sorte de révélation : elle comprit qu'elle ne risquait rien. Ce n'était qu'une conversation ordinaire, où l'on faisait connaissance. Judy et les autres se moquaient du passé, elles n'étaient même pas au courant de la réputation de sa famille. Il n'y avait ici que des mères dont les fils faisaient partie de la même équipe. Avec une sorte de frayeur triomphante, elle découvrit qu'elle appréciait ce bavardage amical, leur connivence quand elles s'étaient liguées contre Hall. Se détendant enfin, elle répondit :

— Je suis comptable. Je peux parfaitement travailler à distance sur mes dossiers pendant un certain temps.

Elles discutèrent du lycée, des garçons et de la saison de football. Enfin, le repas fut prêt et disposé dans d'énormes saladiers alignés sur le plan de travail. Passant la tête par la porte de derrière, Hall appela les garçons puis, se retournant, il sourit à Claire.

— Préparez-vous au pire, lui dit-il.

La horde déferla dans la cuisine. Pendant de longues minutes de confusion totale, les jeunes géants empilèrent des quantités hallucinantes de spaghettis, de salade et de pain à l'ail sur des assiettes de carton. Des débris de crudités tombèrent sur le carrelage, avec des éclaboussures rouge vif de sauce. Puis les garçons s'abattirent sur toutes les chaises disponibles, s'assirent en tailleur à même le carrelage ou sous la véranda et se mirent à engloutir leur repas. Comme un vol de sauterelles bibliques, ils dévorèrent jusqu'à ce qu'il ne reste plus rien, puis s'envolèrent dans un bruit de tonnerre. Quelques instants plus tard, il jouaient au ballon sur la grande pelouse derrière la maison.

— Maintenant, vous voyez pourquoi je ne voulais pas affronter ça tout seul, expliqua Hall. C'est un spectacle effrayant.

— C'est impressionnant, oui, avoua Claire. Et vous faites ça avant chaque match ?

— C'est important, la tradition.

— Et c'est votre première année en tant qu'entraîneur ?

— C'est cela. J'apprends en même temps que les jeunes.

— Comme si tu avais encore quelque chose à apprendre sur le foot ! protesta Judy en levant les yeux au ciel.

— J'ai énormément à apprendre, objecta Hall. Je n'avais encore jamais été entraîneur.

Remarquant l'expression intriguée de Claire, l'une des autres femmes — Lucy — expliqua :

— Tucker était joueur professionnel dans l'équipe de Chicago.

— Dis plutôt qu'il était toute l'équipe ! s'exclama Judy.

Puis, lançant un sourire à Claire, elle ajouta :

— Il a encore ses fans à Monroe. Quand nous avons su que la « Locomotive » allait venir enseigner au lycée, nous avons dansé dans les rues.

— « La Locomotive » ?

— C'était son surnom ! Parce qu'il écrasait tout sur son passage. Il a l'air d'un père tranquille, comme ça, mais une fois qu'il était passé, les autres joueurs n'avaient plus envie de se relever. C'était le grand méchant du circuit.

— Le grand méchant…, répéta Claire en se retournant vers lui, horrifiée. Et vous entraînez nos garçons ?

Il agita la main d'un air désinvolte, mais elle vit une ombre dans son regard.

— Ce genre de réputation, c'est surtout de la publicité, assura-t-il. Une façon de « vendre » l'équipe et les produits de ses sponsors.

— Je vois, dit-elle d'une voix mourante.

— En fait, certains parents aimeraient bien que tu transformes leurs fils en locomotives, observa Lucy.

— Ils peuvent toujours espérer, dit-il sèchement. Moi, j'ai l'intention de leur apprendre à jouer selon les règles, et à être de bons perdants.

— Nous sommes tous fous d'impatience, pour demain… Nous voulons voir ce que Tucker a fait de nos jeunes ! Vous venez au match ? demanda Judy à Claire.

— Bien sûr… Je ne vais pas rater ça.

La tension s'était dissipée. Tous ensemble, ils s'attaquèrent à la vaisselle et il ne fut plus question du passé de Hall. Claire restait un peu troublée. Le personnage tel qu'elle avait cru le cerner n'avait rien de violent… Elle se rassura en se disant que le lycée ne l'aurait jamais engagé, s'il faisait courir le moindre risque aux jeunes.

Le rangement terminé, Judy et les autres femmes lui dirent bonsoir très amicalement.

— On se voit au match demain ! rappelèrent-elles en partant.

— Venez sous la véranda un petit moment, proposa Tucker en lui tenant la porte.

Se laissant tomber dans un siège près de lui, elle chercha Nick des yeux. A sa grande surprise, elle le trouva au cœur d'une mêlée mouvante qui évoluait dans le crépuscule en se faisant des passes. Il semblait boiter moins que d'habitude.

Tucker dut suivre son regard car il murmura :

— Jusqu'ici, le fait d'être dans l'équipe lui fait du bien.

— C'est vrai. Il vous a dit que nous avions un nouveau médicament pour lui ? Il ne se plaint plus du goût.

Le cœur serré, elle suivait des yeux la longue silhouette en pensant à l'enfant joyeux d'autrefois.

— Il a l'air si heureux ! s'écria-t-elle spontanément.

— Je trouve aussi. Il est toujours l'un des premiers à arriver à l'entraînement, et l'un des derniers à partir.

— Si c'est si important pour lui, pourquoi cet épisode avec son inhalateur ?

Elle se retourna vers lui, scrutant son visage dans la pénombre. Le regard de Tucker s'adoucit.

— Je crois que c'était pour s'affirmer. Sa vie est bouleversée, en ce moment. Sa mère est morte, il pense que ce n'était pas un accident, il vit avec une tante qu'il connaît à peine. Vous voulez l'emmener à Chicago, et cela non plus, il n'y peut rien. Où et quand il se servira de son inhalateur, cela dépend encore de lui. Non, ça ne me surprend pas vraiment qu'il ait refusé de l'utiliser.

— Vous aimez travailler avec ces jeunes, dit-elle.

Le regard de Tucker dériva vers la pelouse. Sur son visage, elle vit une expression curieuse, qui l'émut. Tout de suite, il haussa les épaules et ses yeux retrouvèrent leur sourire.

— Je m'amuse énormément avec eux. J'ai été adolescent, moi aussi, et je me souviens de ce que c'était.

— Vous vous êtes donné du mal pour Nick.

— Il mourait d'envie de faire du foot.

La nuit tombait, les garçons n'étaient plus que des ombres indistinctes. Il ajouta :

— Il me fait penser à moi au même âge.

— Râleur, buté et toujours prêt à discuter ? demanda-t-elle d'un ton léger.

— Exactement. J'étais insupportable.

— C'est difficile à croire.

Elle voulait simplement le taquiner, mais sa voix changea malgré elle, trop douce, presque tendre. Il se tourna vers elle, mais il faisait trop sombre pour qu'elle voie ses yeux.

— J'étais un petit voyou ordinaire. Le football m'a donné la discipline dont j'avais besoin.

L'air du soir les enveloppait, immobile et parfumé. L'ombre était si intime que cela sembla tout naturel de poser un instant la main sur la sienne.

— Merci d'avoir remarqué Nick, dit-elle. Merci de lui avoir tendu la main.

Elle allait rompre le contact ; il la retint en mêlant ses doigts aux siens.

— Ce fut un plaisir, dit-il tout bas. Et le fait de rencontrer la tante de Nick, un bonus inattendu.

Elle sentit son cœur s'emballer, s'ordonna de reprendre sa main… et découvrit qu'elle en était incapable. Assis côte à côte dans la nuit douce, ils respiraient le parfum d'un chèvrefeuille tardif, et l'air entre eux se chargeait peu à peu d'électricité.

— Hé, monsieur Hall ! Venez jouer !

La voix juvénile déchira le sortilège ; la main de Tucker glissa hors de la sienne.

— Sûrement pas ! repartit-il. Vous êtes bien trop rapides pour moi, et je n'ai pas envie de me ridiculiser !

Enchantés, les garçons lancèrent une volée de quolibets. Claire se leva.

— Je devrais rentrer, dit-elle en tirant l'ourlet de son short avec un peu de nervosité. Est-ce que Nick part avec moi ?

— Non, dit-il en se mettant sur ses pieds à son tour. Cela fait partie de la tradition : les plus âgés reconduisent les plus jeunes après la fête.

— Très bien.

Elle ne pouvait plus identifier les ombres qui couraient sur la pelouse.

— Ne vous en faites pas, les capitaines vont bientôt calmer le jeu. Ils ont tous des devoirs à faire.

Il la suivit dans la cuisine, attendit qu'elle prenne son sac et l'accompagna vers la porte d'entrée… en posant légèrement la main sur son dos. La chaleur de sa paume traversa son T-shirt. Elle sentit le contour individuel de chacun de ses doigts. Sur le seuil, il abaissa vers elle un regard souriant, puis s'écarta pour la laisser passer devant lui.

Le temps de s'installer dans sa voiture, elle était parvenue à contrôler sa respiration.

— Merci pour le coup de main, dit-il en prenant le volant. Dites-vous que c'était votre baptême du feu.

— Je me suis bien amusée. J'ai aimé regarder les garçons vivre leur vie de garçons. C'était bien de voir Nick se comporter comme n'importe quel jeune.

— Ils étaient un peu plus déchaînés que d'habitude. Ils ont besoin de se défouler, avant le premier match.

— Vous êtes formidable avec eux.

— J'ai appris auprès du meilleur. Mon propre coach était extraordinaire.

— Il doit être très fier de ce que vous avez fait.

Il se figea un instant ; elle vit ses mains se crisper sur le volant.

— J'espère, dit-il.

— Comment pourrait-il ne pas être fier de vous ?

Encore cette tension bizarre ! Il filait en silence le long des rues résidentielles, désertes à cette heure ; de son côté, elle n'osait plus rien dire.

Elle devinait une souffrance derrière ses paroles. Un besoin la saisit de comprendre, de cerner l'homme réel caché derrière cette façade séduisante et décontractée. Mais avant qu'elle puisse formuler une question, il se gara dans son allée.

Il mit pied à terre, et contourna la voiture pour venir ouvrir sa portière. Tandis qu'ils marchaient côte à côte vers la porte d'entrée, il posa une main légère sur sa taille et elle eut envie de se rapprocher de lui.

A quoi pensait-elle donc ! Cet homme était l'un des professeurs de Nick, et une part intégrante du paysage de Monroe. Mal à l'aise, elle pressa le pas, monta les marches et déverrouilla la porte. Prenant sa main, il la souleva jusqu'à sa bouche et embrassa sa paume.

— Désolé de vous avoir fait travailler pour votre dîner. Je vous revaudrai ça la prochaine fois.

Le cœur battant, elle haussa les sourcils pour le taquiner.

— Vous êtes si sûr qu'il y aura une prochaine fois ?

— Oh, oui… Il y aura certainement une prochaine fois.

Prenant son visage entre ses paumes, il pressa sa bouche contre la sienne. Un baiser rapide et léger, qui la laissa sans forces. Un instant plus tard, il reculait en effleurant sa joue d'une caresse rapide.

— Il vaudrait mieux allumer avant que Nick ne rentre. Je vous verrai au match, demain soir.

7.

Le lendemain matin, Claire se sentait encore trop agitée pour se mettre au travail. Elle décida que le moment était venu de tenir parole en allant poser quelques questions à la police au sujet de la mort de Janice. Cette perspective ne la réjouissait guère ! Au moins, se dit-elle amèrement en montant dans sa voiture, elle n'aurait pas à affronter Denton, le spécialiste des promesses électorales, celui qui regardait ailleurs dès qu'il voyait un problème susceptible de gêner les puissants de sa minable petite ville. Des tactiques qui menaient loin, puisqu'il était maire, à présent…

Avec un peu de chance, le nouveau chef de la police ne serait pas un homme à lui. Elle allait peut-être rencontrer un nouveau venu, un inconnu sans liens particuliers avec Monroe. En fait, l'identité de son interlocuteur n'avait aucune importance, décida-t-elle en se garant devant le petit poste de police. Elle avait fait une promesse à Nick, et elle ne le décevrait pas.

Lorsqu'elle entra, la femme installée derrière le comptoir d'accueil lui fit un grand sourire cordial.

— Claire Kendall ? J'ai appris que tu étais de retour !

Une femme d'âge mûr, dont le visage ne lui disait rien… Forçant un sourire, Claire lut discrètement son badge. Josie Williams. Elle se souvenait vaguement de cette famille.

— Bonjour, madame Williams, dit-elle. Comment allez-vous ?

— Oh, on fait aller… Et toi ?

Elle s'accoudait à son bureau, prête à bavarder.

— Oh, ma foi… Est-ce que le chef de police serait disponible ? demanda poliment Claire.

— Il est là, oui, répondit son interlocutrice, un peu déçue. Je vais voir s'il peut te recevoir.

— Merci…

Se mettant lourdement sur ses pieds, Mme Williams poussa une porte et disparut. Elle revint très vite, suivie d'un homme grand et massif que Claire ne reconnut pas.

— Madame Kendall ? Seth Broderick, le chef de police. Vous vouliez me parler ?

Elle s'avança pour lui serrer la main. Broderick avait un visage marqué mais plutôt agréable, avec des yeux bruns perçants. Elle devina qu'à l'inverse de Denton, ces yeux-là voyaient beaucoup de choses.

— Bonjour. Nous pouvons passer dans votre bureau ?

Il la précéda, referma la porte derrière elle et l'invita à s'asseoir. Elle décida de se lancer sans plus attendre.

— Je suis ici au sujet de ma sœur, Janice Kendall.

— Je suis désolé de ce qui lui est arrivé.

— Merci.

Nouant et dénouant nerveusement les doigts, elle demanda :

— Pouvez-vous me donner quelques détails sur l'enquête ?

Surpris, Broderick haussa les sourcils.

— Il n'y a guère de détails à donner. Il faisait nuit, il pleuvait, les routes étaient glissantes. Elle a dérapé et sa voiture est tombée dans le lac. Il y a un à-pic de près de quinze mètres à cet endroit, et sa voiture a dû rebondir…

Il s'interrompit un instant, puis précisa :

— Si cela peut vous réconforter, vous ou son garçon, elle était probablement morte avant de toucher l'eau. Sa nuque était brisée.

— Merci, chuchota Claire.

Il était terrible d'entendre cette voix neutre décrire la mort de sa sœur. S'efforçant de se reprendre, elle demanda :

— En fait, je me demandais si vous aviez envisagé la possibilité que sa mort ne soit pas un accident.

Elle venait de le surprendre une seconde fois.

— Vous pensez que c'est un suicide ?

— Pas du tout !

Bouleversée, elle pressa ses paumes moites l'une contre l'autre et reprit avec effort :

— Mon neveu dit qu'elle a eu un coup de fil juste avant de sortir, ce soir-là. Il affirme qu'elle devait aller retrouver quelqu'un, qu'elle ne voulait pas y aller...

Sans avertissement, les larmes lui montèrent aux yeux. Elle balbutia :

— Je veux juste être sûre qu'on ne l'a pas aidée à tomber dans ce lac.

— Rien ne montre qu'il soit question d'autre chose que d'un accident tragique, déclara le chef de police.

— Mais est-ce que quelqu'un a seulement cherché ?

Il scruta son visage un instant, puis fit pivoter son siège, disant d'une voix brève :

— Je prends le rapport.

Il ouvrit un meuble de classement, chercha quelques instants et sortit un dossier. Un dossier terriblement mince, qui ne devait contenir que deux ou trois feuilles. Il le parcourut rapidement, puis leva les yeux vers elle.

— Il n'y a pas le moindre élément pouvant suggérer la possibilité d'un crime. En revanche, rien ne montre qu'on ait cherché dans ce sens.

— Je ne cherche pas à créer des difficultés, ni pour vous ni pour la police, dit-elle. Mon neveu et moi, nous avons juste besoin de savoir.

Le regard du commissaire s'adoucit un peu.

— C'est dur pour lui d'avoir perdu sa mère.

— Oui. Surtout quand ses inquiétudes sont écartées par les autorités, osa-t-elle répondre.

La douceur disparut de ses yeux.

— Personne n'a écarté ses inquiétudes.

— Nick a dit au policier venu lui apprendre la nouvelle qu'il craignait qu'on ait délibérément attiré sa mère sur cette route dangereuse. A sa connaissance, personne ne s'est jamais renseigné sur ce point.

Broderick baissa de nouveau les yeux sur ses notes, lut quelques instants, puis releva les yeux vers elle. Son visage s'était fermé.

— Nous n'avons aucune trace de cet échange entre votre neveu et mon policier.

— Mon neveu n'a pas menti, dit-elle fermement. S'il dit qu'il a parlé à votre policier, il l'a fait. Je vous propose de demander à votre homme.

— Vous pouvez être sûre que je le ferai.

Il n'y avait plus aucune compassion dans son regard. Il ressemblait à un policier typique, aux yeux froids et inexpressifs. Un homme qui garde ses pensées pour lui.

— Où est la voiture de Janice ? demanda-t-elle encore.

— Elle était complètement détruite.

Il consulta le rapport, puis ajouta :

— Nous l'avons transportée chez C & J Wrecking. C'est la casse de Bakersville.

Bakersville était la ville la plus importante de la région, à une trentaine de kilomètres de Monroe. Claire se pencha vers lui, la main tendue pour prendre congé.

— Je vous remercie. Vous me tiendrez au courant, quand vous aurez parlé à votre homme ?

— Comptez-y, répondit-il avec un hochement de tête assez sec.

— J'apprécie beaucoup ce que vous faites.

Elle se retrouva sur le trottoir. Voilà, c'était fait. Elle avait réussi à exposer la situation, elle s'était montrée ferme mais courtoise… La réaction ne se fit guère attendre, et elle se mit à trembler. Denton n'était plus chef de la police, mais rien d'autre ne semblait avoir changé. Ils ne voyaient toujours que ce qu'ils voulaient voir.

Un instant plus tard, elle décida qu'elle se montrait peut-être injuste. Broderick, après tout, n'avait pas écarté ses questions, il ne l'avait pas prise de haut.

Tout de même… La question fondamentale, ahurissante, ne cessait d'exploser en elle. Etait-il possible que Janice ait été assassinée ? Son accident n'était-il qu'une mise en scène ?

Elle reprit le volant et roula lentement, en proie à un profond malaise. Une énergie nerveuse courait en elle, un besoin d'agir, de faire bouger les choses. C'est alors qu'elle reconnut la jeune femme qui entrait dans le café restaurant. Andrea Vernon, la femme de Roger. Elle était seule. Sans presque en avoir conscience, elle rabattit la voiture vers le trottoir, se gara et se hâta vers l'entrée à son tour. Trop concentrée sur son objectif, elle ne vit pas la haute silhouette qui se hâtait pour la rattraper. Quand une main effleura son bras, elle sursauta violemment.

— Bonjour, Claire, dit la voix de Tucker.

Elle se retourna d'un bond, livide. Il lui souriait avec chaleur.

— Vous avez l'air pressée !

Un instant, elle le fixa, désorientée.

— Je… pensais à quelque chose.

— Je vois ça. Moi aussi, j'ai pensé à beaucoup de choses ces derniers jours, répondit-il en fourrant ses mains dans ses poches. Et voilà que vous apparaissez devant moi. C'est magique.

La tension fiévreuse qui l'habitait se dénoua un peu. Quand il la regardait de cette façon, avec ce sourire… elle oubliait ses idées noires.

— Oh, très habile ! dit-elle sur un ton de légère moquerie, le souffle court. Et dès le matin, en plus ! Je suis impressionnée.

— Je suis du matin, riposta-t-il, amusé. Je l'ai toujours été. Tant de choses sont meilleures le matin.

Elle haussa les sourcils en s'efforçant d'ignorer l'allusion.

— Et vos cours ? Vous faites l'école buissonnière ?

— Ce n'était pas dans mes projets, mais vous me donnez des idées. Si on faisait le mur ?

Elle fut choquée par l'envie qu'elle eut de dire oui… et soulagée de voir à son regard qu'il plaisantait ! En tout cas, elle l'espérait.

— Pas aujourd'hui, désolée, dit-elle d'un ton dégagé. Je ferais même mieux de vous éviter. Vous êtes d'une mauvaise influence, vous faites tout pour me détourner de mon travail.

Enchanté, il lui adressa un sourire diabolique.

— Une mauvaise influence ? Belle dame, vous n'avez aucune idée de ce dont je suis capable.

Elle s'en doutait un peu, à vrai dire. Et c'était affolant de mesurer à quel point elle avait envie d'en savoir davantage. Bien décidée à changer le sujet, elle prit un ton sévère pour demander :

— Pourquoi n'êtes-vous pas au lycée ?

Il la regarda avec, au fond de l'œil, une lueur qui signifiait qu'il comprenait parfaitement son stratagème, et qu'il se laissait détourner de son objectif. Du moins pour cette fois.

— Mon prochain cours est à 11 heures. Je passais prendre quelque chose au magasin de sport.

— Je vous laisse y aller, alors.

Quand elle voulut passer devant lui, sa grande main revint se poser sur son bras.

— Que faites-vous après le match, ce soir ? demanda-t-il.

— Je ne sais pas. Je ne me suis pas posé la question.

— Les garçons vont souvent chez Sparky manger une pizza. Certains parents aussi.

— Je demanderai à Nick s'il veut y aller.

Très consciente de la chaleur de sa main sur son bras, elle leva la tête pour lui sourire.

— Encore une tradition de l'équipe ?

— C'est cela, répondit-il amicalement.

— Bonne chance pour ce soir.

— Merci.

Pendant un instant, ils ne bougèrent ni l'un ni l'autre, puis ils s'écartèrent en même temps.

— Prenez soin de vous, Claire, dit-il avec douceur. J'espère vous voir ce soir.

Elle hocha la tête et se faufila devant lui ; elle sentait encore son regard posé sur elle en entrant dans le café.

Elle dut rester un instant immobile sur le seuil pour s'accoutumer à la pénombre fraîche, et pour laisser son cœur emballé reprendre un rythme plus normal. Ecartant fermement Tucker de ses pensées, elle s'avança en parcourant la salle des yeux. Andrea se trouvait près de la vitrine, seule devant une tasse de café. Souriant à la serveuse qui s'avançait à sa rencontre, Claire déclara :

— Je vais rejoindre Mme Vernon.

La jeune fille eut un sourire étonné ; Claire crut comprendre que personne ne venait jamais boire un café avec Andrea. En se dirigeant vers la jeune femme, elle se jura de lui faire comprendre qu'elle n'était plus seule.

En s'impliquant dans cette affaire, elle s'impliquait dans la vie de Monroe. Avec une sorte de sursaut intérieur, elle comprit que c'était une bonne chose. Elle ne pouvait pas rester éternellement en retrait. Tous ses mauvais souvenirs concernaient une enfant. Elle était adulte, maintenant, et il était temps de le montrer.

— Bonjour, Andrea, dit-elle à mi-voix.

La jeune femme la dévisagea avec prudence.

— Bonjour…

— Je peux m'asseoir un instant ?

Le regard anxieux d'Andrea dériva vers l'entrée.

— Je… ne sais pas. J'attends quelqu'un.

Son expression de tension furtive renforça sa détermination. Elle la reconnaissait si bien !

— Vous attendez Roger ? demanda-t-elle.

— Non, il est au tribunal, aujourd'hui.

— Parfait. Ça ne vous ennuie pas que je passe un petit moment avec vous en attendant votre amie, n'est-ce pas ?

— N… non.

Se mordillant la lèvre, Andrea jeta un coup d'œil inquiet par la vitre du restaurant. Une bouffée de colère envahit Claire, qui comprit qu'elle avait peur. Peur que son mari ne la voie en conversation avec elle.

Dès qu'elle s'assit, la serveuse s'approcha, son visage pointu brillant de curiosité. Claire commanda un café, et elle dut repartir sans en avoir appris davantage. Andrea la suivit des yeux et, une fois de plus, Claire devina ses pensées : elle était malade d'angoisse à l'idée de ce que la serveuse pourrait rapporter à Roger.

— Vous avez grandi ici, Andrea ? demanda-t-elle.

— Non. Je suis de Clinton.

C'était une ville un peu plus grande, siège administratif de la région.

— C'est là-bas que vous avez rencontré Roger ?

— Oui, répondit la jeune femme, souriante, en se détendant un peu. Je travaillais aux archives. Il est venu faire des recherches et nous avons parlé.

Son regard retomba sur sa tasse ; la soulevant d'une main tremblante, elle avala une gorgée.

— Une chose a mené à l'autre, nous nous sommes mariés et maintenant, je suis ici.

Il y avait une petite ecchymose au creux de son poignet. Un bleu de la taille du doigt d'un homme.

— Le coup de foudre, alors, dit Claire en faisant un effort héroïque pour sourire naturellement.

— Le jour du mariage, nous ne nous connaissions que depuis trois mois.

— C'est romantique !

Une ombre passa sur le visage d'Andrea, puis elle releva le menton d'un air de défi.

— Très romantique.

« Bien, pensa Claire. Elle n'est pas encore complètement brisée. »

— Vos parents ont été heureux de votre mariage ?

La bouche fine d'Andrea se mit à trembler.

— Mes parents sont morts dans un accident de voiture, quelques mois seulement avant que je ne rencontre Roger.

— Je suis désolée, murmura Claire avec compassion. Ça a dû être très dur.

Andrea ne répondit pas. Son regard fixait le vague, ou la rue ensoleillée derrière la vitre. Sachant qu'on pouvait les déranger à tout moment, Claire décida de passer à l'offensive. Poussant sa tasse de café de côté, elle demanda :

— Roger vous a dit qui je suis ?

Son interlocutrice lui jeta un regard bref et ses joues mates rosirent un peu.

— Une ancienne cliente, murmura-t-elle, gênée. Il m'a dit que vous aviez eu un désaccord, et que vous cherchiez à lui créer des ennuis auprès de la police et du barreau.

Claire eut un petit rire sans joie.

— Je suppose que c'est une façon de voir les choses !

Se penchant en avant, elle croisa les mains avec nervosité.

— Je suis désolée, sincèrement désolée que vous deviez apprendre cela de cette façon. Je suis beaucoup plus qu'une cliente difficile. J'ai été mariée à Roger pendant deux ans.

— Quoi ? bredouilla Andrea en pâlissant. C'est impossible !

— Pourquoi, impossible ?

— Roger ne m'a jamais dit qu'il avait déjà été marié.

— Cela ne me surprend pas. Roger déteste perdre la face. Croyez-moi, il ne m'a pas donné le divorce de son plein gré.

Le regard de la jeune femme était horrifié.

— Je ne vous crois pas. Je ne sais pas pourquoi vous racontez une histoire pareille, mais vous mentez…

Le cœur serré devant un pareil désarroi et une telle vulnérabilité, Claire reprit avec beaucoup de gentillesse :

— Si vous avez travaillé aux archives, vous savez que vous pouvez facilement retrouver notre acte de mariage. Et aussi notre jugement de divorce.

— Pourquoi me mentirait-il ?

Gardant son regard rivé au sien, Claire tendit la main pour effleurer l'ecchymose au creux de son poignet.

— Vous savez bien pourquoi.

Le regard d'Andrea s'attarda un instant sur la marque, puis ses mains disparurent sous la table et elle releva la tête.

— Je crois que vous devriez partir, maintenant.

— Je m'en vais. Je ne tiens pas plus que vous à ce que Roger sache que nous avons parlé. Je sais ce qui arriverait.

Un regard brillant d'angoisse se leva un instant vers le sien, puis ses paupières retombèrent.

— Andrea, insista-t-elle doucement, ce qu'il fait est mal. Il n'a aucun droit de vous frapper.

Spontanément, elle tendit la main vers la jeune femme, et s'arrêta net en voyant son mouvement de recul. Une affreuse colère se leva en elle.

— Je peux vous aider, dit-elle très bas.

Fébrile, elle griffonna ses numéros de fixe et de portable sur sa serviette en papier, et les fourra dans la main d'Andrea.

— Je lui ai échappé. Je peux vous aider à lui échapper aussi.

— Mais je l'aime…, chuchota la jeune femme. Et il m'aime aussi.

Que pouvait-elle répondre à cela ?

— Cela ne lui donne pas le droit de vous faire du mal. Je veux vous aider, Andrea. Appelez-moi n'importe quand, jour et nuit.

Elle posa quelques pièces sur la table pour payer le café qu'elle n'avait pas touché, se glissa hors de la banquette et s'efforça d'offrir un sourire encourageant à Andrea. Roger avait un véritable génie pour convaincre une femme que toute résistance était impossible… Mais son influence ne durait pas éternellement, elle en était la preuve vivante ! Le passé était derrière elle, à présent. Elle ne se laissait plus intimider, elle venait de le montrer au poste de police. Elle aiderait Andrea.

Elle se glissait dans sa voiture quand elle vit Roger passer en trombe au volant d'une décapotable. Décrivant une courbe flamboyante, il se gara devant l'immeuble qui abritait son cabinet. Une nouvelle flambée de colère l'aveugla. Combien de fois lui avait-il annoncé qu'il serait absent toute la journée, pour surgir au moment où elle s'y attendait le moins, en espérant surprendre quelque chose ! Heureusement, elle avait quitté le café à temps…

Téléphone-moi, Andrea, supplia-t-elle en silence. *N'attends pas !*

8.

— Merci !

Claquant la portière de la voiture, Nick trotta vers l'entrée du lycée. Une bouffée de culpabilité l'empêcha de se retourner pour regarder sa tante s'éloigner. Il sentait bien qu'elle aurait aimé un petit mot en plus : qu'il l'appelle « Tatie Claire », par exemple. Il voyait ça sur son visage, mais il se sentait incapable de prononcer les mots.

Serrant son uniforme de foot sur son cœur, il se remit à courir. Il n'avait pas besoin d'elle, il n'avait besoin de personne. Qu'il l'appelle d'une manière ou d'une autre, elle finirait toujours par partir.

Il poussa la porte des vestiaires et plongea dans les parfums familiers de sueur, de chaussettes et de désinfectant. Des parfums qui l'apaisaient en lui rappelant qu'il existait au moins un endroit, sur cette Terre, où il avait sa place. Il faisait partie de cette équipe, et cela, personne ne pouvait le lui retirer.

— Salut, Kendall ! cria une voix surexcitée. On va leur botter les fesses, à ceux d'Acadia !

Nick se fraya un chemin entre les groupes de garçons pour claquer la paume de Frankie Johnson.

— Ça va être mortel !

— Attends de voir les pom-pom girls, reprit son copain avec un large sourire. Chaudes, chaudes ! Carly Horton sera là, et elle, c'est la plus chaude de toutes.

— Cool !

Il se fichait bien de savoir si Carly Horton serait sur le terrain. Et Caitlyn Burns ? Elle était dans la fanfare, mais il ne savait pas si la fanfare jouait pour les matchs. Il n'avait pas osé le lui demander.

Arrachant ses vêtements, il enfila sa tenue. Les protections pour les épaules étaient énormes, et il avait encore du mal à les faire tenir correctement. En enfilant son pantalon moulant, il examina ses jambes. A quoi ressemblerait sa patte folle, sous ce tissu Stretch ? Et si les autres allaient se moquer ?

— Hé, Kendall, tu es prêt ? C'est presque l'heure ! cria Frankie.

Vite, il se pencha pour nouer ses lacets… et cacher ses joues pivoine. Si Frankie l'avait vu en train de se regarder, il allait le prendre pour un crétin.

— Bonsoir tout le monde ! Prêts ? Bien, on s'échauffe !

C'était la voix de l'entraîneur. Instantanément, les bavardages s'éteignirent. Nick saisit son casque et sauta sur ses pieds.

— Nous avons travaillé dur pendant des semaines et le grand soir est arrivé, reprit Hall Tucker. Vous êtes prêts à jouer ?

Un tonnerre d'acclamations lui répondit, et il se mit à rire.

— J'attends ce match avec autant d'impatience que vous. Alors tout le monde dehors, et montrez-moi du vrai football !

Claquant la paume du garçon le plus proche de lui, il ordonna :

— Capitaines, emmenez vos joueurs !

Nick suivit les autres, le cœur battant furieusement dans sa poitrine. Il ne faisait pas encore nuit, mais les grands projecteurs étaient déjà allumés. Les tribunes étaient bondées ; quand l'équipe parut, tout le monde se leva pour les acclamer. Nick s'arrêta court, le regard levé vers la foule.

— Ça va, Kendall ?

Tucker Hall apparut près de lui. Nick hocha la tête, incapable de parler.

— Ta jambe, tu la sens bien ?

— Ouais, réussit-il à dire.

— Bien. Va sur le terrain, et fais ton échauffement. Je te montrerai où tu peux t'exercer à shooter.

Son regard se fit plus aigu et il demanda :

— Tu as le trac ?

— Un peu, avoua Nick d'une voix étranglée.

— C'est bien, dit Tucker Hall avec chaleur, en lui donnant une claque dans le dos. Si tu ne l'avais pas, je me ferais du souci pour toi. Maintenant, file et détends-moi cette jambe.

Il se tourna vers un autre joueur et Nick s'engagea au trot sur le terrain. La pelouse semblait très épaisse et lisse sous ses pieds ; son parfum frais montait aux narines. Un parfum qui lui rappelait une des dernières journées avec sa mère. Le pique-nique dans le jardin… Ils avaient parlé, allongés dans l'herbe. Il l'entendait encore dire qu'elle espérait que Monroe lui plaisait, parce que c'était un endroit idéal pour eux. Ils resteraient ici très, très longtemps.

Sa vision se brouilla, et il dut cligner furieusement des paupières. Dire qu'elle ne pouvait même pas être là ce soir, pour assister à son premier match !

Il s'attaqua à ses étirements avec rage. En se redressant à la fin d'une série, il repéra sa tante Claire en train de grimper dans les tribunes. Elle n'en ratait pas une ! fulmina-t-il en levant les yeux au ciel. Elle avait encore mis des fringues trop maniérées, ce qu'il appelait son look de Chicago. Tout le monde portait des sweats avec le logo des Bulldogs, et un jean ou un short.

Tout en suivant les indications du capitaine, il la garda à l'œil et la vit s'asseoir près d'une femme qui ressemblait à la mère de Frankie. Pourquoi parlait-elle à Mme Johnson ? Il les regarda fixement, essayant de deviner si elles parlaient de lui. Un grand coup de sifflet éclata à ses oreilles, et ils coururent tous vers la touche. Galopant droit sur lui, Frankie sauta en l'air et heurta son casque contre le sien. Il tituba en arrière de quelques pas, un carillon dans les oreilles… et éclata de rire. La seconde fois, ils sautèrent en même temps. Tous les autres étaient en train de se heurter du casque, de se claquer les paumes. Le cœur de Nick se gonfla à éclater.

Ils se mirent tous en cercle, tête contre tête, et crièrent :

— Bulldogs, go !

Les joueurs qui ouvraient le match partirent à toute allure prendre leurs positions, les autres se laissèrent tomber sur le banc de touche. Nick s'installa tout au bout du banc. Il osait à peine regarder Thomson, qui allait faire le coup d'envoi. S'il était nul, ce serait sa faute à lui, Nick. L'entraîneur n'avait pas changé d'avis pour la première mi-temps, et Thompson n'était pas content de devoir botter.

Une plainte s'éleva de la foule. Levant la tête, il vit que le ballon n'avait avancé que de quelques mètres. Le cœur lourd, les entrailles nouées, il vit l'autre équipe claquer ses paumes et crut mourir de honte.

Le reste de la mi-temps fut un cauchemar. Chaque fois qu'il fallait shooter, le ballon faisait un misérable petit bond avant de s'abattre dans l'herbe, ou bien il rebondissait hors des mains du receveur trouvé sur Internet. Les adversaires riaient et Nick se tassait sur lui-même. Il supportait à peine de regarder les gradins. Pourtant, un éclair vert vif attira son regard et il vit sa tante Claire debout, en train de hurler en trépignant tandis que les Bulldogs gagnaient quelques *yards*. Il se mit à la surveiller du coin de l'œil, et fut bien obligé d'admettre qu'elle suivait l'action, et qu'elle criait au bon moment.

Elle se faisait même expliquer les règles par M. Johnson, comprit-il en voyant la pantomime de ce dernier. De toute évidence, elle ne tenait pas à se ridiculiser ! Pourtant, une petite voix lui souffla qu'il se montrait injuste envers elle. Rageur, il refusa de l'écouter : il ne voulait pas s'intéresser à ce que faisait sa tante.

Enfin, le sifflet annonça la fin de la mi-temps. Sautant sur ses pieds, il fila vers les vestiaires, courant de toutes ses forces pour arriver parmi les premiers. Si seulement il avait pu se cacher quelque part et ne jamais ressortir !

Tucker se posta sur la ligne de touche pour regarder les garçons s'échauffer pour la deuxième mi-temps. Il allait devoir parler à Nick, car le pauvre gosse avait l'air misérable.

Il se dirigeait vers lui quand il repéra un chemisier vert dans les tribunes. Claire ! Elle descendait vers le terrain en cherchant son neveu du regard. Tucker s'immobilisa, fasciné. Un instant plus tard, elle se retourna comme si on venait de crier son nom, et Derek Joiner se glissa près d'elle. Tucker fronça les sourcils. Ce tombeur n'allait tout de même pas lui faire du charme ? Ses cheveux blonds étincelaient sous les projecteurs ; même à cette distance, il voyait briller ses dents. Une bouffée de jalousie l'aveugla, car l'individu venait de poser la main sur le bras de Claire. Il aurait aimé prendre ce bellâtre par la peau du cou et lui expliquer…

— Monsieur Hall ?

Il sursauta, se retourna brusquement. L'un des capitaines se tenait derrière lui.

— Oui, Coolvin ?

— On reprend les mêmes, pour commencer ?

Tucker s'en voulut de s'être laissé distraire. Ses garçons avaient besoin de toute sa concentration.

— Oui. Les mêmes, dit-il.

Il reprit sa place en s'interdisant de scruter les gradins ou de chercher Claire du regard. Les premières actions se déroulèrent, et il comprit que l'équipe ne marquerait pas de points pour l'instant. Et même qu'ils n'avaient guère de chance d'en marquer un au cours de la soirée ! Jetant un coup d'œil vers l'extrémité du banc de touche, il vit Nick ramassé sur lui-même, les mains pendant entre ses genoux, la tête basse.

— Kendall ! hurla-t-il.

Le garçon fit un bond, sauta sur ses pieds et courut se planter devant lui, presque au garde-à-vous ; l'espoir qu'il lut dans ses yeux lui serra le cœur.

— On dirait que tu vas devoir shooter, dit Tucker. Tu es prêt ?

— Oui. Je suis prêt.

— Bien. Quand tu seras sur le terrain, respire profondément plusieurs fois et détends-toi. Tu t'es bien débrouillé à l'entraînement, cette semaine. Dis-toi que tu es encore en train de t'exercer. Tends bien la jambe et tout ira pour le mieux.

— Oui, j'y penserai.

Le garçon hochait vigoureusement la tête en se balançant d'un pied sur l'autre, impatient de filer. Tucker lui tapota le dos.

— A toi de jouer !

Il s'engagea sur le terrain en courant de toutes ses forces. Il se mit en position, shoota avec énergie. Le ballon s'envola, retomba lentement, droit dans les bras d'un coéquipier qui se mit à courir, avant d'être rapidement plaqué au sol. Nick quitta le terrain d'un pas lourd, la tête courbée. Il se dirigeait vers son extrémité du banc quand Tucker l'intercepta :

— Ce n'était pas mal. Tu feras mieux la prochaine fois.

Nick hocha la tête et voulut passer son chemin. Laissant tomber sa main sur son épaule, Tucker sentit la tension qui vibrait en lui.

— On va décomposer un shoot, dit-il. Même les professionnels le font avant de botter.

Il se mit à décomposer l'action, mouvement par mouvement, et Nick l'écouta avec concentration. Quand il se tut, le visage de l'adolescent s'était détendu. Au lieu de se replier sur le banc, il alla se planter en bordure du terrain pour suivre le match.

A la fin de la rencontre, Tucker serra la main du coach de l'équipe adverse et regarda ses garçons aller et venir sur le terrain, échangeant des claquements de paume. Le tableau du score proclamait leur échec en chiffres géants.

« Ce n'est qu'un match entre deux lycées », se répétait-il en s'éloignant. Il devait se ressaisir avant le discours d'usage, aux vestiaires.

Ce fut difficile, mais il parvint à ravaler son amertume et sa colère ; quand les garçons quittèrent le terrain, il réussit même à leur sourire.

— Les premières, ramassez les glacières, ordonna-t-il. Les secondes et terminales, rassemblez tout le matériel qui traîne. Les troisièmes, assurez-vous que personne n'a rien oublié sous le banc de touche. On se retrouve aux vestiaires.

Il rentra dans le bâtiment, s'enferma dans les toilettes des entraîneurs et se mit à arpenter le petit espace. Il détestait perdre, avec une intensité qui l'étouffait. A l'époque où c'était lui qui portait l'uniforme, il aurait défoncé le mur du vestiaire à coups de poing, après une défaite pareille.

Trouvant une poubelle métallique sur son chemin, il l'envoya promener d'un coup de pied furieux. Elle heurta le mur dans un fracas assourdissant, et le vacarme lui rendit le sens des réalités. Interdit, il s'immobilisa. Ce n'était pas un match professionnel :

les joueurs étaient de jeunes garçons qui calqueraient leur réaction sur la sienne. A lui de leur enseigner le plus important.

Fermant les yeux, il respira profondément.

Dix minutes plus tard, quand il rejoignit l'équipe, il trouva les garçons assis sur les bancs ou adossés aux murs, serrant leurs casques sur leurs cœurs. Ils étaient nerveux, anxieux, et étrangement silencieux.

— Alors, que pensez-vous de notre premier match ? demanda-t-il à la cantonade.

Personne ne répondit.

— Les capitaines ? Porter, Coolvin ? insista-t-il en haussant les sourcils.

Le silence retomba, puis une voix avança :

— On a été minables.

Tucker attendit quelques instants, son regard passant sur les jeunes visages déçus et abattus. Personne ne dit rien.

— C'est ce que vous pensez tous ? s'enquit-il.

La réponse fut un murmure affirmatif, ponctué de quelques hochements de tête.

— Eh bien, vous voulez savoir ce que je pense, moi ? Minable, c'est bien le dernier mot que j'emploierais.

De nouveau, il parcourut son équipe du regard et reprit avec beaucoup de conviction :

— Je suis fier de vous. Vous avez donné votre maximum, et chacun d'entre vous a joué aussi bien que possible.

S'interrompant un instant pour donner plus de poids à ce qu'il allait dire, il assena :

— Voilà ce qui compte le plus. Ce n'est pas le score qui décide de la qualité d'une rencontre. Pour l'essentiel, vous avez gagné, ce soir. Vous pouvez être contents de vous.

Les garçons remuaient les pieds, assez sceptiques, mais les visages commençaient tout de même à se détendre. Ils s'attendaient donc à se faire incendier ? Cette idée le fit sourire, et il déclara :

— Maintenant, filez ! C'est vendredi soir… Vous n'avez pas mieux à faire que de traîner aux vestiaires ?

La tension s'évapora, les garçons se mirent à rire et à plaisanter ; Tucker s'attarda encore quelques instants, puis se retira dans son bureau.

Il rédigeait ses notes de match et cernait les orientations à donner aux prochains entraînements quand il sentit une présence. Levant les yeux, il vit Nick Kendall planté sur le seuil, l'air profondément malheureux.

— Kendall ? Entre… Que veux-tu ?

— Je crois que je ferais mieux d'arrêter, marmonna le garçon.

— Arrêter ? Arrêter quoi, de parler aux filles ? De manger cinq kilos de chocolat par jour ?

Rougissant furieusement, Nick précisa :

— Je crois que je devrais quitter l'équipe.

Se renversant contre le dossier de son siège, Tucker scruta son visage.

— Et pourquoi donc ?

— Parce que moi, j'étais vraiment minable. Je n'ai rien fait du tout pour l'équipe.

Il semblait au bord des larmes.

— Il me semblait pourtant que tu avais botté deux coups d'envoi et tenté un but du fond du terrain. J'ai raté quelque chose ?

— Non, c'est moi qui ai raté ! explosa Nick. J'ai raté mon but et je n'ai gagné que quelques mètres en shootant. L'équipe mérite mieux que ça.

— Tu es le meilleur que nous ayons. Tu as vraiment envie de nous laisser tomber ?

— Vous serez mieux sans moi.

Tucker croisa les mains derrière sa nuque.

— C'est une fête privée, ou n'importe qui peut venir ? s'enquit-il.

— Je cherche juste à voir ce qui est mieux pour l'équipe, bredouilla Nick, interdit.

— Dans ce cas, tu viendras à l'entraînement lundi et tu travailleras ton shoot.

Lui faisant signe d'approcher, il ordonna :

— Assieds-toi, Kendall.

Une fois l'adolescent perché, tout raide, sur la chaise qu'il lui indiquait, il reprit :

— Oui, c'est vrai, tu as raté ton but. Tu n'as pas obtenu autant de distance que tu l'aurais voulu sur tes shoots. Mais tu as essayé.

Pensif, il inclina la tête sur le côté en étudiant Nick. Puis, se décidant, il lui dit :

— Personne ne voulait être notre botteur avant ton arrivée, Nick. Tu sais pourquoi ?

Il attendit que Nick secoue la tête pour expliquer :

— Parce que c'est une place à risque, une place à responsabilités. Au moment où tu shootes dans le ballon, tout le monde a les yeux braqués sur toi. Si tu rates ton coup, tout le monde est au courant.

Se penchant en avant, il assena :

— Ce n'est pas tout le monde qui peut assumer une pression pareille. Toi, je pense que tu peux.

Un éclair de joie éblouissant illumina le visage du garçon. Contrôlant instantanément sa réaction, il se mit à frotter une tache d'herbe sur son pantalon.

— D'accord, dit-il. Je reste.

Levant les yeux vers Tucker, il ajouta un peu timidement :

— A lundi, alors.

— J'y compte bien ! Viens, ajouta-t-il en sautant sur ses pieds. Nous passons assez de temps dans ce trou pendant la semaine !

Il lui donna une grande claque dans le dos ; déséquilibré, le garçon vacilla. Ennuyé d'avoir oublié sa mauvaise jambe, il voulut s'excuser, mais Nick lui offrit un sourire rayonnant.

— Pas de problème.

Apparemment, il avait réussi à trouver les mots justes. Il s'aperçut que la colère et la déception qu'il ressentait quelques instants plus tôt s'étaient totalement évanouies. S'emparant de sa mallette, il coupa les lumières des vestiaires déserts et se dirigea vers la sortie, Nick à son côté. Les garçons n'étaient pas seuls à avoir appris quelque chose, ce soir.

9.

— Nick, dis-moi quelle couleur tu préfères, insista Claire.

Dans une travée du magasin de bricolage Home Helper, elle tenait à bout de bras des échantillons de couleurs, sans parvenir à se les représenter sur les murs de leur salon.

— Oh, celui que tu voudras…, répondit-il avec impatience.

Jetant un bref regard aux échantillons, il pointa le doigt au hasard en décidant :

— Celui-là.

— Voilà qui est mûrement pesé !

— J'ai dit que je t'aiderais à faire la peinture, répliqua instantanément son neveu, pas que je choisirais la couleur !

Deux semaines plus tôt, cette réponse l'aurait hérissée. Elle devait faire des progrès, car elle eut plutôt envie de rire.

— Parlé comme un vrai mec, remarqua-t-elle. Je crois qu'on va essayer celle-ci, décida-t-elle en désignant un jaune clair crémeux. Si ça ne nous plaît pas, on pourra toujours tenter autre chose.

— Bon, vendu, soupira Nick en se détournant pour étudier un engin compliqué, tout en tubes. Regarde, si on prenait ça ?

— Un rouleau électrique ?

Hésitante, elle s'approcha pour lire l'emballage. Elle voyait d'ici le spectacle : deux novices comme eux se débattant avec un appareil qui crachait de la peinture partout...

— Non, sûrement pas. Je crois qu'on va s'en tenir aux bonnes vieilles recettes.

— Bonne idée, dit une voix derrière elle. Il n'y a rien de tel que les bonnes vieilles recettes.

Elle se retourna d'un bond. Tucker se tenait derrière eux, vêtu d'un short effrangé et d'un T-shirt éclaboussé de peinture. Un T-shirt si moulant qu'elle dut faire un effort pour arracher son regard à sa musculature impressionnante.

— Bonjour, dit-elle sans réfléchir. Vous êtes matinal !

Puis elle se tassa sur elle-même, atterrée par l'inanité de cette entrée en matière. Il sembla ne rien remarquer.

— Je vous avais bien dit que j'étais du matin, répondit-il de sa voix paisible. Vous attaquez vos rénovations ?

— Bonjour, monsieur Hall ! s'écria Nick, abandonnant sa contemplation du rouleau électrique. Ouais, on va peindre le salon, ce week-end.

— Tiens ! Moi aussi, je comptais faire de la peinture.

Il jeta un regard de connivence au garçon ; instantanément, Nick se redressa et Claire vit sa poitrine se gonfler.

— J'essayais de lui expliquer qu'on a besoin de matériel sérieux, dit Nick.

Il montra le rouleau électrique, espérant manifestement que son entraîneur préconiserait cet achat.

— Oh, non ! dit Tucker. Ne prenez pas ça, ça gâche tout le plaisir de la peinture.

— Mais ça a l'air cool, protesta Nick.

— Il ne faut pas te fier aux apparences, répondit Tucker.

Son regard captura celui de Claire, et s'attarda un instant de trop. Puis, très décontracté, il se mit à étudier le contenu de leur Caddie. Les lèvres serrées pour ne pas sourire, il demanda :

— Vous avez déjà fait de la peinture ?

— Pas vraiment, avoua-t-elle, mais nous devrions être capables de nous débrouiller. Ce n'est sûrement pas très compliqué.

— C'est parfois plus compliqué qu'on ne pense, déclara-t-il gravement. Il faudrait des jours pour vous expliquer toutes les subtilités, mais puisque c'est vous, je vous ferai profiter de ma vaste expérience. Je viens vous aider !

Ses yeux riaient.

— Ce n'est pas nécessaire, protesta-t-elle fermement. Nous sommes parfaitement capables de peindre une pièce. N'est-ce pas, Nick ?

Déçu, ce dernier haussa les épaules.

— Ouais, comme tu veux…

— De toute façon, vous avez vos propres travaux, ce weekend. Vous êtes bien ici pour acheter du matériel ?

— Oh, ça peut attendre. Le spectacle à lui seul vaudra la peine.

Très amusé, il retira deux pinceaux du Caddie.

— Vous comptiez vous en servir pour quoi ?

— Pour peindre, bien sûr, répliqua-t-elle en fronçant les sourcils. Pour les huisseries.

— Eh bien, vu qu'ils sont faits pour vernir le bois brut…

— Comment ? Faites voir…

Elle les lui prit des mains, et lut l'étiquette. Effectivement, ils étaient conçus pour appliquer du vernis sur du bois non poncé.

— Bon, nous nous sommes trompés, dit-elle en les laissant choir dans le bac où elle les avait pris. Nous trouverons ceux qu'il faut.

— Claire, protesta-t-il en saisissant au vol la main qu'elle tendait vers un autre modèle, on n'utilise pas des pinceaux pour peindre un mur ! Il faut des rouleaux.

Elle se dégagea, fourra dans sa poche la main qu'il venait de toucher, et qui fourmillait bizarrement.

— Très bien ! concéda-t-elle. Nous prendrons des rouleaux.

Il jeta un nouveau coup d'œil de connivence à Nick.

— Je parie qu'elle ne sait même pas à quoi cela ressemble.

Mal à l'aise, le garçon les regarda tour à tour et ne répondit rien. Elle comprit qu'il se demandait si les adultes se moquaient de lui.

— Nick sait exactement ce qu'il nous faut, dit-elle fermement. Merci !

Saisissant le bras de son neveu, elle l'entraîna, mais cet homme impossible les suivit, glissant à l'oreille de Nick :

— Que va-t-on faire d'elle, Kendall ? Elle ne sait pas qu'il vaut mieux laisser ce genre de boulot aux hommes ?

Nick serra les lèvres pour se retenir de rire.

— Euh… Ouais…, bredouilla-t-il confusément.

Emue de le voir si heureux, elle n'eut pas le cœur de lui reprocher son machisme. A présent, elle ne pouvait plus se permettre de rembarrer Tucker ! Pas maintenant qu'ils s'étaient rangés côte à côte, tous les deux, image de la solidarité masculine. Se tournant vers le présentoir le plus proche, elle reconnut :

— D'accord, les travailleurs de force. Que nous faudra-t-il ?

Ils passèrent une demi-heure à remplir le chariot de rouleaux, de bacs, de bâches, de pinceaux et, pour finir, de seaux de peinture. Tucker consultait Nick sans cesse ; quand il poussa le Caddie hors du magasin, ce dernier rayonnait.

— On va mettre tout ça dans mon pick-up, proposa Tucker avec un regard dédaigneux pour la voiture de Claire. Cette trottinette de luxe s'évanouirait, si on lui demandait de faire un vrai travail.

— C'est un pick-up, ça ? riposta-t-elle. Il est tellement gros et bruyant, je croyais que c'était un tracteur !

— Moi, je le trouve génial ! dit Nick en pouffant.

Tucker lui appliqua dans le dos une claque qui le fit tituber. Il eut l'air encore plus heureux.

— Très bien, reprit Claire. Vous, les *vrais* hommes, vous n'avez qu'à charger tout ça dans le *vrai* pick-up, qu'on puisse se mettre au travail.

Elle prenait plaisir à ce duel amical, mais elle était sincèrement touchée par les efforts de Tucker pour faire sortir Nick de sa coquille.

— Elle est toujours comme ça, aussi esclavagiste ? demandait-il.

Pris entre deux feux, Nick haussa les épaules en glissant vers elle un regard prudent. Refermant le hayon de son camion, Tucker lui fit signe d'aller rendre le Caddie.

Dès qu'il se fut éloigné, il se retourna vers elle en disant tout bas :

— Si vous voulez que je vous laisse, vous n'avez qu'un mot à dire. L'autre jour, vous disiez que ce serait l'occasion de mieux vous connaître, tous les deux. Si je suis de trop…

— Nick serait désespéré si je vous laissais partir… et vous le savez bien, répondit-elle avec un brin d'ironie. Si vous voulez vous défiler, vous devrez trouver autre chose.

— Qui dit que je cherche à me défiler ?

— Franchement, Tucker ! Vous n'avez pas envie de passer la journée à repeindre notre salon !

— Effectivement, je connais d'autres façons de passer un samedi, dit-il, une lueur dans le regard. Mais si vous, vous voulez absolument faire de la peinture, je vous donnerai un coup de main.

— Pourquoi ?

— On ne vous a jamais dit que vous étiez méfiante ?

— Merci. J'ai travaillé dur pour développer mon côté méfiant. Et vous ne m'avez toujours pas dit pourquoi vous vouliez nous aider.

Il lui offrit son sourire le plus impudent.

— Ça m'est venu comme ça. Au moins, je suis sûr de ne pas m'ennuyer.

Nick s'approchait au trot, les yeux brillants.

— Merci, dit-elle enfin. Nick sera content de vous avoir avec nous.

— Et la tante de Nick ?

— Elle vous sera reconnaissante pour votre aide.

Il scruta son visage un instant, puis hocha la tête.

— Parfait. Je vous suis jusque chez vous.

En se glissant derrière le volant, elle se demandait encore dans quel pétrin elle se fourrait.

Nick s'étira. Il avait des crampes aux mains, mal à la nuque, et il mourait de faim.

— On a terminé ? demanda-t-il avec espoir.

— Je crois bien, répondit sa tante en pivotant lentement sur elle-même. En tout cas, c'est spectaculaire. Ça te plaît ?

Elle semblait réellement s'intéresser à sa réponse, songea-t-il, surpris.

— C'est pas mal.

Le sourire qu'elle lui adressa le remit sur la défensive. Au fond, il se sentait un peu coupable d'avoir pris tant de plaisir à peindre avec elle… et Tucker Hall.

— Ma mère allait repeindre la maison, rappela-t-il. On en parlait souvent mais elle était débordée, avec son travail.

— Elle aurait fait une déco formidable. Elle n'a pas eu le temps.

La tendresse qu'il lut dans son regard le mit horriblement mal à l'aise.

— Bon, on peut manger maintenant ?

— Pas si vite, mon pote, intervint Tucker. On n'aura pas terminé tant que tout ne sera pas nettoyé.

— Oh, non, je vais crever de faim, moi !

Il avait parlé sans réfléchir ; craignant que Tucker ne le prenne pour une fillette, il rassembla vite les rouleaux en lui jetant un regard en dessous. Prenant le reste du matériel, Tucker le suivit dans la buanderie. Côte à côte, dans un silence détendu, ils se mirent à malaxer et à frotter les rouleaux sous l'eau courante.

— Tu as fait du bon boulot, dit son entraîneur au bout d'un moment.

— Ce n'était pas si dur, assura Nick d'un ton dégagé.

Il surveillait subrepticement les gestes de Tucker et faisait de son mieux pour les imiter.

— C'était sympa de nous donner un coup de main, ajouta-t-il.

— De rien.

Mettant le dernier rouleau propre de côté, Tucker s'attaqua aux bacs. Pensif, il reprit :

— En fait, tu as pas mal de responsabilités ici. Ta tante va avoir besoin de beaucoup d'aide pour tout refaire.

— Personne ne lui demande de tout refaire !

Il attaquait au hasard, pour lutter contre une horrible sensation de vide. Un ton plus bas, il expliqua :

— Elle va pas rester, alors c'est pas la peine…

— Qu'elle reste ou qu'elle parte, la maison a besoin d'être retapée.

— Mais pourquoi est-ce qu'elle s'embête avec ça ? Elle se fiche bien de la maison ! grommela-t-il, déchiré entre la colère et la tristesse.

— Pour quelqu'un qui se fiche de la maison, elle a travaillé dur, aujourd'hui.

Le regardant du coin de l'œil, il ajouta :

— Tu devrais peut-être lui donner sa chance.

— Ça changera rien. De toute façon, elle s'en ira.

— Tu penses vraiment qu'elle te planterait là ?

— Pourquoi pas ? Elle a aucune envie d'avoir un gamin dans les pattes.

Cette fois, il dut serrer les dents pour empêcher ses lèvres de trembler.

— Elle n'était pas obligée de venir, tu sais ?

— C'était la police. Ils lui ont dit qu'elle devait, marmonna-t-il.

— A mon avis, telle que je la connais, personne ne l'oblige à faire quoi que ce soit.

Nick leva les yeux, saisi. Tucker le regardait avec un drôle de petit sourire. Etait-il en train de se payer sa tête ?

— De toute façon, c'est pas votre affaire, dit-il en se détournant.

Il risqua un regard furtif derrière lui. S'il avait dit un truc pareil à l'entraînement, il aurait passé une heure à faire des tours de terrain ! Tucker se contenta de hausser les épaules.

— Tu n'as pas tort. C'est entre ta tante et toi. En fait, tu as le choix, Kendall. Tu peux te comporter comme un gosse, ou tu peux agir comme un homme. A toi de voir. Entretemps, si on commandait des pizzas ? Si je ne mange pas bientôt quelque chose, je vais dévorer les rouleaux…

— Ouais, pourquoi pas ?

Tucker se séchait les mains sans le regarder. Puis il lui donna une de ses grandes claques dans le dos.

— On y va, Kendall ! On laisse ta tante terminer le nettoyage pendant qu'on va chercher les pizzas.

— On prend votre pick-up ?

A cette perspective, il en oubliait de bouder. Tucker laissa échapper une petite exclamation de dérision :

— Bien sûr ! Ma tête crèverait le plafond, dans sa voiture !

— Cool !

Quarante-cinq minutes plus tard, ils dévoraient des pizzas autour de la table de la cuisine. Nick n'en revenait pas de voir son entraîneur assis en face de lui, bavardant et riant comme un copain. Fourrant un énorme morceau de pizza dans sa bouche, il réussit à formuler ce qui lui faisait une impression si bizarre : Tucker Hall agissait comme s'il avait vraiment envie d'être là.

Le téléphone sonna. Se retournant à demi, sa tante tendit le bras pour décrocher, se fit connaître, écouta un instant et lui tendit le combiné.

— C'est pour toi.

— Salut, Nick, c'est Frankie, dit la voix à son oreille. Tu veux venir à la maison, ce soir ? J'ai un nouveau jeu sur ma Play Station. Tony et Jeff arrivent.

Sa main se crispa un peu.

— Ouais, super. Euh… Attends une seconde.

Levant les yeux vers sa tante, il demanda :

— Il y a des copains de l'équipe qui se retrouvent ce soir chez Frankie. Je peux y aller ?

— Ses parents y seront ? demanda-t-elle.

Il fronça les sourcils avec une mimique indignée. Frankie allait le prendre pour un bébé s'il demandait ça ! Elle se contenta d'attendre en le regardant tranquillement, et il finit par détourner les yeux en marmonnant :

— Tes parents, ils seront là ?

— Ouais, il seront là, répondit son ami tout naturellement.

Se détendant un peu, Nick hocha affirmativement la tête à l'intention de sa tante.

— Alors tu peux y aller, dit-elle tout bas.

— Je peux venir ! reprit-il à l'intention de son copain.

— A plus, alors.

Nick raccrocha.

— Tu veux que je t'emmène ? proposa sa tante.

— Oh, non… Frankie habite à deux rues d'ici.

Il sauta sur ses pieds, fit un pas vers la porte et se ravisa. revenant prendre son assiette pour la fourrer dans le lave-vaisselle.

— Je peux y aller tout de suite ? demanda-t-il.

— Note-moi son numéro de téléphone. Et sois rentré pour 11 heures.

Il griffonna l'information sur un papier et fila par la porte de derrière en lançant un bonsoir général.

— Fais bien attention en y allant ! recommanda-t-elle au moment où il claquait la porte.

« Comme ma mère », pensa-t-il en s'éloignant sur le trottoir. L'idée lui mit une boule dans la gorge. Claire n'était pas sa mère ! Il ne voulait pas d'elle. Puisque sa mère n'était plus là, il ne voulait personne. Pourtant, à l'angle de la rue, il se retourna pour contempler les fenêtres éclairées. Un tableau familier, rassurant. C'était sa maison, et sa tante serait là à l'attendre quand il rentrerait. Ce n'était déjà pas si mal.

Tucker regarda Claire sauter sur ses pieds et se mettre à débarrasser la table dans un fracas de couverts. Un observateur impartial aurait jugé que l'imperturbable Claire Kendall était nerveuse. Une bonne chose, parce que ses propres nerfs ne tarderaient pas à lâcher !

— Je vous donne un coup de main, proposa-t-il en se levant à son tour.

— Merci, mais il n'y a rien à faire.

Elle essuya la table, très vite, sans le regarder. Lui adressant un vague sourire, elle ajouta :

— Je range juste les restes et c'est terminé.

— D'accord.

Il s'adossa au mur pour la contempler. Le short qu'elle avait mis pour peindre était lâche et informe, son vieux T-shirt couvert de gouttes de peinture. Ce matin, au moment où elle levait son rouleau pour la première fois, il avait remarqué un trou minuscule à l'aisselle. Cette déchirure l'avait rendu fou toute la journée, et il mourait d'envie de l'élargir pour toucher sa peau.

— Voilà ! dit-elle avec une gaieté artificielle. Nous avons réussi à vous prendre toute votre journée. Je suis désolée que vous n'ayez pas pu avancer vos propres travaux.

— Ils attendront, dit-il tranquillement. J'ai passé un bon moment.

Elle referma le réfrigérateur en lui jetant un coup d'œil par-dessus son épaule.

— Mais oui, bien sûr ! Vous comptez me faire croire que vous aviez envie de passer votre week-end à repeindre ma maison ?

— Mais non !

Il marcha vers elle, amusé par le petit air anxieux avec lequel elle le regardait s'approcher.

— Ce n'était pas comme cela que je voulais passer mon week-end, murmura-t-il en s'arrêtant à deux pas d'elle.

— Je me disais aussi…, répondit-t-elle.

— Dans aucun de mes fantasmes il n'était question de peinture, de rouleaux ou de bâches.

Elle était si proche qu'il respirait son doux parfum de femme. Lui décochant un sourire un peu tremblant, elle se faufila devant lui, allant se poster sur le seuil de la porte menant au living.

— Bien sûr, reprit-elle. Vous aviez d'autres projets.

Il garda son regard rivé au sien. Il adorait la façon dont ses yeux s'élargissaient quand elle était troublée. Malgré elle sans doute, une chaleur envahissait son regard, identique à celle qui émanait de lui.

— J'avais des projets, oui…

Elle le regarda bien en face.

— Continuez à parler comme ça et je vais croire que vous avez prémédité ce coup de fil.

Elle parvenait toujours à trouver une pique, même quand l'affolement la gagnait ! Admiratif, il répliqua :

— Ma belle, on ne peut pas orchestrer des événements comme ce coup de fil. Ils vous tombent du ciel. Pour moi, l'appel de Frankie tient de l'intervention divine.

— Moi, je le vois plutôt comme une conclusion bien trouvée à cette journée. De cette façon, vous pouvez partir sans décevoir Nick.

— Et la tante de Nick ? murmura-t-il. Sera-t-elle déçue si je m'en vais ?

— Pas le moins du monde.

— Et si nous testions cette théorie ?

Il ne restait presque plus d'espace entre eux. Il referma les mains sur ses bras et sentit vibrer ses muscles, entendant le souffle s'étrangler dans sa gorge. Quand il inclina son visage vers le sien, elle ne recula pas.

10.

Claire sentit les bras de Tucker se refermer autour d'elle. Un instant, elle se sentit merveilleusement en sécurité, appuyée contre sa large poitrine. Puis sa bouche s'empara de la sienne et tout se perdit dans une explosion de désir.

Le même choc se répercuta en lui, dans ses muscles, dans le cœur qui cognait contre le sien, mais il se contrôla, prit le temps de mordiller sa bouche, de frotter ses lèvres contre les siennes. Ses grandes mains l'enveloppèrent d'une caresse qui alla de ses épaules à ses hanches, que ses doigts empoignèrent un bref instant pour remonter aussitôt, plonger dans ses cheveux, maintenir sa bouche contre la sienne. Il faisait attention, elle le sentit bien : attention à ne pas la brusquer ou l'effrayer. Il n'imposait rien, il offrait et attendait qu'elle prenne. La tendresse s'éveilla en elle. S'il avait usé de sa force, elle aurait résisté. Face à sa gentillesse, elle se retrouvait sans défense.

La pointe de sa langue vint se promener sur ses lèvres, soulevant en elle une nouvelle vague de désir. Affamée de sa chaleur et de sa force, elle murmura son nom en s'ouvrant à lui ; ses bras se resserrèrent autour d'elle, et il la pressa contre lui en dévorant sa bouche, en mordillant son cou. Ses mains écartées dans son dos étaient puissantes, mais elles la touchaient comme un être délicat, fragile — comme s'il redoutait de la briser en deux. Qui aurait cru qu'il serait si doux ?

— J'ai essayé d'imaginer quel goût tu aurais…, murmura-t-il dans son cou.

Son souffle chaud sur sa peau… Claire frissonna.

—… et c'est meilleur que tout ce que je pouvais imaginer.

Elle chercha sa bouche à l'aveuglette. Ces baisers chauds, sombres, si virils… Elle lutta pour dégager ses mains, captives entre leurs corps, les noua autour de lui et le sentit trembler. Il faisait un tel effort pour ne pas perdre la tête qu'il vibrait littéralement de tension, mais il s'imposait de rester parfaitement immobile, à l'exception de ses mains qui se promenaient toujours sur son dos et ses flancs.

— Tu me rends fou depuis ce matin, chuchota-t-il en serrant doucement le lobe de son oreille entre ses dents. Est-ce que tu sais que tu as un petit trou dans ton T-shirt ? Ici ?

Sa main se crispa sous son bras, et elle sentit le contact de son doigt sur sa peau.

— Je n'ai pas pu penser à autre chose de toute la journée.

Sa paume reposait sur son sein. La sensation se répercuta jusque dans son ventre.

— Je savais comment tu serais. Comme de la soie tiède.

Sa main dessina un arc de feu sur sa peau. Elle s'affaissa un peu contre lui, perdue dans cette sensation incroyablement érotique. Il hésitait, les doigts posés sur la fermeture de son soutien-gorge. Elle attendit, le souffle coupé… et ses mains s'écartèrent. La déception s'engouffra en elle ; mais l'instant d'après, elle avait déjà recouvré ses esprits.

Au nom du ciel, qu'était-elle en train de faire ? Que savait-elle de cet homme ? Une seule chose, en fait : il n'avait aucune intention de quitter Monroe, et elle aucune intention de rester. Et voilà qu'elle se retrouvait dans ses bras, tremblante et folle de désir. Où étaient passés son bon sens et sa prudence habituels ? Vite, elle s'écarta de lui, reculant hors de sa portée.

— Ça ne va pas ? murmura-t-il.

Ses yeux étaient sombres, son visage tendu. Elle recula encore, se prit les cheveux à deux mains.

— Je… Ce… Je ne sais pas à quoi je pensais, Tucker.

L'éclair d'humour se ralluma dans son regard.

— Tu veux que je t'explique ?

— Tu sais très bien ce que je veux dire, protesta-t-elle en rougissant. Je ne peux pas faire ça, je ne peux pas… m'intéresser à toi. Je ne resterai pas à Monroe.

Son long bras se tendit vers elle, et il repoussa une mèche de cheveux derrière son oreille.

— Tu crois pouvoir contrôler ça ? Décider qui doit t'attirer ?

Son doigt descendit de sa pommette à son cou, et courut le long de sa clavicule.

— Si tu crois ça, reprit-il, ton corps a des nouvelles pour toi.

— Je peux contrôler mon corps, haleta-t-elle.

— Oui, mais pourquoi voudrais-tu le faire ?

Sa paume se posa sur sa joue, et il pressa un instant sa bouche sur la sienne. Au lieu de presser sa joue dans sa main comme elle avait si envie de le faire, elle recula d'un pas.

— Je ne fais pas l'amour à la légère.

Elle vit ses yeux s'assombrir.

— A la légère ? Toi et moi ? Cela n'aurait rien de léger.

Elle ne parvenait plus à respirer.

— La question n'est pas de savoir si ce serait bon. Je vais quitter Monroe d'ici à quelques mois. Je ne reviendrai pas. Nous n'avons aucun avenir, tous les deux.

Le dos de sa main revint caresser sa joue.

— Je suis très, très attiré par toi. Je crois que c'est pareil pour toi. Nous pourrions être bien pendant ces quelques mois.

— Ça ne m'intéresse pas d'être bien.

Elle fit un effort pour respirer calmement, pour se convaincre qu'elle pensait ce qu'elle disait. Et lui qui la fixait avec ses yeux trop sagaces…

— Qu'est-ce qui t'intéresse, alors ? demanda-t-il.

— Je veux me rapprocher de Nick. Faire tourner mon entreprise. Retaper cette maison.

— Pour pouvoir la vendre et… rentrer à Chicago.

— Exactement, dit-elle en relevant le menton. C'est mon projet.

— Il se passe parfois des choses qui ne font pas partie de nos projets.

Une ombre fugitive traversa son regard.

— Dans ce cas, répliqua-t-elle, il faut réévaluer le projet et trouver un moyen de le réaliser tout de même.

— Oui, mais parfois, ces petits détours sont les meilleurs moments de l'existence. Claire, tu rateras beaucoup de choses si tu avances avec des œillères. Tu es sûre que c'est ce que tu veux ?

Ses doigts se promenaient toujours sur son cou. Non, elle n'était plus sûre de rien ! Elle avait furieusement envie d'accepter sa proposition, de passer des moments fabuleux avec lui. Elle voulait retourner dans ses bras et sentir de nouveau sa bouche et ses mains sur elle.

Et elle savait que ce serait une erreur.

— C'est comme cela que tu es arrivé à Monroe ? demanda-t-elle. Grâce à un détour ?

— J'ai grandi dans une petite ville du sud de la Géorgie. Une enfance assez dure… Le football a été ma porte de sortie.

Il prit sa main et la contempla en jouant avec ses doigts, le regard lointain.

— Moi aussi, j'avais un projet, dit-il avec un bref sourire. Je suis l'exemple classique de « Fais bien attention à ce que tu souhaites, tu pourrais l'obtenir ». Mais j'ai eu énormément de

117

chance. Quand mon projet a capoté, j'ai trouvé le chemin de Monroe.

— Pourquoi ton projet a-t-il capoté ?

Sa main se crispa sur la sienne ; délibérément, il la détendit et se remit à caresser ses doigts.

— Il s'est passé quelque chose qui m'a fait comprendre que j'avais besoin de quitter le foot.

— Et que s'est-il passé ?

Son visage changea : elle y lut un chagrin, et même une souffrance. Puis il se pencha pour embrasser sa paume et elle ne vit plus ses yeux.

— Ça n'a pas d'importance, parce que je ne suis plus cet homme-là. Je suis exactement ce que tu vois devant toi : un professeur dans un lycée de petite ville, l'entraîneur de l'équipe de football. Rien de plus.

Elle aurait aimé insister, découvrir ce qui avait gravé cette souffrance dans ses yeux. Elle aurait aimé tout savoir de lui, et elle ne pouvait rien lui demander. Si elle refusait de lui parler de son enfance, ou de son mariage et de son divorce, de quel droit lui demanderait-elle de parler des aspects les plus sombres de sa propre existence ?

Elle se contenta donc de demander :

— Ça t'arrive de regretter ce à quoi tu as renoncé ?

— Parfois, dit-il avec un sourire un peu amer. Une petite ville du centre de l'Illinois, c'est bien loin des lumières de la grande ville.

— Oui, les deux extrémités de la galaxie.

Il scruta son visage un instant, lâcha sa main et fourra les siennes dans ses poches.

— Oh, pas à ce point… Pour un footballeur, c'est une grande chance de parvenir à entrer dans le circuit professionnel pendant quelques années, mais ça ne dure pas. Il faut se préparer une vie, pour après. Voilà la vie que j'ai choisie.

— Et ma vie est à Chicago.

Elle fut choquée d'entendre un réel regret dans sa propre voix.

— Oui, Claire. Je sais.

Il la reprit dans ses bras, l'attirant contre lui. La bouche à quelques centimètres de la sienne, il eut un sourire diabolique.

— Ça ne m'empêchera pas de chercher à te faire changer d'avis, pour ce qui est de passer de bons moments avec moi.

— Tu pourras toujours essayer, riposta-t-elle.

Il effleura sa bouche de la sienne, s'attarda un instant ; elle sentit ses lèvres se retrousser dans un sourire.

— On dirait que tu me mets au défi. Je me trompe ? Une femme superbe qui parie que je ne pourrai pas la séduire ?

Elle sentit son pouls s'accélérer de nouveau.

— Ce n'est pas un défi, c'est un fait. Je suis immunisée contre le charme.

— Oh, chérie, s'écria-t-il avec un petit rire incroyablement sexy. C'était la chose à ne pas dire ! Maintenant, je vais me servir de tous les coups bas…

— Tu n'as aucune chance.

Ses mains se resserrèrent un instant sur ses tempes. Les yeux brillants, il plongea son regard dans le sien et murmura :

— Tu ne devines pas à quel point j'adore les challenges.

— Tu ne devines pas à quel point je suis têtue.

Il s'empara de sa main, pressa un baiser au creux de sa paume et souffla doucement sur la peau.

— Les filles têtues sont ma spécialité.

Il voulut l'attirer contre lui mais elle lui échappa et le chassa vers la porte.

— Rentre chez toi, Tucker Hall !

Il empoigna l'étoffe de son T-shirt et l'attira contre lui pour un baiser très bref.

— Nous appellerons cela un repli stratégique, dit-il en la lâchant.

Et il partit, lançant par-dessus son épaule un dernier sourire qui fit battre son cœur.

Cette fois, elle allait devoir faire appel à toutes ses réserves !

Le lundi matin, Claire s'installa devant l'épaisse liasse de fax et de courriers attendant sa réponse. La journée allait être longue, et ses pensées ne cessaient de vagabonder.

La veille, Nick et elle s'étaient attaqués à la peinture de l'entrée. Ils s'étaient bien entendus, mais ce n'était pas comme le samedi. Au moment de commencer, Nick avait demandé avec espoir :

— Tucker va encore venir nous aider ?

— Pas aujourd'hui, non. Il a ses propre travaux.

Il s'était détourné, l'air déçu. De son côté, elle éprouvait un tel regret qu'elle était presque soulagée de ne pas voir Tucker aujourd'hui. Il était temps d'instaurer un peu de distance entre eux !

Et maintenant, il était temps de se mettre au travail. Alors, pourquoi tardait-elle ? Parce que son rythme habituel était perturbé par le chantier, bien sûr… Tucker Hall, ses taquineries et ses baisers ne jouaient aucun rôle dans son trouble !

Repoussant fermement ces pensées peu productives, elle s'éclaircit la gorge et prit le premier fax. Un instant de réflexion, un coup de téléphone… premier problème traité. Le suivant nécessita une lettre, rapidement tapée sur son ordinateur portable et expédiée par e-mail. Elle arrivait à mi-chemin de la pile quand on sonna à la porte. Les sourcils froncés, elle jeta un coup d'œil à sa montre. Qui pouvait venir chez elle à 9 heures du matin ?

Quand elle ouvrit, le chef de police se tenait sur le seuil.

— Bonjour, madame Kendall, dit-il.

Elle le salua sans savoir ce qu'elle disait. Le temps venait de remonter quinze années en arrière, jusqu'à l'une des très rares apparitions de Fred Denton à leur porte. Son père avait été arrêté pour conduite en état d'ivresse ; au lieu d'alléger leur fardeau, cela leur avait créé toutes sortes de difficultés supplémentaires.

— Je peux entrer ? demanda Broderick avec un soupçon d'impatience.

— Bien sûr ! Excusez-moi…, bredouilla-t-elle en s'écartant.

— J'ai des informations pour vous, dit-il en s'immobilisant dans l'entrée, son regard grave fixé sur elle.

Elle ne parvenait pas à déchiffrer son expression. Troublée, elle lui fit signe de passer dans le salon.

— Je vous remercie d'être venu. Je peux vous offrir un café ?

— Non, merci.

Il s'immobilisa devant les fenêtres donnant sur la rue, et les examina un instant.

— Ces fermetures ne sont pas solides. Vous devriez les changer.

Agacée, elle se sentit rougir. Pourquoi se sentait-elle toujours coupable pour les autres ? Ce n'était tout de même pas sa faute si sa mère avait laissé la maison se dégrader à ce point !

— Je viens de commencer quelques travaux, dit-elle avec une certaine raideur.

Broderick se retourna vers elle, et elle fut surprise de voir qu'il souriait, gêné. Sa tension s'évanouit, surtout quand il ajouta :

— Désolé, c'est le flic qui parle. Vous pouvez tout à fait me dire de m'occuper de mes affaires.

— Pas de problème, répondit-elle. Merci pour le conseil.

Le regard du policier se promena dans la pièce. Plus amusée que vexée, cette fois, elle reprit :

— Ne me dites pas que la serrure de la porte ne vaut rien non plus ?

— Désolé, répéta-t-il. C'est une habitude.

Quand il souriait, une fossette se creusait dans son visage carré. Tout à fait à l'aise maintenant, elle lui indiqua le canapé.

— Je vous en prie, asseyez-vous.

— J'ai vu l'officier Downey, dit-il en prenant place. C'est lui qui a parlé à votre neveu, le soir de l'accident.

Son visage se ferma un peu et il reprit :

— Effectivement, il se souvient que votre neveu parlait d'un coup de fil pour sa mère. Il a supposé que le garçon était bouleversé.

— Bien sûr qu'il était bouleversé, répliqua-t-elle assez sèchement. On venait de lui apprendre que sa mère était morte.

Broderick se contenta de hocher la tête.

— Downey comprend que ce n'était pas à lui de tirer ces conclusions. Il sait qu'il aurait dû donner suite.

Elle encaissa le choc de cette franchise. Elle avait été si sûre que le chef de police défendrait ses hommes !

— Merci, dit-elle. Et maintenant, que va-t-il se passer ?

— J'ai demandé à la compagnie du téléphone la liste des coups de fil reçus à ce numéro au cours des semaines précédant l'accident. Ils me la transmettront d'ici à quelques jours. Quand nous saurons qui a appelé votre sœur, nous nous mettrons à poser des questions.

— J'apprécie sincèrement ce que vous faites, dit Claire avec une franchise spontanée. Beaucoup de gens ne se donneraient pas cette peine. Ils se contenteraient de dire que c'est trop invraisemblable et s'en tiendraient à la version de l'accident…

Le visage du commissaire se radoucit.

— La police de Monroe a changé, depuis votre départ. J'aime à penser que nous sommes davantage à l'écoute.

Il était au courant des démêlés de sa famille avec la loi ! Elle se sentit devenir écarlate. Au fond, cela n'aurait pas dû la surprendre ; après sa visite de l'autre jour, il était normal qu'il ait pris des renseignements.

— C'est ce que je vois, murmura-t-elle maladroitement.

Dans son regard, elle ne lisait qu'ouverture et compréhension. Sa gêne s'apaisa un peu. Voilà qui éliminait encore une idée toute faite sur Monroe ! pensa-t-elle, émue et reconnaissante à la fois.

— Je vous tiendrai au courant.

— Merci, répéta-t-elle. Merci, monsieur Broderick.

— La plupart des gens par ici m'appellent Seth. Et je ne fais que mon travail.

— Je sais. C'est bien pour cela que je vous remercie.

Il hocha la tête en la regardant bien en face.

— Si vous avez la moindre question, appelez-moi.

— Je le ferai.

Il sortit, dévala les marches du perron et monta dans un 4x4 noir et blanc portant l'écusson de la police. En le regardant s'éloigner, elle sentit son émotion se charger d'une sorte de nostalgie. Les gens de Monroe ne cessaient de la surprendre. Il y aurait donc du bon, dans sa fichue ville natale ?

Et ce ne serait pas la fin du monde, de s'installer ici ?

Elle se remettait au travail quand le téléphone sonna. Irritée, elle se promit de s'offrir un appareil affichant les numéros. C'était agaçant d'être obligée de décrocher, simplement parce qu'elle ne savait pas si l'appel venait du bureau ou d'un démarcheur quelconque. Ou du lycée de Nick ! Vu l'heure, c'était sans doute un nouveau problème au bureau, se dit-elle avec lassitude.

— Claire Kendall.

— Ici Roger Vernon.

Sa main se crispa sur le combiné.

— Claire ?

Comme elle se souvenait de ce ton impatient !

— Oui, dit-elle. Que puis-je faire pour toi ?

Décidément, les chocs se succédaient, aujourd'hui. Elle se sentit fière du calme de sa voix.

— Je viens d'être saisi d'une nouvelle affaire. Mon client est le père de Nicholas Kendall, et il compte demander la garde de son fils.

11.

Ces paroles lui firent l'effet d'un coup en plein ventre.

— Comment ? demanda-t-elle, haletante.

— Tu m'as entendu, je pense, répliqua-t-il avec une satisfaction mauvaise. Le père de ton neveu veut la garde de son fils.

Elle ferma les yeux, luttant contre la réaction qui menaçait de la submerger.

— Je ne m'attendais pas à cela, même de ta part, dit-elle.

— Cela n'a rien de personnel ! protesta-t-il.

Mais sa voix était à la fois mesquine et triomphante.

— Tu n'as jamais su faire la différence entre les questions personnelles et professionnelles, poursuivit-il.

Dix ans plus tôt, ce petit ton supérieur l'aurait blessée. Aujourd'hui, il ne fit que la mettre en colère.

— Je sais faire la différence. J'ai ma propre entreprise depuis plusieurs années, maintenant.

— Ta propre entreprise ? Quel genre d'entreprise ?

— Je ne crois pas que la chose ait une quelconque importance, pour l'affaire qui nous occupe.

Elle ferma les yeux, s'ordonnant de maîtriser ses émotions. Dix ans auparavant, elle avait affronté Roger et remporté la victoire. Il ne serait pas le plus fort aujourd'hui.

— Dis-moi seulement ce que tu veux, ordonna-t-elle.

— Je te l'ai dit : mon client demande…

— Ça va, j'ai entendu, l'interrompit-elle. Mais toi, que veux-tu ? A part m'humilier, bien sûr.

Il y eut un silence sur sa ligne, puis la voix de Roger murmura à son oreille :

— Tu exagères, comme toujours. Décidément, tu ne changeras jamais.

— Que veux-tu ? répéta-t-elle.

— Nous devons discuter de cette affaire. Je passerai chez toi avant la fin de la matinée.

— Mais non, dit-elle d'une voix parfaitement courtoise. Je passerai à ton bureau. Je peux te trouver un créneau à…

Elle manipula quelques papiers pour suggérer qu'elle vérifiait son emploi du temps.

— Je peux passer à 11 heures.

Il y eut un bref silence puis, d'une voix vexée, il répondit :

— Très bien.

— A tout à l'heure.

Elle raccrocha sans attendre de réponse, essuya ses mains moites sur son short et respira à fond. Son cœur emballé refusait de se calmer. Roger cherchait uniquement à l'atteindre, se répéta-t-elle. Il n'avait aucune idée de l'identité du père de Nick. Personne n'en avait jamais rien su.

Pourtant, elle connaissait suffisamment son ex-mari pour reconnaître sa jubilation, quand il réussissait à jouer un mauvais tour à quelqu'un. A cet instant précis, il était persuadé de détenir toutes les cartes. Avait-il réellement retrouvé le père de Nick ? Il n'y avait qu'un moyen de le savoir.

A 11 heures moins une minute, Claire tira sur la veste de son tailleur noir et poussa la porte du bureau de Roger. Au bureau d'accueil, une femme d'un certain âge feuilletait une revue. Son regard froid et scrutateur se leva vers elle, mais Claire n'eut pas l'impression qu'elle la reconnaissait.

— Oui, madame ?

— Je suis ici pour voir Roger. J'ai rendez-vous à 11 heures.

Fronçant les sourcils, la femme baissa les yeux sur son agenda.

— Je ne vois personne pour 11 heures.

— Roger a dû oublier de vous mettre au courant.

Elle s'assit, prit une revue à son tour et se mit à lire. Ou plutôt, elle fixa la page sans la voir, l'oreille en alerte. La réceptionniste la contempla quelques instants, médusée, puis annonça qu'elle allait se renseigner et disparut par une porte imposante. Quelques instants plus tard, elle était de retour, murmurant :

— Il sera à vous dans un instant.

— Très bien, répondit Claire sans lever les yeux. Je peux lui accorder cinq minutes.

Roger comptait certainement la faire attendre au moins un quart d'heure. Au bout de six minutes, elle se leva, lissa sa jupe et se dirigea vers la porte. La réceptionniste leva des yeux stupéfaits.

— Vous direz à Roger de m'appeler pour fixer un nouveau rendez-vous. J'ai pu le caser ce matin, mais je ne peux pas attendre plus longtemps.

— Un instant ! s'écria la femme en sautant sur ses pieds. Je vais voir...

Quelques secondes plus tard, Roger parut dans le bureau avec un sourire crispé.

— Entre, Claire, dit-il. Je suis content que tu aies pu passer.

— Tu as de la chance, j'avais un petit créneau dans mon planning.

Il s'effaça devant elle, plissant les yeux pour mieux l'étudier. Ce fut une satisfaction profonde de lire le choc dans son regard. Elle s'était préparée avec beaucoup de soin pour cette

127

rencontre : son tailleur Armani de soie noire lui allait comme un gant et ses escarpins coûtaient plus qu'elle ne gagnait en un mois, au temps où elle vivait ici. Ses employés avaient baptisé cette tenue son « uniforme de battante ». Le visage amer, il referma la porte un peu trop sèchement.

— Assieds-toi…

Elle s'installa et le fixa avec un sourire poli.

— De quoi s'agit-il ? demanda-t-elle.

— Je te l'ai déjà expliqué. Le père de ton neveu…

— Comment sais-tu que cet homme est bien le père de Nick ?

Il lui adressa un sourire supérieur.

— Je peux t'assurer qu'il l'est.

— Tu ne t'attends sûrement pas que je te croie sur parole. Il a bien une preuve, je suppose ?

Elle croisa les jambes et le fixa en haussant les sourcils.

— Nous demanderons des tests A.D.N., bien entendu, répondit-il.

— Donc, il n'a donc aucune preuve. Qui est-ce ?

— Je ne suis pas autorisé, à ce stade, à révéler son nom.

— Ah ? Il affirme être le père de Nick, mais il ne veut pas nous dire son nom ?

— Il attend d'avoir des preuves avant de se présenter.

— Autrement dit, il n'est pas sûr non plus de ce qu'il avance.

Remuant des papiers sur son bureau d'un air important, il énonça gravement :

— Disons qu'il estime qu'il y a une très forte probabilité.

— Il y a une forte probabilité pour beaucoup d'hommes, dit-elle d'une voix cassante. Et cela, il le sait forcément.

— C'est ainsi que tu parles de ta sœur ? Au fond, cela ne devrait pas me surprendre. Tu n'as aucune loyauté.

Elle se pencha en avant, le regard rivé au sien.

— Comment définis-tu la loyauté ? Je vais te dire comment je la vois, moi : je ne te laisserai pas faire de mal à mon neveu, ou te servir de lui pour t'en prendre à moi. Je ferai tout ce qu'il faudra pour contrecarrer tes manœuvres.

— Tu n'es pas en train de me menacer, j'espère ?

— Non, je te mets au courant d'un fait. Pourquoi ? Tu estimes que je serais en droit de t'en vouloir ?

— Tu as changé, dit-il en scrutant son visage.

Elle lui offrit un mince sourire.

— Parce que je ne me laisse plus bousculer ? Dans ce cas, j'ai changé, oui. Tu ne peux plus me faire de mal. Réfléchis bien avant de chercher à te venger en te servant de Nick.

Il la fixait, sans réaction. Glissant la main dans son sac, elle conclut :

— Je téléphone à mon avocat pour lui demander de se mettre en contact avec toi.

Elle posa une carte sur le bureau, vit ses yeux s'arrondir en la lisant. Même dans un trou comme Monroe, on connaissait le nom de Paul J. Caputo, l'un des avocats les plus en vue de Chicago.

— J'exige d'avoir accès à toutes les informations dont tu disposes, y compris le nom de cet homme et ses raisons de croire qu'il est le père de Nick. Prépare tous ces éléments pour les transmettre à Paul quand il te téléphonera.

Elle sortit du bureau, tête haute, et descendit les marches au pas de charge ; son élan se brisa seulement sur le trottoir devant l'immeuble. Les mains tremblantes, elle fouilla maladroitement dans son sac à la recherche de ses lunettes de soleil.

— Tu as gagné, dit-elle tout haut. Tu ne t'es pas laissé bousculer. Tu n'as pas battu en retraite.

Elle tremblait encore en prenant le volant.

*
* *

Ils étaient occupés à débarrasser la table, juste après le dîner. Claire jeta un coup d'œil à Nick pour tenter d'évaluer son état d'esprit. Depuis quelque temps, leur existence s'installait dans une routine confortable : pendant le repas du soir, elle lui posait quelques questions sur sa journée. S'il ne lui disait toujours pas grand-chose, elle avait parfois droit à une anecdote, une information. Bien sûr, il était le plus souvent question de football, mais c'était infiniment préférable aux silences tendus de leurs premiers repas.

Le garçon coléreux et boudeur se manifestait moins souvent. Il y avait même des moments où il semblait presque heureux, impliqué à fond dans l'équipe, se liant d'amitié avec les autres garçons. Le téléphone sonnait de plus en plus souvent pour lui et, à le voir rougir, certains des appels provenaient de filles.

Le thérapeute qu'il voyait une fois par semaine lui faisait également du bien. Nick retrouvait son équilibre : elle sentait qu'elle avait bien fait de rester à Monroe.

Et voilà que tout était remis en cause par un homme affirmant être son père… Devait-elle lui en parler ? Ce serait un nouveau choc, une véritable tempête émotionnelle… ou une grande joie ? Elle ne parvenait pas à se résoudre à ébranler un équilibre si durement acquis. Elle ne connaissait rien aux adolescents ! Il lui fallait parler à quelqu'un, demander conseil.

Tucker. Elle devait absolument parler à Tucker.

Des signaux d'alerte se déclenchèrent en elle, mais elle refusa de les écouter. Tucker était formidable avec les adolescents. Il était la personne idéale à consulter, bien plus que Judy Johnson, une femme qu'elle connaissait à peine, ou que le thérapeute de Nick, un homme qu'elle ne connaissait pas du tout. C'était la seule chose à faire !

Une petite voix moqueuse, dans sa tête, murmura qu'elle cherchait juste un prétexte pour le revoir. Elle l'ignora. C'était de Nick qu'il s'agissait. Elle avait une décision importante à prendre, et elle ne devait pas se tromper.

— Je monte faire mes devoirs, dit ce dernier en accrochant son torchon. Si je termine à temps, je peux regarder les Simpsons ?

— Oui, bien sûr, répondit-elle avec un sourire rapide. Tu as besoin d'un coup de main pour tes devoirs ?

— Non, j'ai juste une rédac débile.

— A propos de quoi ?

— Les types qui ont écrit la Constitution. Il faut dire pourquoi ils l'ont fait, si c'était une bonne idée…

— C'est pour le cours de Tucker, alors ?

— Ouais, répondit-il d'un air sombre.

— Je croyais que tu l'aimais bien !

Agacé, il lança un vague coup de pied dans le vide.

— J'ai dit que c'était un bon entraîneur. J'ai rien dit sur son cours.

Elle réprima un sourire. Elle aussi détestait les rédactions au lycée, et pourtant, les informations qu'elles contenaient étaient ce dont elle se souvenait le mieux aujourd'hui.

— Je trouve que c'est un sujet intéressant, dit-elle.

Reniflant d'un air dédaigneux, il s'engagea dans l'escalier. Restée seule, elle sortit par la porte de derrière pour aller s'asseoir sur les marches de la véranda. C'était encore une belle soirée, mais quelque chose manquait au tableau : il aurait fallu que Tucker soit assis près d'elle. Pas seulement parce qu'elle craquait pour lui ! Derrière sa façade décontractée se cachait un homme sensible, un homme de cœur qui se préoccupait de ses semblables. Un homme qui avait lutté contre ses propres démons. Elle lui faisait confiance. Si elle lui demandait son avis, il lui donnerait une réponse franche et réfléchie.

Vite, avant de perdre courage, elle saisit son portable et composa le numéro qu'il avait laissé en début d'année à toutes les familles de l'équipe. Il y eut trois sonneries, puis on décrocha et une voix abrupte répondit :

— Hall.

— Bonsoir, Tucker. Ici Claire. Claire Kendall. Je te dérange ?

— Bonsoir, Claire, dit-il d'une voix très différente. Non, tu ne me déranges pas… Je dirais plutôt que tu me troubles. Je suis très troublé depuis que j'ai quitté ta maison samedi soir.

Son cœur se gonfla, et elle faillit dire : « Moi aussi » ; mais elle réussit à se taire. S'éclaircissant la gorge, elle reprit :

— Je veux dire : tu es occupé en ce moment ?

— Pas du tout.

D'un ton inquiet tout à coup, il demanda :

— Tu as un problème ? Nick va bien ?

— Nous allons bien, oui, mais j'ai besoin… J'ai besoin de parler à quelqu'un. Au sujet de Nick. Et j'ai pensé à toi.

— J'arrive tout de suite.

Il avait déjà raccroché. Elle replia l'appareil, et frotta longuement ses paumes sur l'étoffe de son short. Elle l'avait appelé sur un coup de tête et maintenant, un poids désagréable s'installait sur son estomac. Que faisait-elle ? Où était passée la femme qui ne prenait aucun risque, qui évaluait logiquement toutes les options avant de prendre une décision ?

Très vite — bien trop vite — elle entendit un froissement de pneus sur le gravier. Sautant sur ses pieds, elle se précipita pour lui ouvrir la porte avant que son coup de sonnette n'alerte Nick.

— Merci d'être venu, murmura-t-elle, le souffle court.

— Je suis content que tu aies téléphoné. Que se passe-t-il ?

— Allons derrière. Je préfère que Nick ne sache pas que tu es ici.

132

Il approuva de la tête et la suivit vers l'angle de la maison. Quand ils retrouvèrent la véranda de derrière, il lui prit la main et la fit asseoir près de lui.

— Maintenant, dis-moi…

Elle prit une longue inspiration tremblante et ferma les yeux pour mieux organiser ses pensées.

— J'ai eu un coup de fil aujourd'hui, de la part de Roger Vernon.

— Que voulait-il ? demanda-t-il en fronçant les sourcils.

— Il m'a dit…

Elle dut s'interrompre pour ravaler la boule d'angoisse qui lui obstruait la gorge.

— Il m'a dit qu'il représentait un homme qui affirme être le père de Nick. Cet homme compte demander sa garde.

— Quoi ? Nick ne sait pas qui est son père ?

— Non. Personne ne sait. Autant que je sache, Janice ne l'a jamais dit à personne.

— Même pas sa famille ?

— Surtout pas sa famille.

Baissant les yeux vers leurs mains mêlées, elle se dégagea doucement, ajoutant :

— Quand Janice s'est retrouvée enceinte, elle est partie sans rien dire à personne.

— Tu ne crois pas qu'elle a parlé au père du petit ?

— Je n'en ai aucune idée. Je dirais que non. Elle ne supportait pas que quiconque ait la moindre emprise sur elle. Elle était très têtue.

Il repoussa une mèche derrière son oreille ; ses doigts s'attardèrent un instant sur sa joue, puis il reprit sa main.

— Tu crois ce que dit Vernon ?

Elle se mordit la lèvre. Pourquoi n'avait-elle pas réfléchi ? Maintenant, elle était obligée de tout raconter à Tucker. Si elle lui demandait conseil, il fallait lui donner tous les éléments, et son passé avec Roger faisait partie du tableau. Elle ne voulait pas s'exposer de cette façon, ressasser de vieilles humiliations, surtout devant Tucker ! Voilà ce qui arrivait quand on cédait aux coups de tête, songea-t-elle avec amertume.

— Je ne sais pas, répondit-elle lentement. Il parlait comme s'il était très sûr de lui, mais il n'avait aucune preuve. Et il ne voulait pas, ou ne *pouvait* pas me donner le nom de son client.

— Vu la tête que tu fais, je commence à me demander si Vernon n'a pas d'autres motivations, murmura-t-il.

— C'est bien le problème.

Il ne dit rien, se contentant de se rapprocher un peu. Elle fixa les planches à ses pieds, étudiant le grain du bois, les crevasses…

— Il fait ça pour m'attaquer, murmura-t-elle. Pour se venger de moi.

Sa présence à son côté changea subtilement de qualité.

— Et pourquoi veut-il se venger de toi ?

Et voilà. Le moment était venu d'exhiber au grand jour la part de son passé qu'elle aurait voulu lui cacher. La part dont elle avait honte.

— J'étais mariée avec lui, il y a dix ans.

— Quoi ?

Il semblait profondément choqué. Elle cacha ses mains dans l'ample chemise d'homme qu'elle portait, refermant les poings sur les plis de l'étoffe.

— Nous avons été mariés pendant deux ans. J'ai divorcé avant de quitter Monroe.

— Tu étais mariée avec Vernon ? Ce misérable petit… ?

— J'étais jeune, chuchota-t-elle, affreusement humiliée. J'avais de gros problèmes avec ma famille. J'ai cru qu'il pourrait me donner… ce qui me manquait.

— Il veut te punir d'avoir divorcé ?

Elle hocha rapidement la tête.

134

— Il déteste perdre, répondit-elle.

— J'ai remarqué.

Inquiète, elle leva les yeux.

— Il s'en est aussi pris à toi ?

— Je l'ai contrarié avant même de m'installer ici. Si je comprends bien, il se considère comme un homme important, et il n'a pas apprécié qu'un type de Chicago veuille acheter une maison sur son fief. Surtout un type un peu célèbre.

Son regard était chargé d'une ironie amère.

— Ma maison était vide depuis trente ans, mais dès qu'il a su que je faisais une offre, il est allé à l'agence immobilière pour protester. La bicoque faisait partie du patrimoine historique de Monroe, et elle devait être vendue à quelqu'un d'ici... Quand on lui a dit que mon offre était déjà acceptée, il s'est *vraiment* mis en colère. Il a obtenu des informations sur moi et il les a colportées un peu partout.

— Je suis désolée. C'est tout à fait lui. Il veut toujours le jouet que possèdent les autres, et il devient très agressif s'il ne l'obtient pas immédiatement.

— Et maintenant, il veut se servir de Nick pour t'atteindre.

— Oui.

Il massait doucement ses doigts ; la sensation l'empêchait de se concentrer correctement sur le problème.

— Mais s'il a raison ? reprit-elle. S'il a réellement, Dieu sait comment, retrouvé le père de Nick ? Nick a le droit de le savoir... Cela dit, il est si fragile, en ce moment. Je ne sais pas comment lui dire, ou même si je dois lui dire...

— Bon sang, murmura-t-il. Tu n'as pas une question plus facile ? Et moi qui me suis précipité ici en espérant que tu voulais un conseiller en lingerie fine !

— J'aimerais que ce soit aussi simple, soupira-t-elle.

Il passa le bras autour de ses épaules et l'attira contre lui.

— Excuse-moi, chuchota-t-il. Ce n'est pas le moment de faire de l'esprit. Ce commentaire lamentable était une tentative pour te faire rire.

Elle s'appuya contre lui, réconfortée par la chaleur de son grand corps et le battement régulier de son cœur près de son oreille.

— Je ne sais pas quoi faire, Tucker, chuchota-t-elle.

— Moi non plus, avoua-t-il. Mais je t'aiderai, c'est promis.

Claire luttait contre un sentiment d'irréalité. Jamais elle ne montrait ses faiblesses aux hommes ! Elle contrôlait soigneusement ses émotions, ou bien elle les cachait ; elle ne se confiait pas. Elle savait trop bien que celle qui se place en position d'infériorité se transforme vite en victime. Et voilà que cet homme, un homme qui avait vécu dans un climat de violence pendant des années, lui faisait oublier ses règles de vie. C'était une situation terrifiante. Renonçant au réconfort de son contact, elle s'écarta discrètement.

— Dis-moi comment tu trouves Nick, demanda-t-elle.

— Il est mieux, répondit-il avec conviction. A l'entraînement, il se comporte exactement comme les autres. Il se donne du mal, il fait le fou et il est heureux d'être dans l'équipe. En cours...

Sans la regarder il caressait ses cheveux, de longues caresses détendues qui l'apaisaient et la troublaient à la fois.

— En cours, il est encore replié sur lui-même. On n'entend guère sa voix, mais je l'ai vu discuter avec d'autres élèves. L'autre jour, je les ai fait travailler en groupes, et il a bien participé. Tout de même, il a encore du chemin à faire.

Sa large paume lissait sa tête, ses doigts solides et tièdes pétrissaient doucement sa nuque. Se doutait-il de l'effet qu'il lui faisait ? Elle s'autorisa à se détendre encore un instant contre lui.

136

— Oui, soupira-t-elle. Je ne sais pas du tout comment il réagira si je lui dis que quelqu'un s'est présenté en affirmant être son père.

L'angoisse la saisit de nouveau ; sans réfléchir, elle s'accrocha à sa chemise.

— Et comment est-ce que je vais lui annoncer que cet homme veut l'emmener avec lui ? Il a déjà du mal à m'accepter… Qu'est-ce qu'il en sera avec un inconnu ?

— Aucun tribunal ne forcera un garçon de quinze ans à aller vivre avec un inconnu, protesta Tucker. Vernon essayait surtout de te faire peur. Mais si ce type est vraiment son père, il a le droit de faire sa connaissance.

— Je me fiche de ses droits ! répliqua-t-elle furieusement. Je m'inquiète pour Nick.

Son bras revint entourer ses épaules.

— Nick a de la chance. Avoir quelqu'un pour vous défendre, c'est considérable.

— Toi, tu n'as pas eu ça ? demanda-t-elle dans un souffle.

— Non. Mon père est parti, et après ça, ma mère se fichait de tout, y compris de moi. J'ai fait toutes les bêtises possibles et imaginables jusqu'à ce que mon entraîneur de football décide de s'occuper de moi. Il m'a sauvé.

Effleurant ses lèvres des siennes, il assura :

— Nick n'aura jamais ce problème. Tu t'es mise à le défendre dès le premier jour. Je me demande si tu te rends compte à quel point c'est rare… Et à quel point ça compte pour lui.

— Il est mon neveu. Je l'aime.

— Tout le monde ne serait pas prêt à prendre en charge un adolescent perturbé. Tu es quelqu'un d'unique.

Cette voix douce, intime… Nick, il fallait réfléchir à Nick, ignorer Tucker et cette sensation fabuleuse d'être enveloppée de tendresse.

— Ce n'est pas de moi qu'il s'agit.

— Tu as un avocat ?

Elle hocha la tête, soulagée par cette question bien terre-à-terre.

— J'ai donné sa carte à Roger, et je lui ai dit de s'adresser à lui.

— Alors légalement, tu es couverte.

Sa main dans son dos, rassurante, lui rendait ses forces et allumait de petits brasiers partout où elle se posait.

— Alors la question, en somme, est la suivante : est-ce qu'il faut lui parler tout de suite, ou attendre un peu ?

— Je veux plus de temps avec lui, murmura-t-elle. Plus de temps pour renforcer le lien. Nous faisons des progrès, mais ce n'est pas rapide.

— Tu vois une raison de lui parler tout de suite ?

— Non. En fait, je n'en vois aucune. J'attendrai.

Soulagée, elle leva le visage vers le sien.

— Je ne veux pas le bouleverser alors que je ne sais même pas quelle information Roger a pu trouver.

— Je suis d'accord. Vernon n'a encore rien prouvé.

Doucement, elle se dégagea et se remit sur ses pieds.

— Merci, murmura-t-elle. Merci d'être venu si vite.

— C'est quand tu voudras.

Se levant à son tour, il la contempla avec un sourire.

— Maintenant que la question est réglée, tu es sûre que tu n'as pas de problèmes de lingerie fine ?

— Certaine, dit-elle fermement, mais en souriant malgré elle. Si quelque chose se présente, je penserai à toi.

— J'y compte bien.

Sa voix restait détendue, mais ses yeux s'enflammaient.

— Je suis disponible à tout moment, jour et nuit.

— Merci, dit-elle, très pince-sans-rire. C'est généreux de ta part.

Ensemble, ils refirent le tour de la maison. Revenu auprès de son pick-up, il posa un instant la main sur son bras.

— Lingerie à part, appelle-moi si tu as besoin de quoi que ce soit. Et même si tu as simplement envie de parler.

— Merci, répéta-t-elle, sérieusement cette fois. Je le ferai.

Il grimpait sur son siège quand la porte d'entrée claqua et qu'elle vit Nick se précipiter vers eux. La joie qui l'habitait s'évanouit quand elle vit la colère qui empourprait son visage.

12.

— Qu'est-ce qu'il fait ici ? explosa Nick.

Il courut vers eux, ouvrant et refermant les poings.

— Je vous ai entendus, accusa-t-il, presque incohérent à force de rage. Je suis descendu dans la cuisine… Tu parlais de mon père, tu lui en parlais !

Il se tenait trop près, la dominant de toute sa hauteur, les yeux brûlant de colère et d'humiliation.

— Nick, du calme, intervint Tucker en lui prenant le bras.

Il se dégagea sans même le regarder.

— C'est pas vos affaires ! Elle n'avait pas le droit de vous en parler. Pas le droit. C'est personnel. Tu m'as jamais posé de questions sur mon père !

— Est-ce que tu sais quelque chose de lui ? demanda-t-elle.

Ce fut très difficile pour elle de parler d'une voix égale. Sa colère la terrifiait, sa présence furieuse réveillait des réflexes hérités de scènes anciennes, face à un autre homme qui vivait dans cette maison.

— Ça te regarde pas ! s'écria-t-il.

Tucker s'interposa, le saisit aux épaules et l'écarta de Claire.

— Maintenant, tu baisses d'un ton, mon garçon ! Ce n'est pas une façon de régler les problèmes.

140

— Ne m'appelez pas comme ça, hurla Nick en se débattant.

Tucker approuva de la tête.

— Tu as raison, je te fais mes excuses. Ce sont mes racines sudistes.

Il recula d'un pas en fourrant les mains dans ses poches, mais Claire nota qu'il restait prêt à se placer devant elle. Ce réflexe protecteur lui fit chaud au cœur… et paradoxalement, lui ôta toute envie de s'abriter derrière lui. Contournant son grand corps, elle tendit les mains vers Nick. L'adolescent eut un mouvement de recul.

— Nick, je suis désolée. Je demandais conseil à Tucker.

— Un conseil sur quoi ? questionna-t-il avec un mauvais sourire. Sur la façon la plus expéditive de te débarrasser de moi ? Pour pouvoir enfin rentrer à Chicago ?

Le choc lui coupa le souffle.

— Bien sûr que non ! C'est bien la dernière chose que je cherche. Je n'ai aucune envie de te quitter, je veux qu'on soit une famille.

— Ouais, c'est ça. Et entre-temps, tu essaies de me refiler à mon vieux. Un type qui a jamais voulu de moi ou de ma mère.

— Nick, je n'ai pas cherché ton père, je te le jure !

— C'est n'importe quoi !

Il hurlait de nouveau. Comment lui faire comprendre ?

— Je vais être franche avec toi. Tu sais que je n'ai pas d'enfants, que je ne connais pas beaucoup d'adolescents. Par moments, je ne sais pas trop comment m'y prendre.

— Tu pourrais me demander, à moi, dit-il un ton plus bas.

Tucker posa la main sur son épaule. Encore une fois, Nick se dégagea sans le regarder.

— Ecoute ce qu'on te dit, Kendall. Les jeunes ne savent pas toujours ce qui vaut mieux pour eux.

— Elle aurait dû me demander, à moi, répéta le garçon d'une voix misérable. Pas à vous.

Elle vit des larmes briller dans ses yeux.

— J'ai parlé à Tucker parce qu'il est mon ami, dit-elle avec douceur. Et parce qu'il te connaît bien.

Surtout, il ne fallait pas lui donner l'impression qu'on prenait des décisions dans son dos. Comme le regard de Tucker était réconfortant !

— Et aussi, acheva-t-elle, parce qu'il a été un garçon. Pas moi !

— C'est peut-être difficile à croire, observa celui-ci, mais moi aussi, j'étais un petit crétin qui en voulait au monde entier.

Elle se retourna d'un bond, atterrée… et le vit lancer un clin d'œil à Nick. La colère de celui-ci sembla retomber d'un coup. Cela lui plaisait qu'on le traite de « petit crétin » ? Elle ne comprendrait jamais rien aux hommes, décidément.

— On peut s'asseoir un peu pour parler ? proposa-t-elle.

— Ouais, pourquoi pas…, grommela Nick en haussant les épaules.

Elle leva les yeux vers Tucker, qui secoua très légèrement la tête.

— Je te verrai en cours demain, dit-il cordialement. Crétin.

— Ouais, marmonna Nick.

Côte à côte, ils regardèrent le pick-up s'éloigner. Hésitante, elle alla s'asseoir sur les marches de la véranda. Le bois encore tiède la réchauffa un peu. Nick la suivit, se laissant tomber sur une marche plus basse.

— Est-ce que tu sais quoi que ce soit sur ton père ? demanda-t-elle.

— Pas grand-chose.

Du bout de sa basket, il poussait un gravier ici et là.

— M'man m'a juste dit qu'ils s'aimaient, tous les deux.

Ses yeux étaient encore brouillés de larmes. Il bredouilla :

— C'était n'importe quoi. S'il tenait à elle, pourquoi est-ce qu'il est pas resté ? Il pouvait au moins lui donner de l'argent pour s'occuper de moi. Les pères sont obligés de faire ça, donner une pension alimentaire.

D'un coup de pied, il expédia son gravier dans l'herbe.

— M'man disait ça pour me rassurer. Il a jamais voulu de moi !

— Il n'était peut-être pas au courant. Ta mère est partie au début de sa grossesse, tu sais ? Elle n'a probablement rien dit à ton père.

Le regard las et cynique de Nick lui fendit le cœur.

— Ouais, c'est ça, soupira-t-il.

— Je vais t'expliquer pourquoi j'avais besoin de parler à Tucker, pourquoi je voulais lui demander conseil.

Elle se pencha pour prendre sa main, et la serra entre les siennes. Quand il voulut se dégager, elle tint bon.

— Un homme s'est présenté, et il affirme être ton père.

Il se retourna d'un bond pour braquer sur elle un regard furieux, incrédule… et rempli d'un espoir subit.

— C'est n'importe quoi, répéta-t-il automatiquement. Pourquoi est-ce qu'il viendrait dire ça maintenant ?

— Je ne sais pas. Je ne lui ai pas parlé, je ne sais même pas qui il est. Il a contacté un avocat.

— Comment tu sais qu'il dit la vérité ?

— Je ne sais pas, justement.

Elle se pencha plus près pour le regarder dans les yeux.

— Voilà pourquoi je voulais parler à Tucker. J'avais peur de te donner de faux espoirs.

— Alors c'est peut-être pas vrai ?

— L'avocat, c'est Roger Vernon, le type du restaurant. J'ai été mariée avec lui et notre divorce a été assez moche.

— Tu as été mariée avec ce malade ?

— Pendant deux ans.

Elle le voyait réfléchir à toute allure.

— Alors, ce Vernon pourrait raconter des histoires parce qu'il t'en veut encore ?

Des larmes subites brouillèrent la vue de Claire.

— Oui, répondit-elle d'un ton mal assuré. Tu es très intelligent, Nick.

Il détourna la tête, mais elle eut le temps de voir ses yeux se mouiller à leur tour.

— C'est minable de faire ça.

— Oui. C'est pour cette raison que je ne voulais pas t'en parler avant d'en savoir davantage.

Il se remit à dessiner des cercles du bout de sa chaussure.

— Et si c'est vraiment mon père ? Tu vas vouloir te débarrasser de moi ?

— Non ! C'est la dernière chose que je souhaite.

Prenant son souffle, elle posa la main sur son épaule et déclara avec force :

— Je t'aime. Et je peux te dire que s'il veut m'écarter de toi, je ne me laisserai pas faire.

Il lui lança un regard en coin.

— C'est vrai ?

— Oui, répliqua-t-elle avec un regard féroce. Et si je m'énerve, il le regrettera.

Un sourire retroussa les lèvres de l'adolescent, pour s'effacer aussitôt. Sa chaussure frottait la poussière, d'avant en arrière, d'avant en arrière.

— Je suis obligé de décider tout de suite ? demanda-t-il.

— Bien sûr que non ! C'est un trop gros morceau. Prends le temps de réfléchir. De toute façon, c'est toi qui décides.

— Qu'est-ce que tu crois que je devrais faire ?

— Pour l'instant ? J'attendrais d'en savoir plus. Même s'il est vraiment ton père, prends bien le temps de voir ce que tu as envie de faire.

Passant le bras autour de ses épaules, elle le serra contre elle. Il se rétracta un peu mais ne chercha pas à se dégager.

— Je ne peux pas te dire si tu dois ou non rencontrer ton père. Tu es bien plus proche de l'âge adulte que de l'enfance, et tu as le droit de prendre ta propre décision.

— Je sais pas quoi faire, marmonna-t-il.

— Ce n'est pas facile. Je suis là si tu as envie d'en parler. Personne ne te demande d'y voir clair en cinq minutes.

Ils contemplèrent la nuit, immobiles et muets. Enfin, elle se leva, épousseta son short et posa une main timide sur son bras.

— Dis, si on allait manger une glace ? On y va à pied, ça nous fera du bien.

Elle s'attendait qu'il refuse, et fut surprise de le voir hausser les épaules en soupirant :

— Ouais, d'accord…

Ils marchèrent côte à côte vers le centre de la petite ville. Il avait l'air si perdu qu'elle passa spontanément le bras sous le sien ; au lieu de se dégager, il s'appuya très légèrement contre elle.

Claire se présenta à l'heure dite au stand de boissons et friandises du stade du lycée, baptisé « La Niche » par les habitués. Judy Johnson l'avait appelée dans la journée pour lui demander d'assurer avec elle la permanence pendant le match. Prenant son courage à deux mains, elle frappa à la petite porte, et Judy l'accueillit avec un large sourire.

— Salut, Claire ! Entrez vite !

Elle pénétra dans un petit espace rempli du parfum puissant des hot dogs au gril et du pop-corn frais. Sur le tablier de Judy s'étalait une immense tache de ketchup.

— Une petite catastrophe culinaire, expliqua-t-elle. C'est gentil de vous être dévouée.

— Je suis contente que vous m'ayez appelée.

Elle parlait sincèrement. Judy Johnson lui plaisait, et elle avait envie de mieux la connaître.

— Vous vous souvenez… Dites, on ne pourrait pas se tutoyer ? C'est déjà la deuxième fois que nous descendons dans l'arène ensemble.

Puis, comme Claire hochait la tête, enchantée, elle reprit :

— Tu te souviens de Lucy Groves ?

— Salut, Claire, dit cordialement Lucy, l'une des cuisinières du dîner de spaghettis. Bienvenue chez les spécialistes des soirs de match.

— Vous essayez de me faire peur, toutes les deux ?

Elle riait, mais elle se sentait un peu coupable. Elle aurait dû se proposer d'elle-même pour assurer l'intendance pendant les matchs.

— Bien sûr, mais essaie de repasser la porte et notre vengeance sera terrible.

— Bon, qu'est-ce que je dois faire ?

— Je crois que nous te mettrons au comptoir jusqu'au début du match, décida Judy. Viens par ici. Voilà la liste des prix, et voilà la caisse. Tu prends les commandes, tu nous les crie haut et fort, et tu encaisses. Lucy et moi, nous enverrons les hot dogs. Une fois que le match aura commencé, ce sera plus calme, et nous aurons le temps de te montrer les ingrédients et les machines.

— Je pense que je devrais m'en sortir.

Sa première cliente arrivait déjà : une petite fille dont la tête arrivait à peine au comptoir lui tendit un billet d'un dollar froissé en demandant :

— Un fil de réglisse, s'il vous plaît…

— Voilà !

Se retournant vers le présentoir à bonbons, elle repéra de longues ficelles de réglisse rouge. Avec précaution, elle en détacha une, consulta la liste des prix et rendit la monnaie.

— Passe une bonne soirée !

Un groupe compact était apparu comme par enchantement. Pendant quelques minutes, elle eut fort à faire à distribuer sodas, nachos, hot dogs, pop-corn et friandises.

Sur le terrain, l'arbitre donna le premier coup de sifflet, et ses clients se ruèrent vers leurs places. Judy et Lucy, rouges et essoufflées, émergèrent des profondeurs pour venir s'accouder près d'elle au comptoir. Sans un mot, Judy aligna trois sodas bien frais devant elles et laissa choir quelques pièces dans la caisse.

— Ce n'était pas si mal, opina Claire. A vous entendre, je croyais que ce serait une émeute.

— Attends la mi-temps, lui dit Judy. C'est là que ça devient terrible.

— D'ici là, nous nous tournons les pouces ?

Lucy leva les yeux au ciel.

— Pas vraiment, non ! Il faut préparer assez de hot dogs pour nourrir une armée, faire un stock de pop-corn et bourrer les glacières de soda.

— Mais ce n'est pas la tâche la plus importante ! s'écria Judy, les yeux brillants.

— Quoi, alors ? demanda Claire, perplexe.

— La priorité numéro un sur le cahier des charges : passer en revue tous les petits potins de Monroe !

— Dans ce cas, il ne fallait pas s'adresser à moi, protesta Claire en éclatant de rire. Je ne suis au courant de rien !

— D'ici la fin de la soirée, tu sauras tout !

Claire allait répondre quand Judy lui tira la manche.

— Regarde ! Nick va shooter.

Claire se retourna d'un bond. A l'autre extrémité du terrain, Nick intercepta le ballon et shoota vigoureusement ; l'obus sombre s'éleva dans un arc majestueux, découpé sur la clarté du crépuscule.

— Joli coup, observa Judy. Une bonne distance.

Claire vit Nick quitter le terrain au grand galop. Il courut droit vers Tucker, qui fit claquer sa paume contre la sienne avec enthousiasme. Même à cette distance, on sentait la joie de l'adolescent.

— Mesdames, bonsoir ! dit une voix.

Claire oublia à la fois Nick et Tucker en voyant le maire de Monroe devant le comptoir.

— Bonsoir, Fred, dit Judy. Qu'est-ce que ce sera ?

— Un café et du pop-corn, commanda Denton avec un sourire trop jovial. Lucy, vous êtes là aussi ! Belle Lucy ! Il paraît que vous faites le meilleur pop-corn de la région.

— Nous faisons de notre mieux, rétorqua Lucy en actionnant la machine.

— Un dollar soixante-quinze, monsieur le maire, dit froidement Claire.

Il posa un billet de vingt dollars sur le comptoir. Claire tendait la main pour le prendre quand Judy arrêta son geste.

— Ne soyez pas comme ça, Fred. Donnez-moi deux billets d'un dollar, ou une poignée de monnaie. Je ne peux pas changer un billet de vingt en tout début de soirée.

Irrité, Denton reprit son billet et se mit à fouiller dans son portefeuille.

— Tenez, dit-il en leur jetant un billet de cinq. Je n'ai rien de plus petit.

Claire lui rendit sa monnaie sans commentaire. Dès qu'il se fut éloigné, Judy renifla avec dédain.

— Il croit nous impressionner avec ses gros billets ? « Je n'ai rien de plus petit », singea-t-elle en imitant la voix du maire.

Claire se tourna vers Lucy, troublée.

— On aurait dit qu'il te faisait du plat...

Lucy eut une grimace.

— Ce vieux croulant se croit irrésistible. Prépare-toi ! Tu es une femme, tu es célibataire, il finira par s'en prendre à toi.

— Mais il est marié !

Judy leva les yeux au ciel.

— Sans blague ! D'ailleurs, ce n'est pas indispensable d'être célibataire pour qu'il s'intéresse à toi. Il court après tout ce qui bouge dans un rayon de vingt kilomètres.

— Comment un tel minable a-t-il réussi à se faire élire ?

— Les citoyens qui comptent dans notre bonne ville sont des gens pragmatiques. Le rôle du maire est de rester dans les bonnes grâces du gouvernement de l'Etat, et Fred est très doué pour attirer les faveurs et les subventions.

Lucy et Judy se mirent à échanger les dernières nouvelles du bourg. Claire les écouta, adossée au comptoir. Elle se sentait bien ; l'air frais du soir caressait sa peau, elle voyait assez bien le terrain, elle percevait l'électricité joyeuse qui émanait des gradins. Parfois, au hasard d'une action, des ovations jaillissaient de centaines de gorges.

— Je suis contente que tu sois venue ce soir, lui dit spontanément Judy.

— Je suis contente que tu m'aies appelée. Je passe une soirée formidable.

— Personne ne mesure à quel point c'est une expérience enrichissante de servir les hot dogs les soirs de match, dit gravement Lucy. Les grands plaisirs des petites villes !

— Vous aimez bien vivre ici, n'est-ce pas ?

— Moi, oui, répondit immédiatement Judy. Je pensais que j'aurais du mal à m'y faire… Jim a dû me traîner ici, griffante et hurlante, mais en fin de compte, Monroe me convient tout à fait. Et c'était vraiment le bon choix pour Frankie. Maintenant, je ne voudrais plus vivre ailleurs.

— J'ai une perspective un peu différente, vu que j'ai grandi ici, dit Claire avec prudence.

— Je ne voudrais pas retourner vivre dans le trou où j'ai grandi, s'écria Judy avec conviction. Quoique… je serais peut-être surprise. C'est très différent de découvrir un lieu avec des yeux d'adultes.

— Je n'ai pas vraiment eu le choix, soupira Claire.

— C'est vrai, mais même sans avoir le choix, on peut être surpris, conclut Lucy.

Se dirigeant vers le fond du stand, elle annonça :

— Nous ferions bien de nous préparer pour le coup de feu de la mi-temps. Claire, tu veux bien t'attaquer aux hot dogs ?

Claire se détournait pour la suivre quand un nouveau client se présenta au comptoir. Un grand blond dont le visage lui disait vaguement quelque chose.

— Bonsoir, Claire, dit-il.

— Bonsoir, répondit-elle, assez gênée de ne pas se souvenir de son nom. Qu'est-ce que je vous sers ?

Un instant, il sembla contrarié, puis l'expression disparut aussi vite qu'elle était venue.

— Derek Joiner, dit-il. Nous avons bavardé le soir du premier match. Votre sœur travaillait avec moi à la mairie.

— Bien sûr ! Je suis désolée, je…

— Pas de problème, coupa-t-il avec un sourire charmeur. Comment pourriez-vous vous souvenir du nom de tout le monde ?

S'accoudant au comptoir, il reprit :

— J'ai encore des affaires appartenant à Janice au bureau. Si je passais les déposer chez vous, un de ces jours ?

— Ne vous dérangez pas, dit-elle très vite. Je viendrai à la mairie la semaine prochaine.

Elle se demandait surtout s'il était déjà venu voir Janice à la maison.

— Ce n'est pas pressé, assura-t-il. Vous devez être très occupée, à tout régler ici avant de repartir. Non pas que je sois pressé de vous voir disparaître ! Il n'y a jamais suffisamment de jolies filles en ville.

— Merci, Derek, dit-elle froidement. A bientôt.

— Je vous attends !

Un dernier sourire cordial à la ronde, un salut de la tête et il s'éloigna.

— Un charmeur, observa Judy.

— Si on aime son genre, renvoya Lucy.

Claire se retourna en haussant un sourcil interrogateur.

— Encore un qui se croit irrésistible ?

— Bien trop sûr de lui.

Claire se mit à rire devant ce diagnostic sans appel.

— Je crois que je viendrai tenir le stand avec vous deux tous les vendredis soir. D'ici à la fin de la saison, je saurai tout ce qu'il faut savoir !

— Reste avec nous, ma grande, répondit Judy en riant. Tu découvriras l'envers du décor !

— Mais pas à la Niche, précisa Lucy avec un frisson d'horreur. Une fois par saison, ça me suffit largement !

— Préparez-vous ! cria Judy. Je viens d'entendre le signal de la mi-temps !

Une heure et demie plus tard, les supporters rentrèrent chez eux, après un match décevant, et les trois femmes attaquèrent le ménage du stand. Claire achevait de laver les urnes à café quand Lucy derrière elle poussa un cri aigu. Elle venait d'abattre l'interrupteur de la machine à pop-corn et, au lieu de s'éteindre, l'engin emballé débordait, déversant une cascade jaune et blanche sur le sol. Lucy jurait avec un brin d'hystérie : elle se battait avec cette machine depuis le début de la soirée.

Claire se précipita à la rescousse. Glissant et dérapant dans le pop-corn répandu, elle ouvrit à la volée le boîtier des fusibles et se mit à chercher le bon circuit en criant :

— Cogne-la avec le balai, ça la calmera ! Ne te laisse pas impressionner, Lucy, montre-lui qui est la patronne !

Le fou rire les saisit en même temps. Sanglotant de rire, elle tituba vers la prise et l'arracha. Pendant un instant, il ne se passa rien, puis le flot de maïs soufflé se tarit. Titubantes, le pop-corn craquant sous leurs chaussures, les trois femmes s'effondrèrent sur le comptoir en hoquetant.

— Et moi qui vous trouvais courageuses de vous porter volontaires pour cette corvée ! En fait, vous vous amusez !

Se redressant d'un bond, Claire se retrouva nez à nez avec Tucker. Il les contemplait en souriant, accoudé au comptoir ; le pantalon de toile et la chemise bleue qu'il portait pour les matchs, bien qu'un peu fripés en fin de soirée, mettaient en valeur ses larges épaules et ses longues jambes. Un très léger parfum flottait autour de lui.

— Bonsoir, Tucker, dit-elle.

— Bonsoir toi-même. Si je comprends bien, ça ne servirait à rien de demander du pop-corn ?

— Pas si tu tiens à la vie. Nous venons tout juste de dompter la machine.

— Alors je me contenterai d'un soda.

Marchant avec précaution dans le pop-corn répandu, elle alla s'accroupir devant le vieux réfrigérateur pour en sortir une bouteille fraîche. Quand elle se retourna, Tucker se tenait juste derrière elle.

— La porte était ouverte, expliqua-t-il.

Il était si près qu'elle ne put éviter de l'effleurer en se relevant. Ses seins pointaient à un centimètre de sa poitrine ; un petit vent frais entrait par la porte ouverte, mais la chaleur qui irradiait du corps de Tucker la réchauffait jusqu'à la moelle. Muette, elle lui tendit sa bouteille.

— Merci, Claire.

Impossible de reculer sans se heurter aux caisses de bouteilles vides. Sans paraître s'apercevoir qu'il la coinçait au fond du stand, il dévissa le bouchon, et avala une rasade ; elle le fixait, incapable de détacher son regard de la pulsation rythmique de sa pomme d'Adam. Il vida la bouteille d'un trait et la glissa dans une caisse avec les autres cadavres.

— J'ai pensé à la Niche toute la soirée, lui dit-il à voix basse. J'avais terriblement envie…

Lui offrant un sourire incroyablement intime, il acheva :

—… d'un soda.

— Il nous reste du stock, réussit-elle à répliquer.

— C'est ce que je vois.

Elle glissa de côté, ses mains cherchant une prise sur les caisses derrière elle.

— Je dois terminer le nettoyage, bredouilla-t-elle. Nick est peut-être déjà rentré.

— Il m'a demandé de te dire qu'il va chez Sparky avec deux copains, dit Tucker. Tu as tout ton temps.

Ses yeux brillants se posèrent sur ses lèvres. Pendant un instant, elle crut qu'il allait l'embrasser.

— Merci pour le soda, dit-il en s'écartant enfin. Si j'attends un peu, je peux raccompagner ces dames à leurs voitures ?

— Mais non, pour quoi faire ? Nous ne risquons rien, protesta-t-elle.

— C'est un plaisir, Claire.

Un dernier sourire, et il franchit la porte et disparut. Claire se retourna ; Judy et Lucy, debout côte à côte, suivaient la scène avec beaucoup d'intérêt.

— Finalement, tu pouvais apporter ta contribution aux potins, observa Judy, très amusée.

— Tucker voulait un soda, bredouilla-t-elle en rougissant. Il devait avoir soif après le match.

— Oh, il voulait quelque chose… mais ce n'était pas un soda.

— Tu as l'esprit mal tourné ! protesta Lucy en éclatant de rire.

— Pas besoin d'avoir l'esprit mal tourné pour reconnaître cette expression dans les yeux d'un homme, riposta la mère de Frankie.

— Je ne sais pas du tout de quoi vous parlez, déclara Claire le plus dignement qu'elle put.

Judy laissa échapper une petite exclamation de dérision.

— Tu n'espérais tout de même pas nous cacher ça ? Je croyais que tu avais grandi à Monroe.

— Personne n'a de secrets, dans ces petites villes, renchérit Lucy.

Elles se trompaient, pensa Claire. Tout le monde avait son secret. Au lieu d'être faite de zones d'ombre et de lumière bien tranchées, comme elle le pensait autrefois, la vie était toute en nuances, réseau confus des choix à faire et de chemins à emprunter. En regardant ces deux femmes, ses amies, elle comprit que *personne* n'émergeait indemne de l'enfance.

Les gens de Monroe n'étaient peut-être pas si différents des autres ? Pas si différents d'elle. Le moment était peut-être venu de changer de regard ?

13.

Adossé à la voiture de Claire, Tucker regarda celle-ci émerger de la Niche avec ses deux amies. Elle écoutait Judy en souriant ; bientôt, elle éclata de rire.

— Du calme, mon vieux, se murmura-t-il.

Elle disait bonsoir aux autres, et se dirigeait vers lui. Son cœur heurtait ses côtes comme un tambour.

— Tu n'étais pas obligé de m'attendre, dit-elle en s'arrêtant à une distance prudente. Je ne risque pas grand-chose sur le parking du lycée de Monroe.

— On ne sait jamais, répondit-il en s'avançant vers elle. Quelqu'un pourrait rôder avec des idées déplacées.

— Tu crois ? répliqua-t-elle d'un ton léger. Dans une petite ville aussi tranquille ?

— Tu aurais peine à deviner les mauvaises pensées qui flottent dans l'air ce soir, murmura-t-il.

La chaleur coulait dans ses veines. Il l'attira contre lui, des hanches à la poitrine. Ses yeux verts se levèrent vers les siens, et il se sentit aspiré dans leur profondeur.

— Et toi, tu ne te doutes pas de quoi je suis capable, murmura-t-elle.

Avec un rôle sourd, il inclina la tête pour l'embrasser. Elle répondit avec flamme, s'accrochant à lui des deux mains. Oubliant tout sous le choc du désir, il la pressa contre la voiture de tout son poids, glissa la main sous son pull léger pour pétrir ses seins. Elle gémit très doucement ; il but ce son à même sa bouche, l'embrassa encore plus passionnément et la sentit fondre contre lui.

Derrière eux, des pneus écrasèrent le gravier, et un Klaxon se fit entendre ironiquement. Atterré, il bondit en arrière. Comment avait-il pu oublier où ils se trouvaient ?

— Tu vois ce que je veux dire ? chuchota-t-il. Monroe, c'est la cité du vice.

— Je crois bien que je perds la tête, haleta-t-elle, égarée.

— Je t'ai offensée sans espoir de retour en t'embrassant en public ?

— Pas sans espoir, concéda-t-elle avec un pâle sourire.

D'un geste hésitant, elle lui effleura les lèvres du bout des doigts ; une nouvelle explosion de chaleur l'ébranla.

— Je crois qu'il valait mieux que cela arrive ici.

— Mais nous pourrions aussi essayer ailleurs.

Son souffle refusait de s'apaiser. Il tenait toujours ses bras si lisses et frais, mourant d'envie d'explorer le reste de son corps.

— Nick m'attend…

— Demain, alors.

— Non, pas demain, dit-elle tristement.

— Ma belle !

Ce mot tendre lui avait échappé ; il vit ses yeux s'adoucir.

— Demain, Nick et moi, nous allons à Bakersfield voir la voiture de Janice, expliqua-t-elle. Nous voulons nous assurer que rien ne suggère qu'on l'a aidée à quitter la route.

Manifestement, il n'était plus question de continuer ses avances. Il força ses mains à se détendre, et les fit glisser jusqu'à ses poignets d'un mouvement apaisant.

— Tu veux que je t'accompagne ?

— Ce ne sera pas une sortie très joyeuse.

— Je sais, dit-il tout bas. Je peux peut-être vous aider.

Elle scruta son visage quelques instants, et finit par hocher la tête. Il fut heureux de voir qu'elle semblait soulagée.

— Je profite de toi, murmura-t-elle, mais si tu es bien sûr que ça ne t'ennuie pas… Nick serait content que tu sois là.

Avec un demi-sourire, il posa la question familière :

— Et la tante de Nick ?

— La tante de Nick serait contente aussi, avoua-t-elle.

Ce n'était pas une déclaration d'amour éternel, mais il s'en contenterait pour l'instant !

— Très bien, je viendrai. A quelle heure veux-tu partir ?

— Je ne veux pas bousculer Nick un samedi matin. Midi, ça t'irait ?

— Midi, c'est parfait. A demain.

Il s'éloigna, sentant qu'elle le suivait du regard. Une vibration puissante et silencieuse le secouait. Il lui avait montré clairement qu'elle l'attirait, et il sentait bien que c'était réciproque. Les réticences qu'elle manifestait encore ne faisaient que renforcer sa détermination.

Le gros bras tatoué du patron de la casse désigna la masse de métal tordu qui avait été la voiture de Janice. Lissant d'une paume énorme le bandana noué autour de sa tête, il jeta à Claire un regard d'excuse. Il se tenait près de l'épave dans une attitude curieusement protectrice.

— La voilà, grommela-t-il d'une voix de basse. Exactement telle qu'on me l'a amenée. Je n'ai pas beaucoup de demandes pour des pièces de ce modèle.

Ce n'était presque plus une voiture. Plus de vitres, le toit arraché pour ouvrir l'accès à l'intérieur… Les sièges de vinyle, déchirés et soigneusement réparés à l'adhésif, rappelaient de façon poignante la pauvreté de sa sœur.

Claire leva les yeux vers l'homme en s'efforçant de retenir ses larmes.

— Merci. Nous pouvons la regarder quelques minutes ?

Un sourire empreint de bonté métamorphosa son visage rougeaud.

— Bien sûr. Prenez tout votre temps. Je serai dans le bureau, si vous avez des questions.

Sa silhouette massive et bienveillante s'éloigna le long d'une allée ; ils restèrent seuls face à l'épave. Sans réfléchir, elle passa le bras autour des épaules de Nick ; il se tourna vers elle comme un enfant et l'étreignit de toutes ses forces.

Tucker se tenait un peu à l'écart, étudiant avec attention ce qui restait de la voiture. Emue, elle comprit qu'il s'efforçait de leur laisser un peu d'intimité. Elle réconforta l'adolescent de son mieux ; alors même qu'elle lui murmurait des mots rassurants, elle luttait pour repousser l'image de sa sœur, au moment où la voiture s'enfonçait dans les eaux froides du lac. Avait-elle lutté pour se dégager ? Non, elle était déjà morte, comme Broderick le lui avait dit. Morte sur le coup.

— Pourquoi est-ce qu'elle est… toute défoncée ? chuchota Nick. Je croyais qu'elle était tombée dans le lac.

Elle le serra plus étroitement contre elle.

— Le chef de police dit qu'elle a rebondi sur la pente avant d'entrer dans l'eau.

Elle hésita un instant, et lui révéla ce qui la réconfortait un instant plus tôt :

— Il a aussi dit qu'elle était morte tout de suite. Elle n'a pas eu le temps de souffrir.

Un sanglot lui échappa ; elle le berça contre elle en ravalant ses propres larmes.

Agenouillé près de la voiture, Tucker étudiait la roue arrière.

— Viens jeter un coup d'œil, Nick, dit-il.

Nick s'écarta d'elle, hésita un instant, puis alla s'accroupir près de lui.

— Ta mère avait embouti quelque chose, dernièrement ?

— Je crois pas, non. Elle m'en aurait parlé.

— Tu es sûr ? Regarde.

Il montrait une entaille profonde dans la tôle, juste derrière la roue. Nick secoua la tête.

— Ça n'y était pas deux jours avant, dit-il avec certitude. Je le sais parce que j'ai lavé la voiture.

Sa lèvre se mit à trembler et il expliqua :

— Maman voulait m'emmener conduire. Pour m'exercer un peu avant de commencer les cours de conduite.

Tucker leva les yeux vers lui.

— Ah ? Ça c'est bien passé ?

Nick haussa les épaules. Les yeux emplis de larmes, il faisait un effort désespéré pour avoir l'air blasé.

— Pas mal. Nous avons juste roulé autour du parking de l'église, mais ma mère a dit que je me débrouillais bien.

— J'en suis sûr, répliqua Tucker. Tu as de bon réflexes, beaucoup de jugement. Tu seras un bon conducteur.

Le regard rivé au sol, clignant furieusement ses paupières mouillées, le garçon marmonna :

— C'est ce qu'elle a dit…

— Une fois que tu auras terminé tes cours de conduite, je t'emmènerai t'exercer, si tu veux.

Jetant un regard en coin à Claire, il ajouta :

— A moins que tu ne veuilles apprendre sur une voiture de gonzesse.

— C'est vrai ? Vous voudriez bien ? Je conduirais votre pick-up ?

Abasourdi, il fixait Tucker de ses yeux ruisselants.

— Bien sûr. Les jeunes doivent savoir conduire un pick-up.

159

Avec une petite bourrade affectueuse, il déclara :

— Viens regarder l'arrière, Nick. Dis-moi si tu vois de nouvelles marques.

Le garçon passa derrière la voiture.

— Merci, dit Claire tout bas.

Elle se mordit violemment la lèvre, et parvint à retenir une nouvelle crise de larmes. Pleine de remords, elle murmura :

— C'est trop dur pour lui de voir ça. Je n'aurais pas dû…

— C'est dur pour toi aussi, répondit-il tout bas. Toi aussi, tu veux conduire mon pick-up ?

— Non, merci, bredouilla-t-elle en riant et pleurant à la fois. Je me contenterai de ma voiture de gonzesse.

Il lui prit la main, posa un baiser dans sa paume et se pencha de nouveau vers l'épave.

— Regarde, là, dit-il en montrant l'aile cabossée. Je ne suis pas sûr, mais Nick pourrait avoir raison. On a pu délibérément l'expédier hors de la route.

Ce fut comme si des glaçons se formaient dans ses veines. C'était une chose de montrer à Nick qu'on l'écoutait, qu'on n'écartait pas ses inquiétudes, et une autre d'envisager qu'il puisse avoir raison !

— Tu vois ces traces ? demandait Tucker en lui montrant de vilaines éraflures sur la carrosserie. C'est de la peinture rouge. Comme si une autre voiture l'avait heurtée.

Le cerveau paralysé, elle fixa les marques, incapable d'admettre ce qu'elle entendait. Se remettant sur ses pieds, Tucker alla rejoindre Nick.

— Tu vois quelque chose à l'arrière ? l'entendit-elle demander.

— Je sais pas, répondit la voix troublée du garçon. Il y a un choc ici aussi…

— Montre-moi.

Il s'accroupit près de Nick en prenant garde de ne pas toucher la voiture.

— Encore des éraflures. Encore de la peinture rouge.

Nick le regarda, les yeux ronds.

— Vous croyez que j'ai raison ? Vous pensez qu'on l'a poussée hors de la route ?

— Je n'en sais rien du tout, soupira-t-il en se remettant lentement debout. En tout cas, il faut retourner voir le chef de police. Je pense qu'il voudra donner suite à l'affaire.

— Et maintenant, qu'est-ce qu'on fait ?

Ils avaient repris la route de Monroe, et Nick piaffait littéralement d'impatience. Serrée entre les deux hommes sur la banquette du pick-up, Claire s'efforçait de regarder l'impensable en face.

— Je file au commissariat lundi matin, dit-elle. Broderick ira voir la voiture, il saura la marche à suivre.

— Il faut lui parler aujourd'hui ! s'écria le garçon, affolé. Tu te rends compte, s'il arrivait quelque chose à la voiture ?

— Le type de la casse a promis de la surveiller, rappela-t-elle. Il la déplacera dans son hangar et la gardera à l'œil en attendant que Broderick le contacte.

Il ne dit rien de plus, mais elle vit ses épaules s'affaisser. Le cœur serré, elle proposa :

— Bon, dès que nous serons rentrés, je téléphonerai au poste de police. Au cas où il serait de service ce week-end.

La regardant du coin de l'œil, il demanda :

— Quoi d'autre ?

— Je crois que je vais parler aux collègues de Janice. J'ai vu Derek Joiner au match hier soir, et nous nous sommes mis d'accord pour que je passe chercher ses affaires au bureau.

Nick fit la grimace.

— Le blond, celui qui s'habille comme dans un magazine de mode ?

— On pourrait dire ça, répondit-elle avec prudence. Tu le connais ?

— Pas vraiment. Il est passé à la maison une ou deux fois.

— Ta mère l'appréciait ?

— Je sais pas. Peut-être.

Se détournant, il regarda résolument par la fenêtre. Un instant plus tard, il avoua :

— Il ne me plaît pas.

— Pourquoi ? demanda Tucker.

— Il faisait comme s'il était mon meilleur copain. Il essayait de se la jouer cool.

— S'il s'intéressait à ta mère, il voulait sûrement te plaire aussi, répondit Tucker d'une voix neutre.

— Ouais, ça a pas marché.

Il s'affaissa sur son siège, le menton rentré dans la poitrine. Brusquement, il expliqua :

— M'man et moi, on avait pas besoin de lui ! Je l'ai entendu lui parler, il disait qu'il voulait l'aider... On n'avait pas besoin d'aide, on se débrouillait très bien, tous les deux.

— Autrement dit, c'est la dernière fois que j'aurai l'occasion de peindre avec vous ? demanda Tucker de sa voix paisible.

Nick rougit violemment.

— C'est pas pareil, protesta-t-il. Vous, vous aviez vraiment envie de venir.

Avec un de ses regards en coin, il transforma son affirmation en question :

— Hein, vous aviez envie ?

— A ton avis ? rétorqua Tucker avec un sourire impudent. Voir ta tante jouer du rouleau, c'est un spectacle qui ne se rate pas !

— Ouais, bon, Joiner, il avait pas vraiment envie… Il souriait tout le temps comme un faux-jeton.

Claire les regardait tour à tour, un peu dépassée.

— En tout cas, j'irai au bureau de Janice, et je parlerai à ceux qui travaillaient avec elle, déclara-t-elle.

— Comme s'ils allaient savoir quelque chose !

— On ne sait jamais. Les collègues finissent par en savoir beaucoup les uns sur les autres.

— Bof… On verra.

Nick se retourna vers sa vitre. Discrètement, elle prit sa main et la serra. Au bout d'un instant, il serra la sienne en retour. Elle regarda droit devant elle, accrochée à cette grande main d'enfant, le regard brouillé de larmes.

— Je ne sais pas au juste sur quoi travaillait Janice.

L'ancienne collègue de Janice tassait son volume considérable derrière un bureau métallique Elle devait approcher de l'âge de la retraite, mais sa peau restait lisse, bien tirée sur ses grosses joues.

— Aucune d'entre nous n'est l'assistante de l'un ou l'autre, expliqua-t-elle. Tous les services font appel à nous.

Consultant discrètement son badge, Claire demanda :

— Madame Shelton, vous n'avez rien remarqué de différent chez Janice, les derniers jours ?

— Oh, ma pauvre chérie, appelez-moi Anna, comme tout le monde ! Non, Janice ne semblait pas différente.

— Ces questions doivent vous sembler un peu bizarres mais vous comprenez, Nick, son fils est… elle lui manque terriblement.

Baissant la voix, elle ajouta :

— J'ai pensé que cela lui ferait du bien si je pouvais lui raconter ce qu'elle faisait, lui dire combien on comptait sur elle…

163

Broderick s'était absenté jusqu'au lendemain, et elle voulait absolument rapporter à Nick des éléments nouveaux.

La brave Anna rayonnait de compassion.

— Eh bien, vous pourrez lui dire que sa maman était la meilleure ! M. le maire s'adressait toujours à elle quand il avait un travail pour nous.

— Vraiment… M. le maire ?

— Parfaitement. M. Denton était très content de son travail. Et puis, jolie comme elle était… M. le maire apprécie les jolies femmes.

Sa bouche molle se pinça un peu.

— M. Joiner est venu me parler, au match de foot de la semaine dernière, reprit Claire. Il semblait aussi avoir une bonne opinion de Janice. Elle travaillait beaucoup pour lui ?

Anna retrouva son sourire de connivence.

— Nous avions dans l'idée que Derek pensait à autre chose que le travail, quand il passait voir Janice. Il passait souvent… et cela ne semblait pas la déranger !

Claire jeta un regard à la ronde et s'approcha un peu.

— Vous pensez qu'ils se voyaient, tous les deux ?

Le regard de son interlocutrice pétilla.

— Janice était quelqu'un de bien. Derek aurait fait un bon choix.

— Donc, il n'y avait rien de contrariant pour Janice, juste avant son accident ?

— Non, rien ! Le beau fixe. Elle semblait même plutôt excitée et joyeuse.

Avec un clin d'œil, elle précisa :

— Alors je me demandais, pour elle et Derek…

Son visage s'affaissa brusquement et elle soupira :

— Cet accident, quelle tragédie…

164

— Oui, murmura Claire, le cœur serré. Il y avait des marques sur sa voiture, comme si elle avait heurté quelque chose avant de quitter la route. C'est pour cela que je me demandais si elle était distraite ou contrariée.

— Non, au contraire. Plutôt… comme si elle avait une grande nouvelle et qu'elle ne pouvait en parler à personne.

Une main se posa sur le bras de Claire. Saisie, elle se retourna. Derek Joiner se tenait juste derrière elle.

— Bonjour, Claire, dit-il avec un sourire crispé. Vous êtes venue chercher les affaires de Janice ?

— Oui… Bonjour ! A bientôt, Anna, je repasserai vous voir.

Plaçant sa main au creux de son dos, il l'entraîna vers une porte latérale.

— Ses affaires sont dans mon bureau.

Claire entra dans une pièce surprenante de ce vieux bâtiment au charme désuet : un mobilier ultramoderne, un tapis aux couleurs vives, un tableau tout en figures géométriques. Sur la surface de verre du bureau, il n'y avait qu'un seul objet, un petit carton qui devait contenir les objets ayant appartenu à Janice.

— Merci d'avoir pris le temps de vous en occuper, murmura-t-elle.

— Janice nous manque à tous.

Elle hésita, puis se retourna vers lui pour demander :

— Avait-elle des amis particulièrement proches parmi ses collègues ? Des gens à qui elle se serait confiée ?

Il lui sourit amicalement, mais elle crut voir une lueur méfiante dans son regard.

— Janice s'entendait bien avec tout le monde.

Son regard glissa derrière elle ; elle vit son visage se détendre et il dit, presque gaiement :

— N'est-ce pas, monsieur le maire ?

165

Denton se tenait sur le pas de la porte, le regard fixé sur eux.

— Vous pouvez le dire, répondit-il avec chaleur. Tout le monde ici l'aimait.

Le cœur de Claire se mit à battre plus vite. Saluant le maire d'un signe de tête, elle s'empara du carton et le serra contre elle. Une tension étrange vibrait dans le bureau, et un étau lui pressait la poitrine. Si ces murs avaient pu parler, se demandait-elle confusément, lui diraient-ils ce qui était arrivé à sa sœur ?

— Merci, répéta-t-elle, les mains crispées sur la boîte. Merci d'avoir rassemblé ses affaires.

Derek lui sourit.

— Si jamais vous voulez parler de Janice, je serai content de passer un moment avec vous.

Elle se glissa hors du bureau, en évitant de frôler Denton au passage. Tout en s'éloignant le long du couloir, elle sentit le regard des deux hommes dans son dos.

Quand elle retrouva la grande salle commune abritant une dizaine de secrétaires, cette curieuse crise de panique s'était apaisée. Honteuse, elle fit un détour pour aller saluer Anna Shelton.

— Merci pour tout, lui dit-elle en guise d'adieu. Si vous pensez à quoi que ce soit que je puisse dire à son fils, vous m'appellerez ?

— Bien sûr, acquiesça la femme en lui tapotant la main. Dites à son grand garçon que sa maman était fière de lui !

— Merci, murmura Claire, émue. Je lui dirai.

— Et je demanderai aux autres si Janice leur avait parlé de quoi que ce soit.

— Merci, répéta-t-elle.

A voir la curiosité avide de son expression, la mairie entière ne tarderait pas à entendre parler de sa visite !

— J'étais contente de vous rencontrer, Anna.

— Moi aussi.

Pensive, elle étudia Claire un instant et ajouta :

— Janice disait que sa sœur avait un travail important à Chicago. Quand on vous voit, on sait tout de suite qu'elle ne racontait pas d'histoires.

Claire se demandait encore si c'était un compliment en débouchant sur le trottoir. Le ciel nuageux avait un éclat d'étain, et il faisait lourd ; elle respira à fond et s'aperçut qu'elle était épuisée.

Elle n'avait pas perdu son temps. La conversation avec la collègue de Janice s'était déroulée exactement comme elle l'espérait. Elle ne pouvait pas se permettre d'interroger toutes les secrétaires, mais Anna s'en chargerait à sa place ; s'il y avait eu quoi que ce soit d'inhabituel avant la mort de Janice, elle était sûre d'en entendre parler.

Elle s'éloignait quand elle sentit dans son dos le frisson bizarre qui signifie que quelqu'un a le regard fixé sur vous. Elle se retourna... La rue était déserte. La lumière grise du ciel voilé transformait les fenêtres de la mairie en grands miroirs plats. Impossible de repérer un observateur. Curieusement troublée, elle déverrouilla sa voiture et se glissa à l'intérieur avec un regard vers le poste de police. Quel dommage que Broderick se soit absenté justement aujourd'hui !

Elle commençait tout juste à prendre conscience des bons côtés de Monroe, et voilà qu'elle devait envisager la possibilité que quelqu'un ait assassiné sa sœur ! Les mains crispées sur le volant, elle roula lentement le long de la rue paisible. Malgré son amitié pour Judy Johnson, malgré la passion de Nick pour le foot, ils quitteraient cet endroit dès la fin de saison.

Le visage de Tucker se présenta devant elle avec son sourire le plus décontracté, son regard rempli d'humour... Un véritable spasme de chagrin la secoua. Comme il allait lui manquer !

Il manquerait aussi à Nick… Mais au fond, c'était une raison supplémentaire de partir. Une relation entre eux était impossible, car ils attendaient de la vie des choses trop différentes. Et plus les jours passaient, plus elle s'habituait à dépendre de lui. Elle commençait à avoir besoin de sa présence, de ses baisers. C'était stupide : il aurait été si facile de le tenir à distance, dès le début ! Maintenant, ils avaient intérêt à partir très vite, avant de se laisser entraîner plus avant dans cette voie sans issue. Une seule solution : rompre tout net, protéger son cœur, même si cela signifiait qu'elle devait s'enfuir.

« La fuite est la solution des lâches », glissa une petite voix à son oreille.

— Non, dit-elle tout haut. La fuite est la seule solution raisonnable.

En tout cas, c'était une chose qu'elle savait faire. Elle était même une véritable experte en la matière !

14.

Cette sensation désagréable l'accompagna sur tout le trajet du retour, comme un nuage impalpable. La rue semblait très silencieuse, et une vague menace semblait planer sous le soleil voilé. En prenant pied sous la véranda, elle sentit un picotement dans sa nuque et se retourna brusquement. Personne, aucun passant, aucune voiture. Secouant la tête, elle s'engouffra dans la fraîcheur de la maison. Depuis qu'ils avaient trouvé les éraflures de peinture sur la voiture de Janice, elle ne contrôlait plus son imagination.

Il était temps de reprendre le contrôle de ses nerfs ! Elle était pragmatique, elle regardait la vie en face, sans illusions ; ce n'était pas du tout son genre de tisser des histoires de meurtre ou de complot ! Résolument, elle reprit le travail en cours, avalant une tasse de café qui ne fit rien pour l'apaiser.

Impossible de se concentrer ! Après une heure d'efforts inutiles, elle sauta sur ses pieds et se mit à arpenter la maison. Que faire pour se changer les idées, pour oublier l'angoisse qui l'envahissait ? Elle s'immobilisa devant une fenêtre donnant sur la rue. Ce ciel gris terne, cet air lourd et immobile… Elle ne parvenait pas à se défaire de l'impression qu'un événement terrible se préparait. Elle voulait que Nick soit près d'elle, en sécurité à la maison.

L'entraînement de football ne serait pas terminé avant une bonne heure. Incapable de tenir en place, elle enfila ses gants de jardinage et sortit. Elle déterrait les tubéreuses pour les mettre à l'abri avant l'hiver quand Nick émergea du petit bois derrière le jardin. Il la vit et s'arrêta net, interloqué.

— Bonjour ! dit-elle en se redressant. Pourquoi arrives-tu de ce côté ?

— Comme ça…

— Quelqu'un t'a ramené en voiture ?

— Ouais, dit-il en hochant vigoureusement la tête. Un gars de terminale, il habite de l'autre côté.

Il ne voulait pas la regarder. La pointe d'une basket grattait la poussière. Une nouvelle frayeur la saisit. Que cherchait-il à lui cacher ?

— Viens grignoter quelque chose pendant que je prépare le dîner, proposa-t-elle en se forçant à sourire.

— Non, merci. J'attendrai le dîner.

Ils rentrèrent ensemble. Tout de suite, il s'empara du téléphone sans fil et se précipita dans l'escalier. Elle l'entendit parler à quelqu'un à voix basse, puis la porte de sa chambre se referma.

Quand elle l'appela à table une demi-heure plus tard, il se laissa tomber sur sa chaise sans la regarder, enfourna des quantités phénoménales de nourriture et répondit à ses questions par des monosyllabes. La dernière bouchée était à peine avalée qu'il se levait déjà en marmonnant :

— Je remonte.

Elle termina sa propre assiette, et entreprit de ranger la cuisine. Bientôt, il dévala l'escalier à grand fracas.

— Je vais chez Frankie, annonça-t-il. On travaille sur un projet pour le cours d'anglais.

— D'accord, dit-elle en luttant pour parler d'une voix égale. Sois de retour à 9 heures.

Il hocha la tête et sortit en hâte, un cahier serré sur sa poitrine. Elle le regarda se précipiter vers le trottoir et disparaître à l'angle de la rue. Le ciel s'était chargé de nuages très sombres. Il y eut un roulement sourd de tonnerre, quelques grosses gouttes de pluie frappèrent le trottoir, un éclair jaillit… et ce fut le déluge.

Nick ne devait pas se promener sous un orage pareil ! Saisissant ses clés de voiture, elle se précipita dehors et fut trempée avant d'avoir pu ouvrir sa portière.

Elle roula jusque chez les Johnson sans le voir. Il avait dû se mettre à courir dès la première goutte, à moins… qu'il ne soit pas réellement allé chez Frankie ? Elle revit sa façon de se tasser sur sa chaise au dîner, évitant son regard. Il lui cachait de toute évidence quelque chose, mais quoi ?

Judy serait-elle au courant ? Le tonnerre roulait en continu, les éclairs se succédaient ; la façade de la maison des Johnson jaillit devant elle, blafarde. Sortant son portable, elle composa le numéro de Judy.

Celle-ci décrocha très vite ; un peu surprise, elle confirma que Nick et Frankie venaient d'arriver. Claire la remercia, fit un commentaire sur la pluie et coupa la communication. Le regard fixé sur le rideau liquide qui lui cachait presque la maison, elle poussa un énorme soupir de soulagement.

La pluie tambourinait sur le toit, tordait ses cordes sur le pare-brise. Elle ferma les yeux. Que faire ? Elle ne voulait pas commettre une erreur, détruire le lien fragile qui se tissait entre elle et Nick, mais elle ne pouvait pas non plus ignorer un comportement aussi insolite.

— Dis-moi comment faire, Janice, chuchota-t-elle. Parle-moi de ton garçon, dis-moi comment je peux l'aider.

La pluie s'apaisait un peu. Elle démarra et, sans réfléchir, roula dans la direction opposée à la maison. Sortant de la ville, elle fila à travers le crépuscule pluvieux, vers le lac où Janice était morte.

Il pleuvait aussi, ce soir-là. Tout à coup, elle éprouvait le besoin de voir l'endroit où la voiture de Janice avait crevé la barrière. Elle voulait se tenir sur le lieu où sa sœur était morte pour voir si une part d'elle s'y attardait encore.

Elle n'eut aucune peine à trouver l'endroit exact : le segment de barrière était tout neuf et brillant. Elle le longea en roulant au pas, le cœur battant, le regard plongeant du haut de la petite falaise vers les eaux sombres du lac. Ensuite, la route se détournait pour s'engager entre deux prés ; elle fit demi-tour, revint à la hauteur de ce garde-fou neuf qui lui blessait les yeux, et laissa la voiture s'immobiliser sur le bas-côté. Sortant de la voiture, elle marcha jusqu'à l'endroit où Janice était morte.

Le tonnerre n'était plus qu'une vibration lointaine, et il ne pleuvait presque plus. Un vent froid souleva ses cheveux, plaqua ses vêtements mouillés sur son corps. Elle frissonna devant cette barrière trop fragile.

Deux voitures passèrent en trombe sur la route derrière elle, puis il n'y eut plus rien que le gémissement du vent, le claquement des vaguelettes sur les rochers. Il y avait l'asphalte, la barrière, puis la chute le long d'un talus herbeux qui se transformait bientôt en une falaise bombée. Dans la nuit tombante, elle distinguait des éraflures récentes sur la roche grise, souvenirs muets du plongeon de Janice dans l'eau noire.

Des images affreuses se pressaient en elle. Janice, prisonnière de l'habitacle, jetée ici et là avec violence tandis que la voiture rebondissait sur les rochers. Le fracas quand la coque de métal avait frappé l'eau… L'éclaboussure, très haute dans le ciel orageux… Puis la voiture glissant en silence sous la surface, et l'eau se lissant de nouveau, comme si Janice n'avait jamais existé. Une vie, cela s'éteint si vite !

Etait-elle réellement morte au moment où la voiture s'engloutissait ? Avait-elle eu le temps de comprendre ce qui lui arrivait, le temps d'avoir peur, ou mal ? Broderick lui disait-il la vérité ou cherchait-il à lui épargner une souffrance supplémentaire ? Elle se détourna en courbant la tête, écrasée par le chagrin. Pourquoi était-elle venue ici ? Il ne restait rien de Janice.

Des phares l'aveuglèrent soudain. Instinctivement, elle leva la main pour protéger ses yeux et vit, incrédule, une voiture foncer sur elle. Pendant un instant de paralysie totale, elle regarda approcher la masse de métal ; au tout dernier instant, un réflexe joua et elle plongea par-dessus la barrière.

Elle roula, entraînée sur la pente, et son flanc heurta un rocher, la faisant crier de douleur. L'herbe se dérobait sous elle. Elle vit la face tourmentée de la falaise, le vide s'ouvrit, une autre roche lui écorcha la hanche. Frénétiquement, elle chercha une prise ; sa main se referma sur un buisson, qui s'arracha du sol. Elle tombait…

Non, le buisson avait servi à briser son élan. Ses talons se calèrent brutalement dans une anfractuosité boueuse. Elle bascula de côté, vit une épaisse racine et parvint à la saisir. Tout son poids porta sur elle ; suspendue sur une pente quasiment verticale, elle sentit la racine s'étirer sous son poids, crut qu'elle allait se briser à son tour… Mais la racine tint bon.

Un long instant, elle resta accrochée pendant que le ciel et la terre reprenaient leurs places respectives ; elle sut que sa main la brûlait et que son bras s'étirait douloureusement sous le poids de son corps. La pluie reprit et le contact des gouttes lui sembla presque tiède, réconfortant. D'eux-mêmes, ses pieds cherchèrent un appui, son autre main se tendit prudemment et réussit à empoigner la racine à son tour. Ses orteils avaient trouvé une aspérité, et elle n'était plus écartelée par son propre poids. Son corps entier se détendit, elle se crut sauvée.

Ce fut quand elle voulut remonter vers la route qu'elle comprit qu'elle n'était pas tirée d'affaire. Sous ses mains, la roche était mouillée et glissante ; le grand froid du choc s'installait en elle. L'eau noire du lac tourbillonnait sous ses pieds, les vagues soulevées par l'orage lui faisaient l'effet de monstres qui attendaient sa chute pour la dévorer.

Une détermination furieuse s'installa en elle. Elle ne mourrait pas ici, en laissant Nick tout seul. Elle remonterait jusqu'à la route, elle retrouverait sa voiture. Elle prendrait toutes les précautions voulues. Un geste à la fois, et elle réussirait. Repoussant ses cheveux mouillés et boueux de ses yeux, elle prit pied sur une petite corniche. Elle ne regarderait plus vers le bas, elle n'envisagerait plus la possibilité d'une chute. Un geste après l'autre, centimètre par centimètre, elle se hissa sur la face bombée de la petite falaise. Parfois elle glissait, parfois un appui cédait, mais elle ne cessa pas de ramper avant d'avoir retrouvé l'herbe, puis le garde-fou.

Le métal trop neuf ne l'horrifiait plus : il brillait au-dessus d'elle comme une promesse de salut. Enfin, elle put tendre la main et le toucher. Se mettre sur ses pieds pour l'enjamber aurait représenté un trop grand effort ; elle roula en dessous et s'abattit sur l'herbe du bas-côté, les bras en croix.

L'odeur lourde de la terre lui emplissait la bouche. Ses mains écorchées la brûlaient, son corps entier lui faisait mal. Glacée jusqu'aux os, elle réussit à se mettre à quatre pattes, se servant de la barrière pour se redresser tout à fait. Vacillant sur des jambes lourdes et molles à la fois, elle réussit à rejoindre sa voiture. Elle tremblait si violemment qu'elle eut beaucoup de mal à ouvrir la portière ; il faisait à peine plus chaud à l'intérieur. Elle se tassa sur le siège en grelottant convulsivement.

En s'y reprenant à plusieurs fois, elle parvint à mettre le contact. Dire qu'il allait falloir conduire ! Elle avait toujours aussi froid. La couverture, dans le coffre ? Emergeant péniblement sous la pluie, elle boitilla jusqu'à l'arrière. De retour sur son siège, elle s'enroula dans l'étoffe laineuse et attendit de se sentir mieux. Sans résultat.

Il fallait tout de même se décider à rentrer ! Se réchauffer, se nettoyer, reprendre figure humaine avant le retour de Nick. L'idée qu'il puisse la voir dans cet état, les mains ensanglantées, couverte de boue et d'écorchures, lui donna la force de démarrer et de passer une vitesse. Agrippée au volant, elle pressa l'accélérateur… Il ne se passa rien. Le moteur rugissait, les roues tournaient, mais la voiture ne bougeait pas. Une fois de plus, elle s'arracha à son siège, ressortit dans le vent glacial, et vit que deux roues patinaient dans une fondrière.

Elle s'appuya contre la carrosserie pendant que son cerveau fatigué passait en revue les options possibles. Le garage serait fermé, à cette heure. La dépanneuse de Bakersfield mettrait peut-être des heures à arriver. Qui appeler à la rescousse ? Tucker ! Si elle parvenait à le joindre, il viendrait l'aider. Se réfugiant de nouveau à l'intérieur, elle chercha son portable et composa son numéro de ses mains engourdies.

— Allô ?

Sa voix la réchauffait déjà. Elle ferma les yeux, fit un effort pour parler le plus normalement possible.

— Tucker ? Ici Claire. Ce serait possible de venir me chercher ?

— Il s'est passé quelque chose ? Claire, où es-tu ?

— Je suis embourbée. Près du lac. Là où Janice est morte.

— C'est la route 32 ?

— Oui.

— J'arrive tout de suite.

Un déclic, puis la tonalité. Il arrivait tout de suite… et sans avoir exigé d'interminables explications ! Lentement, elle referma le téléphone et se blottit sur son siège, serrant étroitement la couverture autour d'elle. Glissant de sa main, l'appareil tomba sur le siège du passager.

Tucker arrivait. Il allait l'aider. Se raccrochant à cette pensée, elle ferma les yeux pour l'attendre.

15.

La pluie crépitait sur le pare-brise de Tucker. Il roulait vite, mais prudemment, sur la route du lac, tendu en avant pour chercher des yeux la voiture de Claire. Que faisait-elle ici à une heure pareille ?

Enfin, il distingua une forme blanche brouillée sur le bas-côté. Abattant son clignotant, il se rangea derrière la voiture en mettant ses feux de détresse. D'ici, il voyait déjà le problème : la voiture penchait de côté, deux de ses roues presque enfouies dans la boue. Sautant à terre, il fit le dos rond sous la pluie, courut jusqu'à la portière du chauffeur et l'ouvrit à la volée en s'écriant :

— Viens, monte vite à bord... Bon sang !

Il la reconnaissait à peine. Ce visage de fantôme, ces cheveux englués de boue qui s'égouttaient sur la couverture qu'elle serrait autour d'elle... Sur ses mains, la boue était rougie. Instinctivement, il lui ouvrit les bras, et la serra sur son cœur. Elle était si menue, si pitoyable, à grelotter dans ses bras ! Cela lui coupait les jambes, et le déchirait de tendresse.

— J'appelle une ambulance, dit-il. Où es-tu blessée ?

— Pas d'ambulance, répliqua-t-elle en claquant des dents. J'ai juste... froid, je suis mouillée. Je veux rentrer, vite.

— C'est bien autre chose que du froid et de l'eau. Regarde tes mains !

La forçant à lâcher la couverture, il examina les vilaines éraflures qui quadrillaient sa paume. La couverture glissa et il découvrit les écorchures de ses bras.

— Mais enfin, qu'est-ce qui s'est passé ?

Elle ferma les yeux, et prit une longue respiration tremblante.

— Je suis tombée du bord de la route. Ecoute, ça va... Je t'assure. Je serais rentrée sans problème, mais la voiture est embourbée.

Il scruta son visage. Un nouveau frisson la secoua et il capitula.

— D'accord. Pas d'ambulance. Allons vite te réchauffer.

Quand il la souleva dans ses bras, elle se blottit contre lui avec une confiance enfantine. Emu, il la déposa sur le siège du pick-up ; il s'écartait pour aller prendre place à son tour quand elle s'accrocha à lui. Il prit le temps de la bercer dans ses bras quelques instants avant de se dégager. Courant presque, il contourna le véhicule pour prendre le volant ; dès qu'il fut près d'elle, ses mains revinrent s'agripper à lui. Ce mouvement qui contredisait ses paroles rassurantes commençait à l'affoler un peu. Passant le bras autour de ses épaules, il la serra contre lui et sentit peu à peu son corps crispé se détendre.

Il fit le trajet du retour avec une extrême prudence. Son corps appuyé au sien semblait si mince et frêle — bien trop frêle pour supporter une chute le long de cette pente rocheuse. Un désir féroce de la protéger se levait en lui. Il s'écria :

— Tu vas enfin me dire ce qui s'est passé ?

Elle se serra un peu plus étroitement contre lui.

— Je voulais voir l'endroit où Janice est morte, dit-elle tout bas. Je regardais le lac... une voiture a fait un écart sur le bas-côté, on aurait dit qu'elle fonçait droit sur moi. J'ai plongé par-dessus la barrière.

Rabattant le pick-up sur le bord de la route, il la saisit aux épaules et la secoua presque, son visage à quelques centimètres du sien.

— Elle t'a heurtée ? La voiture ?

— Non, j'ai roulé sur la pente. La roche était glissante, j'ai mis longtemps à remonter…

Horrifié, il la happa littéralement.

— Bon sang, Claire ! Tu aurais pu y rester !

— Je sais bien, répondit-elle, haletante.

Ses mains s'accrochaient désespérément à sa chemise. Il ferma les yeux, vit la voiture fondre sur elle… Une rage affreuse se leva en lui. A cet instant, il aurait été capable de mettre le chauffard en pièces. Elle fit un mouvement subit, et il s'aperçut qu'il la broyait contre lui. Il la lâcha, et se mit à lui caresser maladroitement les épaules. La rage le tenait toujours dans son étau, mais en outre, il éprouvait un véritable désespoir.

Il avait fait tant d'efforts pour maîtriser ces poussées de colère ! Depuis son retrait du football professionnel, cette lutte était devenue le moteur principal de son existence… et il en était toujours au même point. Il retombait dans ses anciens réflexes…

— On va vite t'emmener au chaud, murmura-t-il.

— Attends ! Nick est chez les Johnson. Il faut que j'appelle Judy pour lui demander de le garder encore un petit moment. Je ne veux pas qu'il me voie comme ça. Tu comprends, après l'accident de sa mère…

— Je l'appelle.

Sans la lâcher, il sortit son portable de sa poche. Judy répondit très vite.

— Judy, ici Tucker. Nick est toujours chez vous ?

— Ils sont là-haut, dans la chambre. Tu veux lui parler ?

— Non. Ce serait possible de le garder avec vous pour la soirée ? Pendant deux ou trois heures.

Il consulta Claire du regard, vit qu'elle approuvait de la tête et expliqua :

— Claire a eu un petit accident, elle voudrait s'arranger avant qu'il ne la voie.

— Bien sûr qu'il peut rester ! Que s'est-il passé ? Claire va bien ?

— Ça ira. Elle est assez secouée pour l'instant, mais il n'y a rien de grave. Elle te racontera ça mieux que moi. Merci, Judy.

Coupant la communication, il se pencha vers Claire.

— Elle va le garder avec eux. Ça va ?

Elle hochait la tête quand un frisson violent la secoua. Serrant les dents, il reprit la route, entra dans le bourg et obliqua vers sa propre maison. L'enlevant dans ses bras, il gravit les marches en courant, referma la porte d'un coup de pied et s'engagea dans l'escalier.

Le visage maculé de Claire se leva, et elle jeta un regard vague autour d'elle.

— Mais… pourquoi sommes-nous chez toi ?

— C'était plus près. Tu as besoin de te réchauffer le plus vite possible.

— J'aurais pu attendre quelques minutes de plus.

— Moi pas, interrompit-il. Je veux m'assurer que tu vas bien.

— J'ai froid, c'est tout.

Baissant les yeux vers son visage, il déclara :

— Tu ne peux pas toujours tout contrôler, Claire. Par moments, il faut savoir lâcher prise.

Elle détourna les yeux.

— Je n'aime pas me sentir incapable, marmonna-t-elle.

— J'avais remarqué !

Posant un baiser rapide sur sa tempe, il conclut :

179

— Dis-toi que tu fais ça pour moi. Tu me donnes l'occasion de jouer les héros.

Elle le récompensa d'un pâle sourire.

Il dut se tourner de côté pour franchir la porte de la salle de bains avec son fardeau ; un instant, il resta planté au centre de la pièce, incapable de la lâcher. Son regard tomba sur la grande baignoire qui faisait également office de Jacuzzi. Assez grande pour que l'on puisse y entrer à deux...

— La douche ou le bain ? demanda-t-il.

— La douche.

— Va pour la douche.

Il la posa avec précaution ; elle tenait sur ses jambes, mais claquait toujours des dents. Ouvrant la porte de la cabine, il ouvrit le jet.

— Tu as besoin d'un coup de main ?

Elle retrouva presque sa voix habituelle pour assurer :

— Je crois que je suis encore capable de me déshabiller.

— Zut, se plaignit-il doucement.

— Tu ne renonces jamais ?

— Jamais. Je suis implacable. Tu ferais aussi bien de céder tout de suite.

Cette fois, son sourire avait davantage de conviction.

— Est-ce que tu chercherais à profiter de ma faiblesse ?

— Tout à fait. Je t'avais prévenue que je ne jouais pas franc-jeu.

— Je vois ça !

Il avait des traces de boue sur sa chemise. Machinalement, elle se mit à les frotter ; son sourire vacilla et sa voix se mit à trembler.

— Merci, Tucker. Merci d'être venu à mon secours. De m'avoir fait rire et oublier... que je suis sale et gelée...

— Tu t'étais déjà tirée d'affaire toute seule. Je suis arrivé après la bataille pour ramasser toute la gloire.

Elle pressa son visage contre sa poitrine.

— J'avais tellement peur, chuchota-t-elle. J'ai cru que j'allais tomber dans le lac.

— J'ai eu une frousse quand je t'ai vue !

Il la reprit dans ses bras, et la couverture glissa sur le sol. Le visage enfoui dans ses cheveux, il respira l'odeur aigre de la boue et de la peur, mais aussi le parfum qui était son essence.

— Je te tiens, maintenant.

— Ne me lâche pas ! gémit-elle en s'accrochant à lui.

— Aucun danger, ma belle.

Leurs cœurs battaient presque à l'unisson. Elle grelottait moins, sa chaleur devait s'insinuer en elle. De son côté, ses vêtements absorbaient l'humidité froide qui émanait d'elle, mais cela n'avait aucune importance car son corps mollissait contre le sien, et elle plongeait les mains dans ses cheveux.

Ce fut comme d'arracher une part vitale de lui-même, mais il s'écarta.

— Prends ta douche, dit-il d'une voix rauque. Je t'apporte une boisson chaude.

Elle devait se réchauffer, de l'intérieur comme de l'extérieur ; quant à lui, s'il ne voulait pas profiter de la situation, il lui fallait sortir d'ici de toute urgence. Claire devait venir dans ses bras librement, de son plein gré, et pas parce qu'elle était sous le choc d'une expérience affreuse.

— Oui, chef, murmura-t-elle. Tu me prêtes des habits propres ?

— Je vais te trouver quelque chose.

Elle posa encore une fois la main sur sa poitrine, et la retira.

— Ça ne sera pas long.

— Prends bien le temps de te réchauffer, c'est important.

— D'accord.

Il sortit puis, incapable de résister, repassa la tête à l'inté
rieur.

— Tu es sûre que tu n'as pas besoin d'un coup de main pou
te frotter le dos ? C'est une de mes spécialités.

Son regard éteint s'anima un instant, mais elle secoua la
tête.

— Si tu as besoin de quoi que ce soit, ajouta-t-il, tu m'ap
pelles ?

— Promis.

Il referma la porte sans bruit, les mains tremblantes.

Le battant se rabattit avec un léger déclic et elle se retrouva
seule. Elle ferma les yeux. Elle avait failli lui demander de
rester.

Tendant la main, elle régla la température de la douche. Elle
était si fatiguée, si moulue… Mais une fois propre et réchauffée,
elle retrouverait son équilibre. Le tout était de ne pas visualiser
Tucker sous la douche avec elle, l'eau chaude ruisselant le long de
leurs corps unis. Son corps s'échauffa, et mollit intérieurement ;
ramenant résolument ses pensées à la réalité, elle entreprit de
retirer ses vêtements détrempés.

Des filets d'eau souillée glissaient sur sa peau, tourbillonnant
autour de ses pieds. Quel délice de laisser l'eau chaude apaiser
ses muscles douloureux ! Une fois propres, ses écorchures
étaient beaucoup moins impressionnantes. Elle resta longtemps
sous le jet réconfortant, se savonnant plusieurs fois, savourant
la merveilleuse chaleur qui s'installait en elle.

Quand enfin elle ressortit, elle se sentait infiniment mieux,
mais elle tombait de sommeil. Mollement, elle voulut frotter
ses cheveux, mais ses paumes à vif protestèrent Cela guérirait
bientôt, se répéta-t-elle ; les écorchures sur ses bras et ses
jambes, la grosse ecchymose violette sur ses côtes… Prudente,

elle la palpa, fit quelques mouvements ; la douleur était très supportable. Si seulement ses angoisses pouvaient se soigner aussi facilement !

Chaque fois qu'elle fermait les yeux, elle revoyait la voiture fondre sur elle ; elle sentait l'appel d'air de son passage, sentait son pot d'échappement au moment où elle-même basculait dans le vide. Elle se laissait rarement emporter par son imagination, et pourtant, ses mains s'étaient remises à trembler quand elle ramassa les vêtements apportés par Tucker.

Elle les enfila rapidement et se retourna vers le miroir. Malgré son désarroi, elle faillit éclater de rire. Le caleçon lui tombait des hanches ; le pantalon de survêtement roulé lui faisait d'énormes bourrelets autour des chevilles, le sweat découvrait une épaule et lui tombait jusqu'aux genoux. Quelle importance ! Ouvrant la porte toute grande, elle descendit rejoindre Tucker.

Elle le trouva accoudé au plan de travail de la cuisine, fixant la nuit par la fenêtre.

— Ça va mieux ? demanda-t-il en souriant avec effort.

Son regard était très sombre, son visage tendu. Spontanément, elle lui ouvrit les bras, voulant le réconforter comme il l'avait réconfortée. Il la tint à bout de bras le temps de la parcourir d'un regard rapide, puis, apparemment rassuré, il la serra contre lui.

Elle se pencha un peu en arrière pour scruter son visage.

— Qu'y a-t-il ? Tu as une expression… féroce.

Fermant les yeux, il la berça en secouant la tête.

— Rien, rien. Je pensais juste à ce que j'aimerais faire au fumier qui conduisait cette voiture.

— Tout va bien. Je n'ai pas eu de mal…

— Pas de mal ? répéta-t-il, incrédule.

Relevant les manches du sweat trop grand qui la drapait comme une tente, il mit à jour ses bras éraflés.

— Et ça, qu'est-ce que c'est ?

183

— Rien du tout, répliqua-t-elle en s'efforçant de prendre un ton désinvolte. Des égratignures.

— Des égratignures…, répéta-t-il sans inflexion aucune.

Il contempla ses bras encore quelques instants ; quand il leva la tête, une flamme dangereuse vacillait dans ses yeux.

— Et tu as d'autres « riens du tout » ?

— Pas grand-chose, non. Ce sont mes mains et mes bras qui ont tout pris.

— C'est bien vrai ?

Il l'étudia encore un long instant. Peu à peu, la chaleur revint dans son regard et, enfin, un sourire éclaira brièvement son visage.

— Je suis professeur, tu sais ? J'ai un radar pour me prévenir, quand on me raconte des histoires.

— Mais c'est vrai ! insista-t-elle. Je vais bien. Fais-moi une tasse de thé et je serai tout à fait remise.

Se détournant, elle se haussa sur la pointe des pieds pour ouvrir le placard vitré qui abritait de grosses chopes à anse. Instantanément, une douleur brutale jaillit sous ses côtes.

— Qu'y a-t-il ? demanda Tucker, alarmé.

Prudemment, elle baissa le bras.

— Pas de problème. Je suis plus raide que je ne pensais.

— Pas de problème, dis-tu ?

Sans façons, il souleva son sweat, et retint son souffle en découvrant les marbrures violettes sur ses côtes.

Elle était nue sous le sweat. Il n'avait pas découvert ses seins mais l'air frais s'insinua jusqu'à eux, dressant ses mamelons. Il se tenait trop près ; quand elle voulut reculer, il saisit sa main pour la retenir. Elle se crispa malgré elle, mais il étudiait seulement ses ecchymoses. Lorsqu'il releva la tête, ses yeux brûlaient de colère.

— Tu ne m'avais pas parlé de ça.

— C'est moins douloureux que ça n'en a l'air.

184

— Il faut faire une radio. Tu as peut-être une côte fêlée.

— Non. J'ai déjà eu des côtes fêlées, et je connais la sensation.

Très légèrement, il passa le bout des doigts sur les vilaines marques. Sa peau frémit. Se sentant trop vulnérable, trop exposée, elle recula en tirant le vêtement sur elle.

— Tout va bien, répéta-t-elle. Une tasse de thé, une bonne nuit de sommeil et tout sera rentré dans l'ordre.

— Ce n'est pas un crime d'admettre que tu as besoin d'aide.

— Très bien. J'ai besoin d'aide pour atteindre ces tasses.

Il se redressa, ouvrit le placard et en sortit deux chopes.

— C'était si dur que ça de demander de l'aide ? s'enquit-il en les posant sur la table.

— Oui.

— Quelle peste !

Enfin, sa bouche se détendait, ses yeux retrouvaient leur lumière amusée.

— Ce n'est pas surprenant que je sois fou de toi, ajouta-t-il.

Le cœur battant, elle alla mettre la bouilloire sur le feu. Un commentaire comme celui-là… Mieux valait ne l'avoir pas entendu !

— Je ferais bien de rentrer, après le thé, dit-elle d'un ton léger.

— Désolé, mon amour, chuchota doucement sa voix à son oreille. Mauvaise réponse. La bonne réponse est : « Moi aussi, je suis folle de toi, chéri. »

— Contente de voir que ton ego se porte toujours bien !

— J'ai un ego considérable, je ne dis pas le contraire. Il est assorti au reste de ma personne.

Il vint se planter derrière elle, laissant courir les mains le long de ses bras. Elle frémit et se retourna en disant :

— D'accord, tu as gagné ! Ce soir, j'ai eu la frousse de ma vie et tu as tout de même réussi à me faire rire. Je suis réellement folle de toi.

Elle vit son sourire s'évanouir et ses yeux couver une flamme subite.

— Il y a des sujets sur lesquels je ne plaisante pas, Claire, dit-il à voix basse. En ce moment, je ne plaisante pas.

— Moi non plus, répondit-elle dans un souffle.

L'air de la pièce se chargea de tension. Son cœur heurtait violemment ses côtes, le désir se levait en elle. Leurs regards se croisèrent et se soudèrent l'un à l'autre. Il ne faisait aucun effort pour cacher la passion qui l'habitait ; cela irradiait littéralement de lui. Sans avoir eu conscience de bouger, elle se retrouva collée contre son corps. Il ferma les yeux en la pressant contre lui, de la poitrine aux cuisses, comme s'il voulait l'absorber tout entière. Puis, très doucement, il la repoussa.

Quand elle voulut s'accrocher à lui, il se raidit, les mains ballantes.

— Non, ronchonna-t-il d'une voix rauque. Je ne veux pas profiter de la situation.

L'horreur de ce qu'elle venait de vivre, la chute, la frayeur — tout disparut dans un éclair de passion. Elle était vivante, elle désirait Tucker et il la désirait. Nouant les bras autour de son cou, elle se colla délibérément à lui.

— C'est bien dommage, susurra-t-elle. Parce que moi, je voulais en profiter.

Il laissa échapper une plainte sourde.

— Ma douce… tu as mal partout.

— Fais-moi oublier mes plaies et mes bosses.

Les mains toujours inertes, il se pencha pour presser son front contre le sien.

— C'est ta dernière chance, Claire. Laisse-moi te ramener chez toi.

— Je ne veux pas rentrer chez moi.

Se haussant sur la pointe des pieds, elle effleura ses lèvres des siennes, murmurant :

— Tu veux que je te supplie à genoux ?

— Non !

Enfin, ses bras se refermèrent sur d'elle, aussi délicatement que si elle était faite de verre filé. D'une voix piteuse, il reprit :

— Je ne voudrais pas que tu regrettes…

— Impossible, chuchota-t-elle. Je veux te faire l'amour.

Il ferma de nouveau les yeux, et elle sentit trembler son grand corps. Dans un élan, il l'enleva dans ses bras, dévorant sa bouche de la sienne. Elle goûta sa force, son désir, et la discipline qui lui permettait de contrôler à chaque instant ses gestes pour les adoucir. Il gravit l'escalier en la portant comme une plume, sans jamais détacher sa bouche de la sienne.

Quand ils se retrouvèrent au centre de sa chambre, il s'arracha à ses lèvres comme s'il s'arrachait une part de lui-même. Un lit immense dominait la pièce, inondé par le clair de lune tombant à travers une verrière. Une inquiétude subite la saisit. Elle se sentit dépassée par les forces qu'elle venait de mettre en mouvement. Pinçant entre le pouce et l'index l'énorme sweat qui la mettait si peu en valeur, elle murmura :

— Pas de lingerie fine… Désolée…

— Je m'en passerai, murmura-t-il, un éclair dans les yeux. Tu la garderas pour une autre occasion.

Lui saisissant les hanches, il la pressa contre lui et reprit sa bouche. Sentant ses genoux faiblir, elle fondit contre lui ; il gémit dans sa bouche et, à tâtons, fit tomber le pantalon de survêtement accroché à ses hanches de façon si précaire. Puis, lentement, il souleva le sweat.

— Oui… je peux tout à fait me passer de dentelles…

Il ne restait plus que le caleçon. Il le fit glisser à son tour, s'interrompant pour poser un baiser juste sous son nombril.

— Ne bouge pas, murmura-t-il en la couvant des yeux. Je ne veux jamais oublier ça.

Le regard rivé sur elle, il arracha sa chemise, puis se mit à déboutonner son jean. Oubliant sa timidité, elle le dévora des yeux à son tour : sa poitrine large, semée de boucles d'un blond sombre, la ligne racée de ses flancs, ses hanches étroites… Quand il se débarrassa de son caleçon, elle le découvrit tout entier.

La soulevant de nouveau, il l'allongea délicatement sur le lit.

— Je ne veux pas te faire mal.

— Je n'aurai pas mal.

Il l'embrassa encore, laissa courir ses mains sur son corps, s'attardant sur ses seins, passant et repassant sur les mamelons. Quand elle se cambra en gémissant, il courba la tête pour en attirer un dans sa bouche. Elle haletait, torturée par le besoin d'être jointe à lui. Au lieu de se coucher sur elle comme elle l'implorait en silence, il tendit le bras, tâtonna dans le tiroir de la table de nuit. Le temps d'enfiler la protection nécessaire, il roula sur le dos et l'attira sur lui. Il redoutait de l'écraser de son poids ! Un élan de tendresse l'envahit ; ses hanches ondulèrent d'elles-mêmes et elle l'accueillit au plus profond de son corps.

Ses mains empoignèrent ses hanches, et il s'engouffra en elle avec une plainte rauque ; la passion qu'il contrôlait depuis trop longtemps explosa, et elle jouit violemment avec lui.

Elle ne sut pas combien de temps elle dériva, l'esprit vide, le corps rivé au sien. Ses bras la retenaient contre sa poitrine ; sous son oreille, le battement grave de son cœur s'apaisait. Au bout d'une éternité, il souleva la tête et écarta délicatement ses cheveux de ses yeux.

— Ça va ? demanda-t-il dans un souffle.

— Ça va merveilleusement bien.

— Et là ?

Légère comme une plume, sa main effleurait la grande ecchymose de ses côtes.

— Bien, murmura-t-elle. Tout est bien. Mieux que bien.

Sa bouche se pressa contre sa gorge, et elle la sentit se retrousser dans un sourire.

— Je suis content, dit-il. Parce que moi, je suis plutôt satisfait aussi.

Il eut un mouvement des hanches pour souligner l'évidence : il la désirait de nouveau. Tournant la tête, il consulta le cadran du réveil.

— Il nous reste une heure, murmura-t-il. Faisons-en bon usage.

16.

A peine réveillée, Claire tendit les mains vers Tucker et ne trouva que le drap froid ; un instant plus tard, toutes les douleurs de son corps meurtri se réveillèrent. Roulant sur le dos, elle contempla le plafond pendant que les dernières images de son rêve achevaient de se dissoudre. Tucker n'était pas allongé près d'elle. Il n'était jamais venu dans son lit, ils n'avaient fait que partager le sien pendant une heure.

Il lui manquait !

Nick s'activait déjà à côté, dans la salle de bains ; il était temps de se lever. Laborieusement, en serrant les dents, elle entreprit de se redresser. Que de courbatures pour quelques minutes d'escalade ! Déterminée à ne pas émettre le moindre son qui puisse alarmer Nick, elle réussit à sortir du lit et à s'enrouler dans un peignoir.

Vingt minutes plus tard, elle achevait d'emballer le déjeuner qu'il emporterait au lycée quand il lui demanda :

— Qu'est-ce que tu t'es fait aux mains, tante Claire ?

Elle baissa les yeux sur les griffures très rouges qui remontaient le long de ses bras.

— J'ai fait une chute hier, dit-elle d'un ton léger. Dans des buissons.

— Ah ouais ? Ça va ?

190

Elle lui sourit en hochant affirmativement la tête. Elle se sentait toute joyeuse : quelques semaines plus tôt, il ne se serait pas donné la peine de poser la question.

Sautant sur ses pieds, il déclara :

— A tout à l'heure, après les cours !

— Je passe te prendre à l'entraînement, tu n'as pas oublié ? Nous avons des courses à faire.

— Ouais ! cria-t-il en galopant vers la porte. Je dois y aller, je suis en retard !

Perplexe, elle leva les yeux vers l'horloge. Jamais il ne partait aussi tôt ! Il devait avoir quelque chose à faire avant son premier cours.

Tout au long de la journée, la présence de Tucker emplit ses pensées. A chaque instant, elle l'entendait murmurer des mots tendres à son oreille. Si elle fermait les yeux, elle sentait sa main se poser sur elle ; sur ses lèvres, elle conservait le goût de ses baisers. Lorsqu'elle prit la voiture pour aller chercher Nick, son travail n'avait guère progressé.

Elle arriva très en avance, se disant que ce serait l'occasion de voir jouer son neveu, mais son regard ne cessait de s'égarer vers Tucker. Tucker, en short et polo, courant comme un animal splendide, se dépensant à fond pour montrer aux garçons ce qu'il attendait d'eux. Attentif, vigilant, toujours prêt à donner un conseil ou à faire une suggestion... Elle aurait pu le contempler pendant des heures. Il souriait souvent, et son attitude était encourageante ; chaque fois qu'il donnait une claque dans le dos d'un garçon, celui-ci lui renvoyait un grand sourire heureux. Manifestement, les adolescents l'adoraient. Et comme elle les comprenait !

Enfin, ils se dirigèrent par petits groupes vers les vestiaires, et Tucker fila vers sa voiture. Desserrant ses doigts crispés sur le volant, elle abaissa la vitre.

— Bonjour, beauté, dit-il en s'accoudant à la portière. Tu as passé une bonne journée ?

— Beaucoup trop longue, murmura-t-elle.

Il lui sourit, faisant glisser son index le long de sa joue.

— Et pas très productive ? Quelle coïncidence… Moi, je n'avais pas du tout la tête à mes cours.

Son cœur se gonfla ; tournant le visage vers sa main, elle déposa un baiser au creux de sa paume. Que lui arrivait-il ? Si le moindre contact faisait bondir son cœur, si un sourire suffisait à faire ployer ses jambes, elle avait de gros soucis à se faire ! Eh bien, elle s'en moquait. Jamais elle ne s'était sentie aussi heureuse.

— Tu fais quelque chose, ce soir ? murmura-t-il.

Mêlant ses doigts aux siens, elle lui adressa un sourire taquin.

— Des courses avec Nick. Il grandit si vite qu'il n'a plus rien à se mettre. Pourquoi, tu veux venir ?

— Non, merci, répondit-il en mimant un frisson d'horreur. Je passerai peut-être plus tard.

Elle aurait dû lui dire de ne pas venir, de manière à prendre un peu de recul, et se donner le temps de la réflexion. Elle ne put que frissonner de joie en répondant :

— D'accord !

Il lui caressa de nouveau la joue, et se redressa à contrecœur en chuchotant :

— Voilà Nick. A plus tard.

Elle souriait encore quand son neveu grimpa dans la voiture.

— Bonsoir ! Ç'a été, aujourd'hui ?

— Mouais, grommela-t-il en s'affaissant au fond de son siège. On rentre tout droit à la maison ?

— On va t'acheter des vêtements, tu sais bien. C'est pour cela que je suis passée te prendre.

— Je suis obligé ? demanda-t-il avec un de ses regards en coin. J'aimerais mieux rentrer et m'occuper de mes devoirs.

— Tu es sûr ? C'est toi qui disais que plus rien ne t'allait.

— J'ai pas envie de faire des courses…

— Bon. On ira ce week-end ?

— C'est cool.

Son attitude la laissait perplexe, mais après tout, cet engouement pour ses devoirs était une bonne chose.

Dès qu'ils arrivèrent à la maison, il fila dans sa chambre, n'en émergea que pour dévorer son dîner et remonta aussitôt quatre à quatre. Une demi-heure plus tard, elle tentait de terminer le travail qu'elle aurait dû abattre dans la journée, quand elle l'entendit passer derrière elle pour se faufiler dans la cuisine. Le réfrigérateur s'ouvrit très doucement, comme s'il tentait d'étouffer le son. Curieuse, elle alla passer la tête par la porte, juste à temps pour le voir fourrer un litre de lait sous son sweat.

— Mais qu'est-ce que tu fais ?

Avec son visage coupable, effrayé, il ressemblait à un petit garçon surpris à voler une tablette de chocolat.

— Je voulais un verre de lait…

— D'accord, mais pourquoi te promener avec la bouteille sous ton pull ? Tu peux me dire ce qui se passe ?

Il jeta un regard autour de lui, comme s'il cherchait une inspiration pour lui répondre. Un instant, elle crut qu'il allait filer par la porte de derrière, puis il se laissa tomber sur une chaise en posant sèchement sa bouteille de lait sur la table.

— Alors, je vais être puni parce que j'ai volé du lait ?

Il la regarda d'un air de défi. Deux mois plus tôt, son agressivité l'aurait mise hors d'elle ; aujourd'hui, elle lisait aisément l'anxiété sous la bravade. Il s'agissait de trouver l'attitude juste.

— Tu ne peux pas voler ce qui est déjà à toi, dit-elle. En revanche, tu es bizarre, depuis hier, et je veux savoir pourquoi.

193

Son visage se ferma encore davantage ; il ouvrit la bouche, sans doute pour lancer une remarque insolente. Elle le fixa calmement, sans un mot, et il perdit toute son assurance. Son regard tomba sur la bouteille de lait. Il la poussa de côté et s'écria tout à coup :

— J'ai trouvé un chat ! Je crois qu'il est malade. Je lui ai donné à manger, et Frankie m'a aidé.

— Tu as trouvé un chat ? répéta-t-elle, abasourdie.

C'était bien la dernière chose à laquelle elle s'attendait !

— Oui. Je coupais à travers le bois pour aller chez Frankie. Il s'est mis à me suivre.

— Et depuis, tu lui apportes à manger.

Il hocha la tête.

— Mais pourquoi ne pas le dire ?

— J'avais peur que tu veuilles l'emmener à la S.P.A. Tu sais bien ce qu'ils font aux animaux malades.

Atterrée, elle s'assit en face de lui.

— Tu me connais mieux que ça, non ? Tu crois que je me ficherais d'un animal malade ?

— Tu parles jamais d'animaux. J'ai supposé que tu en voulais pas.

— Je ne savais pas que *toi*, tu en voulais.

L'expression de son regard lui fendait le cœur.

— On va le voir ? proposa-t-elle. Nous pouvons peut-être faire quelque chose pour lui.

Il leva vers elle un visage transfiguré.

— C'est vrai ? Tu veux le voir ?

— Bien sûr. Attends une minute, je prends mon blouson.

Quelques instants plus tard, ils suivaient un sentier à peine tracé à travers le petit bois. Elle ne s'était pas encore aventurée par ici. Sans doute parce que les mauvais souvenirs étaient encore trop présents. Curieusement, ce chemin ressemblait à celui que Janice et elle empruntaient quand elles étaient petites.

Bientôt, Nick s'immobilisa devant un amas informe de branches. Un abri effondré... Le fort qu'elle avait construit avec Janice ! Dire que leur refuge avait tenu tout ce temps, témoignage muet des liens qui les unissaient...

Discrètement, elle s'essuya les yeux. Nick n'avait rien remarqué ; se laissant tomber à genoux, il écarta délicatement une branche. Il y eut un « miaou » plaintif, et une petite tête grise se tendit hors de l'abri. Nick la caressa délicatement et le petit animal ferma les yeux, transporté. Avec un regard un peu honteux en direction de sa tante, Nick sortit quelque chose de sa poche : un morceau de poulet de leur dîner. Il le tendit au chat qui le dévora avec avidité.

— Il n'a pas l'air si malade, dit-elle à voix basse.

— Il ne bouge presque pas... Quand je l'ai trouvé, il était allongé sur un tas de feuilles. Il m'a suivi pendant un petit moment, puis il s'est couché de nouveau. J'ai peur qu'il ait mal quelque part.

— Tu peux le faire sortir ?

— Il vient quand je l'appelle.

— Tu lui as donné un nom ? demanda-t-elle en souriant.

— Ouais. Je l'appelle Joe.

Joe était gris tigré. Quand il émergea de l'abri et se laissa tomber sur le sol près de Nick, elle vit son ventre énorme et gonflé.

— Tu es sûr que c'est un garçon ? demanda-t-elle.

Nick la regarda sans comprendre.

— Je crois bien qu'il attend une portée.

— C'est pour ça qu'il est si gros ?

— Peut-être. C'est facile de voir si c'est une femelle, mais pour les chatons, je ne sais pas comment vérifier.

S'agenouillant à son tour, elle tendit la main vers le chat, lui présentant ses doigts pour qu'il les renifle. Quand elle passa la main sur son flanc, il se mit à ronronner.

— Il fait ça tout le temps.

— Ce n'est pas un chat sauvage, dit-elle tandis qu'il arquait le dos sous sa paume. Il appartient sûrement à quelqu'un.

— Qu'est-ce qu'on devrait faire, tante Claire ?

Il était si sérieux, si confiant ! Emue, elle déclara :

— On va déjà le ramener à la maison. Un chat malade n'a rien à faire dans les bois.

— D'accord !

Il souleva délicatement la petite bête, qui se laissa faire sans protester. La maison n'était pas loin. Déposé sur le carrelage de la cuisine, Joe ne manifesta aucun affolement mais se mit à explorer ce nouvel environnement, humant ses odeurs, décrivant des huit autour des pieds de la table et se laissant enfin tomber sur le sol avec un « miaou » plaintif.

— Je crois que Joe a faim ! constata Claire.

— C'est pour lui que je prenais du lait.

— Je ne sais pas si ça va lui suffire. Si on allait lui acheter quelque chose de plus sérieux ?

Il lui adressa un merveilleux sourire.

— Tu veux bien ?

— Je prends mon sac et on file.

— Tu crois qu'il sera O.K., sans nous ?

Allongé au milieu de la cuisine, le chat semblait parfaitement à son aise dans son nouveau domaine.

— Je crois qu'il sera bien, mais si tu penses qu'il risque d'avoir peur, tu peux le mettre dans la salle de bains. C'est plus petit, et s'il fait des saletés, ce sera facile à nettoyer.

— D'accord.

Avec les mêmes précautions tendres, il souleva le chat en lui murmurant quelque chose et alla le déposer dans la salle de bains.

— On y va ! s'écria-t-il en refermant la porte. Je veux pas le laisser seul trop longtemps !

Une demi-heure plus tard, ils revinrent avec leur chargement : litière, bac, nourriture pour chats en boîtes et en croquettes. Nick avait tout choisi avec beaucoup de sérieux. Dès qu'il entendit la porte d'entrée, Joe lança des miaulements pitoyables. Lâchant ses sachets, Nick se précipita pour le libérer ; tout de suite, Joe vint se blottir dans ses bras. Médusée, Claire contempla la scène. Nick serrait le petit animal sur son cœur en lui parlant à voix basse, et Joe ronronnait, parfaitement heureux.

— Que veux-tu lui donner à manger ? demanda-t-elle.

— Je ne sais pas. Qu'est-ce que tu crois ?

Elle ouvrit une boîte de pâtée. Levant le nez, Joe sauta des bras de Nick. Vite, elle remplit un bol et le tendit à Nick, qui le posa près de l'évier. Moins de deux minutes plus tard, Joe léchait le fond du bol.

— Je crois qu'il a encore faim, fit remarquer Nick.

— Probablement, mais il vaut mieux attendre avant de lui donner autre chose. S'il mange trop, il sera vraiment malade.

Elle alla installer la litière dans la salle de bains. Quand elle revint, le chat suivait Nick comme son ombre.

— Tu as terminé tes devoirs ? demanda-t-elle.

— J'en ai encore un peu.

— Si tu t'y mettais ? Tu peux emmener Joe là-haut, si tu veux. Laisse juste la porte ouverte, au cas où il aurait besoin de sa litière.

— D'accord !

Rayonnant, il prit son chat dans les bras et grimpa l'escalier quatre à quatre. Du bas de l'escalier, elle l'entendit lui parler en disposant ses livres et ses cahiers. Pourquoi n'avait-elle pas pensé plus tôt à un animal de compagnie pour Nick ? Eh bien, parce que cela représentait une complication supplémentaire. Son immeuble à Chicago n'acceptait pas les animaux.

Une part d'elle-même voulait mettre Nick en garde, lui demander de ne pas trop s'attacher à la petite bête. Quelqu'un allait sans doute la réclamer, car elle était bien trop câline pour avoir vécu longtemps dans la nature. En même temps, Claire n'avait pas le cœur de le décevoir : elle voulait savourer encore un peu ce côté tendre et attentionné qu'elle découvrait chez lui. Même si ce n'était que temporaire, Joe était peut-être exactement ce qu'il lui fallait : baigner dans l'amour inconditionnel et sans complications d'un animal, et parvenir à exprimer l'amour qui était en lui.

Toutes les cinq minutes, Nick levait la tête de ses livres pour jeter un coup d'œil à Joe. Le chat s'était endormi presque instantanément quand il l'avait posé sur son lit. Il le contemplait avec attendrissement, lorsque son ventre se mit à bouger.

— Tante Claire ! hurla-t-il. Viens vite !

Sa tante gravit l'escalier au galop et entra en coup de vent, le visage inquiet.

— Je crois que Joe a des vers, haleta-t-il.

Sa tante eut un mouvement de recul.

— Quoi ? Tu en as vu un ?

— Non, mais son ventre a bougé comme s'il était rempli de vers.

Elle eut une petite exclamation de dégoût.

— Enlève-le de ton lit !

— Ce n'est pas sa faute... Il n'y peut rien s'il a des vers !

— Je sais bien que ce n'est pas sa faute, mais je ne veux pas qu'il soit sur ton lit, si c'est le cas.

L'idée n'enchantait pas Nick non plus. Il souleva Joe avec un brin de méfiance.

— Qu'est-ce qu'on va faire ?

— Je vais chercher un vétérinaire dans l'annuaire, décida-t-elle. Il vaut mieux le faire examiner.

Quelques minutes plus tard, elle cria du bas de l'escalier :

— Ils peuvent nous voir tout de suite ! Viens, Nick, on y va !

Le trajet jusqu'à la clinique vétérinaire fut très bref. Nick serrait Joe sur son cœur, affreusement inquiet. La dame à la réception leur posa toutes sortes de questions, puis les fit passer dans un bureau en annonçant que le Dr Burns les verrait tout de suite. Quelques minutes plus tard, une femme en blouse blanche entra et sa tante sauta sur ses pieds en s'écriant :

— Molly ? Molly Burns ?

— Bonsoir, Claire ! J'avais entendu dire que tu étais de retour, et je voulais t'appeler.

— Je te présente Nick, mon neveu. Le fils de Janice.

— Salut, Nick.

— Quand es-tu revenue à Monroe ?

— Il y a deux ans maintenant.

Le visage souriant de la vétérinaire s'assombrit et elle expliqua :

— Je suis revenue avec ma fille quand mon mari est mort.

— Tu as une fille ?

— Oui, Caitlyn, elle a quatorze ans. Nous n'avons pas changé son nom quand je me suis mariée.

Cette vétérinaire était la mère de Caitlyn ? Nick, qui suivait cet échange avec une impatience croissante, sursauta, arrachant un miaulement à Joe. Les deux femmes se retournèrent vers lui.

— Que m'apportes-tu là, Nick ?

— C'est mon chat, Joe. Il a peut-être des vers.

— Voyons ça.

La mère de Caitlyn palpa Joe, regarda ses oreilles, sa bouche et sous sa queue. Le chat se laissait faire avec complaisance. Puis elle examina son ventre et releva la tête avec un sourire.

— Je crois que tu vas devoir lui trouver un autre nom. C'est une femelle, et elle attend de chatons.

— C'est pour cela que ça bougeait !

— Elle a peut-être des vers, précisa la vétérinaire, mais ce que vous avez vu bouger, c'étaient ses chatons.

— Qu'est-ce qu'il faut faire ?

— Je vais vous donner un vermifuge, ce sera plus sûr.

— Je veux dire… pour les chatons ?

— Vous n'avez rien à faire, répondit la jeune femme en caressant Joe qui ronronnait, enchanté d'être l'objet de tant d'attentions. Donnez-lui une caisse bien rembourrée avec des serviettes, mais elle fera ses chatons où et quand elle voudra.

Sa tante posa encore quelques questions sur les soins à donner à Joe, puis s'écria :

— Il faut trouver un moment pour se voir, toutes les deux !

— Bien sûr ! Tu me passes un coup de fil ?

Nick fixa les deux femmes en se demandant de quoi elles allaient parler. Tante Claire dirait forcément qu'ils avaient vu Caitlyn dans le magasin de glaces, Mme Burns en parlerait peut-être à sa fille… Les deux femmes n'en finissaient plus de se faire leurs adieux.

— Appelez-moi si vous avez des doutes, répétait la vétérinaire.

Il la salua rapidement et fila vers la voiture en serrant Joe sur son cœur. Le chat — la chatte ! — ronronna pendant tout le trajet du retour ; Nick jetait des regards furtifs à sa tante en se demandant à quoi elle pensait. N'y tenant plus, il s'écria :

— Je m'occuperai bien d'elle ! Je la nourrirai et je nettoierai tout ! Tu n'auras rien à faire.

Elle lui jeta un regard rapide.

— Tu as pensé que ses propriétaires pourraient venir la réclamer ?

Il fut stupéfait d'entendre une réelle tristesse dans sa voix.

— Nous allons devoir poser des affichettes, ajouta-t-elle. Au cas où quelqu'un la chercherait.

— Mais si personne ne demande à la récupérer ? Je peux la garder ?

Il retint son souffle en attendant la réponse, et crut que son cœur allait éclater quand elle lui sourit.

— Bien sûr. J'ai toujours voulu un chat.

— Alors pourquoi tu n'en as pas ?

Son visage s'assombrit un instant.

— Mon immeuble à Chicago n'accepte pas les bêtes.

Le pincement dans son ventre, celui qu'il n'avait plus ressenti depuis bien des jours, revint le tourmenter.

— Alors, je la garderai avec moi quand tu partiras.

Elle lui lança un regard bizarre, mais se contenta de dire :

— Nous trouverons une solution.

Nick se faisait encore du souci quand ils s'engagèrent dans l'allée. Le pick-up de son entraîneur était garé devant la maison. Une nouvelle angoisse le saisit. Tucker Hall était-il venu parler à sa tante de sa rédaction, celle qu'il avait complètement ratée parce qu'il était trop occupé avec Joe ?

— Salut, Nick ! Bonsoir, Claire, s'écria le visiteur en descendant de voiture. Je suis passé voir si tout allait bien.

Il se dirigea vers sa tante et lui prit la main. Nick plissa les yeux, soupçonneux. Que se passait-il ?

— Je vais bien, répondit sa tante d'une voix différente de sa voix habituelle. C'était gentil de passer.

— Je t'avais dit que je viendrais.

Elle se retourna vers lui, toujours avec ce sourire heureux.

— Montre à Tucker pourquoi nous n'étions pas là !

Il descendit à son tour, avec Joe. Tout de suite, Tucker Hall s'approcha pour caresser l'animal.

— Et qui voilà ? demanda-t-il.

— C'est Joe, expliqua Nick. Notre chatte.

— A mon avis, vous allez bientôt en avoir plusieurs.

— Nick l'a trouvée, raconta sa tante en venant passer le bras autour de son épaule. Il s'est occupé d'elle sans rien dire à personne, dans un abri au fond du bois.

Elle semblait presque fière de lui. Surpris, il scruta son visage, mais elle regardait de nouveau son entraîneur.

— Ah ? demanda celui-ci. Je me demandais pourquoi tu partais comme une fusée, dès la fin de l'entraînement.

Il lui souriaient tous deux, comme s'il avait fait quelque chose de vraiment cool. Ses oreilles se mirent à le brûler et il se tortilla, mal à l'aise.

— Je croyais qu'elle était malade. Je me faisais du souci pour elle.

— C'est bien, dit Tucker Hall.

Il serra Joe plus étroitement sur sa poitrine. Puis son entraîneur se tourna vers sa tante pour lui demander :

— Tu es sûre que ça va ? Et tes côtes ?

Il avait carrément posé la main sur son côté !

— Je vais bien, répéta-t-elle.

Nick fronça les sourcils. Les deux adultes se regardaient dans le blanc des yeux, et tante Claire avait de nouveau ce sourire béat. Tucker Hall recula d'un pas et se retourna vers lui :

— On se voit demain, à l'entraînement.

Il sauta à bord de son pick-up. Nick le suivit des yeux jusqu'à l'angle de la rue puis se retourna vers sa tante.

— Qu'est-ce qui se passe entre vous deux ? demanda-t-il.

17.

Claire ne trouva rien à répondre. Elle aurait dû se douter que Nick poserait cette question, tôt ou tard. Il s'apercevrait forcément que Tucker et elle étaient… Quoi donc, en fait ? Oh, pourvu qu'il ne se rende pas compte qu'ils couchaient ensemble ! Parler de sexualité avec un adolescent de cet âge… c'était au-dessus de ses forces.

Optant pour la franchise, elle répondit :

— Je ne sais pas encore très bien ce qui se passe. Il me plaît et je lui plais aussi.

Nick lui jeta un regard incertain.

— Tu sors avec lui ?

— Nous n'avons pas encore eu de rendez-vous.

— Mais s'il te demande, tu sortiras avec lui ?

Gênée, elle fourra les mains dans les poches de son short.

— Oui. Ça te pose un problème ?

Il se pencha sur le chat.

— Je sais pas. Ce serait bizarre.

— Oui, sans doute un peu…

— Si tu sors avec lui, tu vas vouloir qu'il vienne avec toi quand tu partiras ? reprit-il d'un ton plus agressif. Parce qu'il est content, ici. Et ceux de l'équipe seront furieux.

— Ton entraîneur n'ira nulle part. Il restera à Monroe.

— Tu es sûre ?

— Certaine.

C'était bien la seule certitude, dans toute cette histoire ! Tucker ne quitterait pas Monroe.

— Alors ça change rien, en fait… Si tu sors avec lui, je veux dire. Parce que tu vas plus être là très longtemps.

Serrant Joe dans ses bras, il passa devant elle et disparut dans la maison. Elle réprima un mouvement d'agacement. Quand donc allait-il comprendre qu'elle n'irait nulle part sans lui ? Cela dit, il ne la repoussait plus. Au contraire.

Quant à elle, pour la première fois, la perspective de rentrer à Chicago lui laissait un goût amer dans la bouche.

Claire se retourna sur le canapé où elle somnolait en attendant Nick. Le feu de joie annuel du lycée se prolongeait bien tard.

La porte de derrière s'ouvrit, et des pas pressés se firent entendre dans la cuisine…

Soulagée, elle se redressa en repoussant les cheveux de ses yeux. Puis elle entendit :

— Tante Claire ! Il y a le feu dans le jardin !

— Quoi ? Un feu ?

Elle se mit sur ses pieds, encore engourdie. Nick entra en trombe.

— Sors vite de la maison ! cria-t-il. Je vais chercher de l'eau.

— J'appelle les pompiers, dit-elle en reprenant ses esprits.

Elle courut dans la cuisine, où elle composa le 911. Par la fenêtre, elle voyait des flammes orange danser, toutes proches. Tout alla très vite. Elle donna au standard son nom et son adresse, puis sortit en courant. Les flammes léchaient la vieille véranda de bois ; si celle-ci prenait feu, l'incendie se propagerait très vite dans le reste de la maison.

— Nick ! hurla-t-elle.

— J'essaie d'amener le tuyau !

Elle courut jusqu'à l'angle de la maison ; il se débattait avec le vieux tuyau d'arrosage qui refusait de se dérouler, emmêlé dans les roues de son petit chariot. Renversant le chariot d'un coup de pied, elle défit le nœud ; il hala le tuyau, trébuchant en arrière quand celui-ci se déroula d'un seul coup. Elle alluma le robinet et, reprenant son équilibre, Nick se précipita vers les flammes.

Les sirènes ! Elle approchaient à toute allure, si assourdissantes qu'on n'entendait plus le crépitement des flammes. Trois pompiers débouchèrent dans le jardin, tirant avec eux un tuyau autrement impressionnant que le leur.

— Reculez ! cria l'un d'eux en agitant la main.

Il tourna une valve. Un jet épais et puissant écrasa les flammes en quelques secondes. Une fumée grise emplit l'air, transformant le jardin en décor de film.

Dociles, Nick et elle se tinrent à l'écart tandis que les pompiers examinaient longuement la véranda, s'assurant qu'aucune braise ne couvait plus sous les planches. Retirant son masque, l'un d'eux s'accroupit près du point d'origine de l'incendie, une pile fumante de bûches.

— On dirait du bois de la réserve, observa Claire en s'approchant de lui. Nous avons une cheminée.

L'homme ne répondit pas tout de suite. Se redressant, il écarta d'un coup de botte quelques débris de bois calciné, et s'accroupit de nouveau. Quand il se remit debout, son expression était sévère.

— C'est toi qui as allumé ce feu, petit ? demanda-t-il à Nick.

Celui-ci ouvrit des yeux ronds, outré.

— Non ! Ça brûlait quand je suis rentré !

— C'est bien vrai, ça ?

Le pompier le fixait, les yeux plissés.

— Nick n'a pas fait ça, renchérit Claire.

— Quelqu'un l'a fait, pourtant. Je sens l'odeur du liquide à briquet.

— Quelqu'un, alors, mais pas Nick. C'est absurde ! Il n'allumerait pas un incendie, surtout pas dans son propre jardin.

Repoussant son casque en arrière, le pompier émit un gros soupir.

— C'était le feu de joie du lycée, ce soir. Il a pu trouver que ce serait amusant de continuer les réjouissances…

— Il dit que ce n'est pas lui, et je le crois.

— Ce ne serait pas la première fois qu'un gamin rentrerait d'un feu de joie pour en allumer un autre chez lui.

D'un pas lourd, il s'éloigna de la grande cicatrice calcinée sur le bord de la pelouse. Claire passa le bras autour des épaules de Nick.

— Je ne pense pas un seul instant que tu aies pu faire ça.

— Quel crétin ! grommela son neveu. Pourquoi est-ce que je mettrais le feu à ma propre maison ?

— Exactement.

Elle garda le bras autour de ses épaules, et il ne se dégagea pas. Ensemble, ils regardèrent la fumée dériver vers le petit bois. Côté rue, on lançait des ordres, des portières claquaient. Les camions repartirent, sans sirènes, cette fois. Quelques instants plus tard, Tucker jaillit de la maison.

— Vous allez bien ? s'écria-t-il.

Discrètement, Nick s'écarta de sa tante. Montrant le foyer de la main, il expliqua :

— Quelqu'un a essayé de mettre le feu à la maison.

— Quoi ?

Tucker le saisit par les épaules, et tourna la tête vers Claire.

206

— Oh, on n'a rien…, assura Nick. Tante Claire et moi, on l'avait déjà presque éteint quand les pompiers sont arrivés. Crétins…

En réponse au regard interrogateur de Tucker, Claire expliqua :

— Ils m'ont demandé si Nick avait pu allumer l'incendie.

Il tenait toujours Nick, et ses yeux le balayèrent rapidement de la tête aux pieds ; apparemment rassuré sur son compte, il se tourna vers elle. Son visage se crispa quand il vit ses mains.

— Tu disais que tu n'avais rien !

— Je n'ai rien.

Il retourna délicatement ses mains. Interdite, elle vit des traces de sang sur ses paumes.

— J'ai dû arracher des croûtes quand nous avons traîné le tuyau jusqu'ici. Je n'ai rien senti.

— Tu saignes, tante Claire, murmura Nick, impressionné.

Vite, elle cacha ses mains en haussant les épaules.

— Ce n'est pas grand-chose.

— Il va falloir nettoyer ça, intervint Tucker. Nick, tu sais où trouver le désinfectant, les pansements ?

— Oui, je sais, répondit immédiatement Nick en tournant les talons.

Elle sentit son cœur se gonfler de tendresse pour cet homme qui ne laissait jamais passer une occasion de donner aux autres une meilleure image d'eux-mêmes. Il semblait particulièrement sensible au cas de Nick, qui avait tant besoin de se sentir indispensable à quelqu'un.

Ce dernier partit en flèche et s'engouffra dans la maison. Ils le suivirent plus posément. Dans la cuisine brillamment éclairée, Tucker prit son visage entre ses mains.

— Tu es sûre que ça va ?

— Mais oui, je t'assure ! Grâce à Nick. Il a vu le feu en rentrant et m'a appelée.

Il posa son front contre le sien.

— Judy Johnson m'a téléphoné pour me prévenir que les pompiers étaient ici. J'étais fou d'inquiétude.

Son souffle léger sur son visage, ses mains... S'appuyant contre lui, elle noua les bras autour de sa taille.

— Je n'ai pas eu le temps d'avoir peur, chuchota-t-elle, mais je suis contente que tu sois là, maintenant.

— Je vais passer la nuit ici. Au cas où ton pyromane reviendrait.

Elle frémit de joie, puis son bon sens reprit le dessus.

— Nous ne pouvons pas. Pas si Nick est à la maison.

Il releva la tête, un éclair au fond du regard.

— Je ne voulais pas dire que je passerais la nuit dans ton lit. Même si c'est là que je voudrais être.

— Moi aussi...

Nick dévalait l'escalier. Tucker s'écarta d'elle en murmurant :

— Je te rappellerai cette promesse.

Nick fit irruption dans la cuisine en s'écriant :

— Je ne savais pas ce qu'il nous faudrait, alors j'ai tout apporté...

Il avait les bras chargés de bandes, pansements, flacons et pommades.

— Tu en as assez pour soigner toute l'équipe ! s'exclama Tucker. En fait, c'est plutôt bien vu... Tu connais ta tante : elle va se débattre comme un chat sauvage, et nous allons gâcher beaucoup de matériel avant d'en venir à bout.

Il lança un clin d'œil à Nick et ajouta :

— C'est toi qui la tiens ou c'est moi ?

— Tenez-la, proposa joyeusement Nick. Moi, je la soigne.

— C'est ça, donne-moi le boulot le plus difficile !

Il fit mine de l'immobiliser tandis que Nick s'attaquait à ses mains. Avec une douceur et une habileté surprenantes,

208

celui-ci nettoya, désinfecta, appliqua une pommade et fixa des pansements.

— Du beau travail, lui dit-elle en posant un baiser sur sa joue. Avec des mains comme les tiennes, tu devrais être médecin.

— Ouais, rien que ça…, marmonna-t-il en rougissant.

— Quelqu'un devrait dormir en bas, ce soir, pour s'assurer que celui qui a fait ça ne reviendra pas, intervint Tucker.

Il n'eut pas le temps de se proposer, car Nick approuvait déjà de la tête en disant :

— Je dormirai sur le canapé.

Inquiète pour lui, Claire ouvrait la bouche pour protester quand son expression l'arrêta. Il avait manifestement besoin de jouer les protecteurs, ce soir.

— D'accord, répondit-elle lentement. Pose le téléphone tout près de toi. Si tu entends quoi que ce soit, appelle immédiatement la police.

— Je vais chercher ma couette et mon oreiller ! décida -t-il en se ruant de nouveau dans l'escalier.

Dès qu'il eut disparu, elle s'appuya contre Tucker.

— C'est mieux comme ça… Mais je suis contente que tu sois venu.

Il se pencha, et l'embrassa tendrement.

— Bonne nuit, Claire.

Il franchit la porte, puis revint passer la tête à l'intérieur.

— Je te rappellerai vraiment ta promesse !

Le lendemain matin, Claire sortit examiner l'enchevêtrement de bûches à demi brûlées placé tout contre la véranda. Qui avait pu allumer ce feu ? Des jeunes revenant du feu de joie ou… quelqu'un d'autre ? Un frisson la secoua. Il était temps de retourner voir Broderick.

Elle téléphona pour s'assurer qu'il se trouvait au poste de police, prit sa voiture et roula vers le centre. Quelques minutes plus tard, elle entrait dans son bureau.

— Asseyez-vous, madame Kendall. Merci d'être passée. J'ai entendu parler de votre incendie, hier soir.

Elle noua convulsivement les mains sur ses genoux.

— Les pompiers pensent que c'était un jeune du lycée. Je n'en suis pas si sûre.

— Votre neveu, alors ? demanda-t-il.

— Non ! Je suis tout à fait certaine que ce n'était pas lui.

Broderick se rassit lentement derrière son bureau.

— Il a eu beaucoup à encaisser, observa-t-il. Parfois, s'ils se sentent dépassés par les événements, même les braves petits gars font des choses stupides.

— Nick n'a pas fait ça, répéta-t-elle. J'en suis certaine.

— D'accord. Vous le connaissez mieux que moi. J'enverrai un policier chez vous pour jeter un coup d'œil, et poser quelques questions.

— Merci.

Puis, serrant ses mains plus étroitement encore, elle demanda :

— Vous avez trouvé quelque chose, pour Janice ?

— Eh bien, oui, dit-il en se redressant. J'ai la réponse de la compagnie du téléphone. Pendant les dernières semaines avant sa mort, tous ses coups de fil provenaient de son bureau — je suppose qu'elle appelait son fils — ou de ses amis. Les amis ont tous des alibis pour le soir de sa mort.

— Et juste avant qu'elle ne quitte la maison, ce soir-là ? Le coup de fil dont parlait Nick ?

— Il venait de la mairie.

Elle se pencha en avant.

— Vous avez pu savoir de qui ?

210

— C'est là que ça devient intéressant. Il provenait de son propre poste.

— Son poste ? Mais elle était chez elle quand…

— Exactement. La personne qui l'a appelée s'est servie du téléphone posé son bureau.

Elle éprouva soudain une sensation de froid.

— Mais… pourquoi ?

— A mon avis, pour qu'on ne puisse pas l'identifier.

Elle prit le temps d'assimiler l'information avant de demander :

— Vous avez eu mon message, au sujet de sa voiture ?

— Oui. Nous sommes déjà allés à Bakersfield pour rapatrier l'épave.

Les yeux baissés, il fit tourner un crayon sur son bureau et ajouta :

— J'ai vu les traces de peinture dont vous parliez. Nous faisons tester des échantillons.

Il s'interrompit un instant, comme s'il se demandait ce qu'il devait lui révéler. Levant les yeux vers elle, il précisa :

— Les voitures municipales de Monroe sont peintes en rouge. Je commence à penser que votre neveu avait raison. Votre sœur a peut-être été expédiée délibérément dans ce lac.

— Mon Dieu…

Elle se laissa aller en arrière, anéantie. Au bout d'un instant, elle reprit :

— Je n'y croyais pas vraiment, vous savez… C'était pour Nick. Je voulais juste le rassurer.

— Je ne sous-estime jamais les intuitions. Votre neveu semblait très sûr de lui.

— Que va-t-il se passer, maintenant ?

— Je vais poser quelques questions au personnel de la mairie.

— J'y suis allée la semaine dernière. J'ai parlé à Ann Shelton. Elle devait faire le tour de ses collègues, et demander si quelqu'un avait remarqué quoi que ce soit d'inhabituel.

Frissonnante, elle croisa les bras étroitement sur sa poitrine et continua, avec effort :

— Ce soir-là, je suis allée au lac pour voir l'endroit où la voiture de Janice avait quitté la route. Il pleuvait, comme le soir où elle est morte. Je ne sais même plus très bien pourquoi je voulais y aller. Une voiture a fait un écart sur le bas-côté, et elle a failli me faucher. J'ai dû sauter par-dessus la barrière et je suis tombée le long de la pente.

— Quoi ! s'exclama le policier en bondissant sur son siège. Et vous n'avez pas eu l'idée de m'en parler ?

— Non. Je supposais que c'était un accident...

— Et hier soir, quelqu'un a allumé un feu dans votre jardin.

— Oui. Je crois bien que tout est lié.

— Si votre maison avait brûlé, vous auriez été obligée de quitter Monroe. Vous auriez cessé de poser des questions. C'est tout de même une sacrée coïncidence que cette voiture ait cherché à vous faucher juste après votre conversation avec Anna. Et moi, je ne crois guère aux coïncidences.

— Vous ne pensez tout de même pas qu'Anna...

— Je n'exclus personne, répondit-il avec un sourire amer. Effectivement, je vois mal cette brave dame essayer de vous écraser, mais c'est la pipelette la plus bavarde de Monroe. Un quart d'heure après votre départ, tout le personnel de la mairie devait être au courant de votre visite et des questions que vous aviez posées.

— Qu'est-ce que je dois faire ?

— Rien du tout. Il s'agit d'une enquête policière, désormais.

Se levant pour donner plus de poids à ses paroles, il ajouta :

— Votre rôle est de surveiller votre neveu. Les garçons de cet âge sont des têtes brûlées. Arrangez-vous pour qu'il ne fasse rien de stupide.

— Je ferai de mon mieux, murmura-t-elle, troublée.

L'expression de Broderick s'adoucit. Avec un sourire plein de gentillesse, il lui tendit la main.

— Merci, dit-elle en se levant pour la serrer. Merci de m'avoir prise au sérieux.

Sa main pressa la sienne.

— Je vous avais bien dit que les choses ont changé, par ici. Je parlais sérieusement.

— Je commence à vous croire.

Au fil des semaines, elle avait peu à peu baissé sa garde, se laissant aller à participer à la vie de la commune… Et voilà que tout à coup, elle se retrouvait dans le rôle du témoin extérieur — de l'intruse. Sur le trajet de retour, elle étudia tous les visages qu'elle croisa. L'un d'eux cachait-il un secret dangereux ? L'un des habitants de cette bourgade avait-il assassiné sa sœur ?

18.

Le soleil couchant baignait les maisons d'une lumière dorée.
Déterminée, malgré ses angoisses, à ne pas s'enfermer chez
elle, Claire se rendait à pied au centre de jardinage. Au moment
où elle passait devant le bureau de tabac, la porte s'ouvrit et
Andrea Vernon en sortit.

— Bonsoir, Andrea ! Ça fait un moment que je ne vous ai
pas vue !

La jeune femme fit mine de passer sans répondre. Se ravisant,
elle s'arrêta dans une position curieuse, de profil, serrant avec
raideur un sachet contre sa poitrine.

— Je suis très prise par mon travail. Je ne viens pas souvent
en ville, répondit-elle sans la regarder.

— Comment allez-vous ?

— Bien ! Très bien…

Une vieille amertume prit Claire à la gorge, et elle ne put
s'empêcher de demander :

— Andrea, qu'est-ce qui se passe ?

— Rien ! Pourquoi demandez-vous ça ?

Elle parlait trop vite, et une tension palpable émanait d'elle.
Faisant un pas de côté pour se placer devant elle, Claire scruta
son visage.

— Vous portez beaucoup de maquillage, pour quelqu'un qui
fait juste un saut au bureau de tabac, observa-t-elle.

Andrea détourna la tête, esquissant un mouvement pour s'en aller.

— J'aime me maquiller, rétorqua-t-elle sèchement.

— Je me maquillais beaucoup, moi aussi. C'est le tabac préféré de Roger ?

La jeune femme ne répondit pas. Encore une fois, Claire se déplaça pour se planter devant elle.

— Ça n'arrangera rien, dit-elle avec compassion. Moi aussi, j'essayais de l'amadouer, j'achetais ce tabac pour lui, je lui faisais son plat préféré ou je louais le film qu'il avait envie de voir. Cela ne l'empêchait pas de me frapper.

— Je n'ai pas dit qu'il me frappait !

— Vous n'avez pas besoin de le dire. J'ai été mariée avec lui, et je sais de quoi il est capable.

— Je m'en fiche, chuchota la toute jeune femme. De toute façon, je n'ai nulle part où aller.

— Mais si !

Les mains tremblantes, Claire fouilla son sac à la recherche de la carte qu'elle gardait toujours sur elle.

— Voici l'adresse du foyer qui m'a accueillie. Ils m'ont aidée à redevenir moi-même, et ils peuvent en faire autant pour vous.

Andrea regardait la carte avec une expression extraordinaire de peur et d'espoir mêlés.

— Mais qu'est-ce que je ferais, si je quittais Roger ?

— Tout ce que vous voudriez, répondit Claire en lui glissant la carte dans la poche de son pull. Moi, j'ai fait des études et j'ai fini par créer ma propre entreprise.

Du bout des doigts, Andrea pressa sa poche, puis laissa retomber sa main.

— Je ne suis pas assez intelligente pour faire des études.

— C'est ce que Roger vous dit ? Il me le disait aussi. Il ment, Andrea. Il sait qu'il perdrait son emprise sur vous, si vous faisiez des études.

215

Sous le coup de la colère, sa voix se faisait plus sèche. Elle fit un effort pour se reprendre. La dernière chose dont Andrea avait besoin, c'était une personne de plus cherchant à lui dicter sa conduite. Cette angoisse dans ses yeux était si palpable !

— Si vous décidez de partir, je vous emmènerai au foyer. Appelez-moi, même en pleine nuit, et je passerai vous prendre.

— Je ne peux pas faire ça, balbutia la jeune femme. Si vous m'aidez, il sera encore plus furieux.

— Dans ce cas, appelez Seth Broderick. Il vous emmènera.

— La police ?

— Oui, la police. Ce que fait Roger est illégal.

La main d'Andrea se glissa furtivement dans sa poche.

— Je vais réfléchir, promit-elle.

— Ça ne va pas s'arranger, insista Claire avec beaucoup de douceur. Vous le savez, n'est-ce pas ?

— J'ai dit que j'allais réfléchir ! Ne me dites pas ce que je dois faire !

Elle passa en la bousculant presque, et courut vers sa voiture. Claire se mordit la lèvre. Avait-elle trop insisté ? De l'autre côté de la rue, elle reconnut Derek Joiner sur les marches de la mairie, en compagnie de deux femmes. Tous trois avaient le visage tourné vers elle. Croisant son regard, ils levèrent la main pour la saluer et se dispersèrent, chacun de son côté. L'une des femmes était Anna Shelton.

Les bureaux ferment pour la journée, pensa-t-elle. Pourvu qu'Anna n'aille pas décrire partout la petite scène à laquelle elle venait d'assister ! Roger saurait très vite qu'on avait vu son ex-épouse parler avec sa femme.

Elle avait fait de son mieux : à présent, Andrea avait la carte du foyer. Peut-être trouverait-elle le courage de s'en servir.

*
* *

Claire repiqua le dernier des plants de chrysanthèmes achetés la veille, s'assit sur ses talons et s'essuya le front du dos de la main. Une bonne chose de faite ! Pourtant, elle ne parvenait pas à savourer le parfum un peu âcre des plantes, ni le plaisir de travailler le terreau. Elle ne cessait de penser à Andrea, et sa colère contre Roger s'amplifiait, jetant son ombre sur tout le reste.

Arrachant ses gants de jardinage, elle rentra à grands pas dans la maison, décrocha le téléphone et composa le numéro de son avocat.

— Ici Claire Kendall, dit-elle à la standardiste. Paul est disponible ?

— Bonjour, madame Kendall. Je vais voir si je peux vous le passer.

La musique censée l'aider à patienter ne fit que l'irriter davantage. Enfin, l'avocat prit la ligne.

— Bonjour, Claire ! Que puis-je faire pour vous ?

— Bonjour, Paul. Avez-vous du nouveau sur Roger Vernon et l'homme qui prétend être le père de mon neveu ?

— Ne quittez pas, je prends le dossier.

Il y eut un bref silence, puis elle l'entendit feuilleter des papiers.

— Vous n'avez rien appris de plus, de votre côté ? demanda-t-il au bout de quelques secondes.

— J'ai dit à Vernon de se mettre en rapport avec vous. Je ne veux rien avoir à faire avec lui.

— Eh bien, après votre coup de fil, je lui ai écrit le jour même en lui demandant de me transmettre les informations dont il disposait, y compris le nom du père. Je n'ai eu aucun retour de sa part.

— C'est surprenant ?

— Dans la plupart des cas, je dirais que non, répondit-il, un sourire dans la voix. C'est même une des tactiques préférées de la profession juridique. Mais dans cette affaire, comme c'est lui qui est venu vers vous, je ne m'y attendais pas.

Une rage froide et implacable s'amassa en elle.

— Croyez-vous qu'il ait pu inventer toute l'histoire ?

— Quel serait l'intérêt pour lui ?

— Nous avons déjà eu… des accrochages, dit-elle brièvement. Nous ne sommes pas précisément en bons termes.

— Je suppose que c'est possible… mais ce serait franchement stupide. Un coup comme celui-là pourrait le faire rayer du barreau. Et si je lui passais un coup de fil, histoire de voir où nous en sommes ?

— J'apprécierais beaucoup, Paul.

— Je vous rappelle dès que j'aurai pu le joindre.

Claire était retournée travailler dans le jardin quand le téléphone sonna. Elle se précipita pour répondre.

— Allô ?

— Claire, ici Paul. Je viens de parler à Vernon. J'ai dû insister un peu, mais il a fini par avouer qu'il n'a pas le nom de l'homme qui affirme être le père de votre neveu.

— Quelle ordure !

— C'est un client à lui qui serait au courant. D'après lui, ce client servirait d'intermédiaire entre le père et Vernon.

— Mais pourquoi un intermédiaire ? Et pourquoi s'adresser à Vernon ? Pourquoi ne pas venir me trouver ?

— C'est exactement ce que je lui ai demandé. Il m'a fait un discours pompeux… Je crois qu'il se voit comme le grand homme de votre petite ville. Quand l'homme lui a demandé de prendre la situation en main, il s'est senti flatté et n'a pas cherché à savoir pourquoi.

— Je vais devoir retourner lui parler.

— C'est le genre de chose que je suis censé faire pour vous.

— Pas cette fois. Cette fois, je me battrai moi-même.

Elle ferait cela pour Nick, et aussi pour elle ! En reposant le combiné, elle comprit qu'elle aurait dû réagir immédiatement, dès que Roger lui avait parlé de ce père qui surgissait avec quinze ans de retard. Ses propres problèmes avec Roger n'avaient pas d'importance. Son ex-mari se permettait de jouer avec les émotions de Nick, et cela, elle ne le tolérerait pas.

Une heure plus tard, elle entrait dans un petit restaurant de Clinton, le siège administratif du comté. Assis à une table d'angle, Roger discutait avec la serveuse qui souriait, rougissante, en se penchant vers lui. A la rage qu'elle ressentait devant la façon dont il manipulait Nick s'ajouta une autre colère, au nom d'Andrea. Elle alla se planter devant la table.

— Bonjour, Roger, dit-elle à haute et intelligible voix.

Il lâcha la main de la serveuse. Croisant le regard choqué de la jeune femme, elle déclara :

— Non, je ne suis pas sa femme. Elle l'attend à Monroe.

La pauvre fille reculait, écarlate. Roger fit un mouvement pour se lever.

— A quoi est-ce que tu joues ? fulmina-t-il.

— Assieds-toi, Roger, ordonna-t-elle avec mépris. Je vais te le dire.

L'expression de Roger ressembla à celle de la serveuse. Il retomba sur la banquette, et elle eut la satisfaction de le dominer de toute sa petite taille.

— Et toi, à quoi joues-tu, Roger ? Je viens de parler à mon avocat, et il dit que tu ne connais pas même le nom du soi-disant père de Nick.

— J'ai un client qui...

— Je suis au courant, coupa-t-elle. Ne cherche pas à invoquer la confidentialité. Dis-moi son nom, tout de suite.

— Je ne peux pas faire ça.

Il commençait à se reprendre, affichant un air de patience condescendante. Il commit pourtant l'erreur de préciser :

— Et même si je le pouvais, je ne le ferais pas.

— Ah bon ?

Elle le fixa droit dans les yeux, et bientôt, elle vit une lueur d'incertitude briller dans son regard.

— Je te donne vingt-quatre heures, assena-t-elle. Vingt-quatre heures pour réfléchir. Si tu ne m'as pas donné de nom à la fin de ce délai, je m'adresserai au chef de police.

Elle laissa passer un nouveau silence, sans cesser de braquer sur lui ce regard implacable. Puis elle demanda :

— Tu sais, n'est-ce pas, qu'il enquête sur la mort de Janice ? Je crois qu'il pourrait s'intéresser à un type qui affirme être le père de son fils, et qui fait surface juste après sa mort.

— Quel mélodrame ! protesta-t-il. Mon client est un homme important à Monroe, et il n'a strictement rien à voir avec la mort de ta sœur.

— Nous laisserons Broderick s'en assurer. Vingt-quatre heures, Roger, ou c'est à lui que tu raconteras ton histoire.

Tournant les talons, elle sortit à grands pas. Au lieu du triomphe qu'elle escomptait, elle ne ressentait qu'une grande tristesse. Cette histoire était un leurre. Il n'y aurait pas de père pour Nick, et ce serait à elle de le lui annoncer. Ce serait à elle de le consoler de sa déception.

En fin de compte, Nick devrait se contenter d'elle. Elle espérait seulement que cela lui suffirait.

Sautant sur ses pieds, Tucker se mit à arpenter la véranda de Claire. Cela faisait près d'une heure qu'il patientait, et une colère naissante se mêlait à son angoisse. Elle n'avait même pas dit à Nick où elle allait !

Elle ne répondait pas sur son portable, et n'appelait pas le sien. Trois fois, déjà, il était rentré chez lui en espérant trouver un message d'elle sur son répondeur. Rien. Pour la vingtième fois, il se pencha pour regarder à l'intérieur par la fenêtre du salon, cherchant un signe pouvant lui indiquer où elle était allée.

Il regardait encore par la vitre quand il entendit des pneus crisser sur le gravier derrière lui. Se retournant d'un bond, il vit la voiture de Claire s'immobiliser dans l'allée. Sans réfléchir, il dévala les marches, ouvrit sa portière à la volée et lui saisit le poignet.

— Ça va ?

— Ça va, oui. Il s'est passé quelque chose ?

Affolée, elle s'accrochait à sa chemise.

— C'est Nick ? Il s'est blessé à l'entraînement ?

— Nick va bien.

— Alors quoi ?

— Il m'a appelé de chez les Johnson. Il n'arrivait pas à te joindre et il pensait que je saurais peut-être où te trouver. Je n'ai pas réussi à te joindre non plus et…

— Que voulait Nick ?

— Oh, une bricole… La permission dormir chez les Johnson ce soir.

Poussant un gros soupir de soulagement, elle émergea de sa voiture.

— Je vais l'appeler pour lui dire que c'est d'accord.

— C'est tout ce que tu trouves à dire ? explosa-t-il.

— Qu'est-ce que je suis censée dire ? s'enquit-elle en se retournant vers lui. Bien sûr que Nick peut dormir chez les Johnson ! Où est le problème ?

— Je ne parle pas de Nick ! s'écria-t-il avec un grand geste furieux. Tu m'as fait une frousse terrible.

— Quoi ? Mais comment ?

— Tu avais disparu !

Elle allait le rendre fou, à le contempler avec ce petit air interdit. En lui, l'angoisse, la fureur et le soulagement tourbillonnaient, formant un mélange détonant.

— Tu es partie sans dire à personne où tu allais... Même Nick n'était pas au courant !

— Nick allait chez les Johnson en sortant de ses cours. Je savais que je rentrerais avant son retour.

— Ton portable était éteint ! s'écria-t-il. Personne ne pouvait te joindre !

Un instant, il lut la frayeur dans son regard, puis elle se ressaisit.

— Si tu entrais un instant, Tucker ? proposa-t-elle avec raideur. Je n'ai pas très envie d'offrir un spectacle gratuit aux voisins.

Maintenant qu'il était rassuré sur son compte, la colère l'emportait totalement. A grands pas, il la suivit dans la maison, claquant la porte derrière lui. Se retournant vers lui, elle demanda :

— De quoi s'agit-il vraiment, Tucker ? Ne me dis pas que c'est pour Nick que tu te mets dans un état pareil.

— Non, ce n'est pas pour Nick. Bon sang, Claire ! Tu pensais que personne ne s'inquiéterait si tu disparaissais ?

— Je n'ai pas disparu, je me suis absentée quelques heures... Je dois te consulter chaque fois que je quitte la maison ?

— Bien sûr que non !

Il reprenait le contrôle de lui-même. Cet éclair de terreur dans ses yeux l'avait troublé ; il s'apercevait aussi qu'il voulait avoir le droit de connaître ses projets, de savoir où elle était et ce qu'elle faisait. Une constatation assez effrayante !

— Nick était inquiet, reprit-il d'une voix plus calme. Et moi aussi.

— Je suis désolée, dit-elle en retrouvant, elle aussi, davantage de mesure. Je ne voulais pas vous inquiéter.

Il réprima l'envie de lancer un coup de poing dans le mur. Un geste peu constructif, mais qui l'aurait aidé à se calmer.

— Je peux te demander où tu étais ?

— Je suis allée à Clinton parler à Roger Vernon. Je pense maintenant qu'il mentait en prétendant qu'il connaissait le père de Nick. Je ne sais pas encore comment, mais je suis sûre qu'il y a un lien avec la mort de Janice.

— Quoi ? s'écria-t-il.

Une vague de terreur déferla sur lui, le privant momentanément de toute son énergie.

— Tu as roulé jusqu'à Clinton, toute seule, pour affronter ce type, alors que tu le crois impliqué dans le meurtre de ta sœur ?

— Je ne risquais rien. Je connais Roger.

— Claire, est-ce que par hasard tu aurais oublié ta petite glissade sur la falaise ? Ou la tentative d'incendie de ta maison ? Comment sais-tu que Vernon n'a pas participé aux réjouissances ? Je n'arrive pas à croire que tu sois allée l'accuser en face, sans prévenir personne !

Elle pâlit un peu, et bredouilla :

— Je n'ai pas pensé à ça. J'étais tellement furieuse que je n'ai pas réfléchi du tout. Quand sa secrétaire m'a dit qu'il était à Clinton, j'ai pris la voiture et je suis partie.

— Eh bien, tu vas commencer à réfléchir, et cesser de prendre des risques pareils !

Ses épaules se crispèrent, et elle se tassa sur elle-même.

— Ne crie pas, Tucker.

— Je suis ici depuis une heure, à me demander si on va te retrouver morte dans un fossé. Je crierai si j'ai envie !

Maintenant qu'il savait ce qui s'était passé, une peur rétrospective lui tordait les entrailles.

— Très bien, riposta-t-elle, crie tant que tu veux, mais fais-le ailleurs. Personne ne crie après moi dans ma maison !

Elle ouvrit la porte avec tant de violence que le battant rebondit sur le mur. Quand elle l'attrapa au vol, il vit trembler sa main. Sa colère s'évanouit d'un coup, le laissant horrifié par sa propre attitude.

— Oh, Claire, je suis désolé…, dit-il tout bas. Désolé de m'être mis en colère.

Il fit un pas vers elle, et elle recula ; la méfiance qu'il lut dans son regard lui fit plus de mal qu'un coup.

— J'étais si inquiet…, bredouilla-t-il.

Il ferma les yeux un instant. Quand il les rouvrit, Claire avait une expression étrange : les yeux dans le vague, elle semblait contempler un spectacle stupéfiant.

— Tu veux que je m'en aille ? demanda-t-il tout bas.

Son regard revint vers lui ; elle pencha la tête sur le côté.

— Non, dit-elle. Non, je ne veux pas.

— Alors dis quelque chose ! supplia-t-il. Je sais que je suis allé beaucoup trop loin, mais tu me regardes comme si j'étais un extraterrestre.

Elle s'adossa à la porte en quête d'un appui.

— Tu es furieux contre moi, dit-elle.

— Je me suis mis en colère, mais c'est fini.

— Tu hurlais contre moi, continua-t-elle sans l'écouter. Tu es beaucoup plus grand et fort que moi.

— C'est vrai, admit-il avec une grimace.

— Je n'ai pas cédé.

Il la regarda, abasourdi ; son visage s'était éclairé d'un sourire heureux.

— Non, murmura-t-il sans comprendre. Tu n'as pas cédé, tu m'as flanqué à la porte. Je suis censé te dire que c'est une bonne chose ?

— Oh, oui ! Oui, c'est une bonne chose, dit-elle d'une voix tremblante. Il est arrivé plusieurs bonnes choses, aujourd'hui.

Il ne comprenait rien à ce qu'elle disait. La réaction se faisait en lui, le laissant faible et tremblant. Ces maudites colères… Chaque fois, il pensait les laisser derrière lui, mais elles fondaient sur lui sans prévenir, et il ne contrôlait plus rien. C'était terrifiant ! Respirant à fond, il demanda :

— Pourquoi est-ce une bonne chose que tu n'aies pas cédé devant moi ?

Toujours avec ce même regard vague, elle murmura :

— J'ai horreur qu'on crie après moi. Je déteste la colère, et je ferais n'importe quoi pour y échapper. J'ai entendu crier chaque jour pendant mon enfance, et ensuite, j'ai épousé un homme violent.

Elle hésita longuement, et déglutit. Redoutant de briser le fil, il attendit la suite sans un mot, sans un geste.

— J'ai eu peur des affrontements toute ma vie, reprit-elle. Si un homme élève la voix, je cède immédiatement. Jusqu'ici, j'ai toujours fui les conflits.

Enfin, elle se retournait vers lui.

— Tu incarnes tout ce que je redoutais le plus, Tucker. Un homme très grand et très fort. A l'instant, tu étais furieux contre moi. Tu criais.

— Claire, je regrette, si tu savais ! Je n'aurais jamais dû faire ça, j'ai des difficultés à contrôler ma colère…

— Oui, coupa-t-elle, mais j'ai réagi. Je n'ai pas reculé.

— Tu… ne m'en veux pas ?

Il avait terriblement envie de la prendre dans ses bras, mais il n'osait pas. Pas encore.

— Non. Je suis heureuse parce que je t'ai tenu tête. Je ne me suis pas enfuie, je t'ai répondu sur le même ton ! C'est formidable…

Une étincelle d'espoir jaillit en lui.

— Tu veux que je crie encore un peu ? proposa-t-il. Pour que tu puisses t'exercer ?

Enfin, elle lui sourit.

— Crie tant que tu voudras, tu ne réussiras pas à te débarrasser de moi.

— Dieu merci, dit-il dans un souffle.

Il fit un pas hésitant vers elle et elle se jeta dans ses bras.

— Tu es terrifiante, Claire, chuchota-t-il en pressant ses lèvres dans ses cheveux. J'ai cru… Je suis fou de toi, tu sais ? Après tout ce qui s'est passé… J'ai perdu la tête, quand j'ai vu qu'il était impossible de te joindre.

Longtemps, ils restèrent ainsi, appuyés l'un contre l'autre. Doucement, il promenait ses paumes sur son dos.

— Tu dis qu'une autre bonne chose est arrivée aujourd'hui ? demanda-t-il enfin.

Elle se cambra pour pouvoir voir son visage.

— J'ai affronté Roger face à face et je n'ai pas eu peur de lui. J'étais tellement furieuse… Je n'aurai plus jamais peur de Roger.

Une lame de fond monta en lui, puis retomba. L'idée que Vernon ait eu ce pouvoir sur Claire lui était insupportable. Prenant son visage entre ses paumes, il murmura :

— Je ne sais plus si je dois crier ou te faire l'amour.

— J'ai le choix ? demanda-t-elle ingénument.

— C'est toi qui décides.

— Je prends la deuxième option, alors.

Elle se serra contre lui.

— Je ne voulais pas m'attacher à toi, Tucker, mais je n'ai rien pu faire.

— Le premier jour, murmura-t-il en inclinant la tête pour effleurer ses lèvres des siennes, je te prenais pour une citadine agressive et coincée, et j'avais déjà envie de toi.

— Tu avais raison, pouffa-t-elle en mordillant sa lèvre inférieure.

— Je t'ai déjà dit : sur certains sujets, je ne plaisante pas.

Elle posa ses lèvres sur le pouls qui battait dans sa gorge.

— Toi, ne pas plaisanter ? C'est difficile à imaginer.

Elle ferma les yeux pour mieux savourer l'odeur unique de sa peau. Quand elle les rouvrit, son regard la brûla.

— Quand je t'embrasse, quand je te touche, il n'y a plus de plaisanteries.

Sa bouche s'empara de la sienne, tendre et exigeante à la fois. Il glissa les mains sous son chemisier, puis ce furent ses lèvres qui balayèrent sa peau. Sa tête blonde penchée sur elle, ses mains entourant sa taille... C'était si érotique que ses paupières retombèrent d'elles-mêmes.

— Tucker, soupira-t-elle. Je veux...

Il explora son nombril de la pointe de sa langue ; elle sentit alors une vague de chaleur irrésistible l'envahir.

— Que veux-tu, mon amour ? demanda-t-il.

— Je veux tout. Je te veux, toi.

— Je suis à toi.

Se redressant, il s'empara de nouveau de sa bouche. Perdue, aveuglée de passion, elle sentit qu'il ouvrait son corsage.

— Enfin de la lingerie fine..., chuchota-t-il d'une voix un peu enrouée. Si on s'en débarrassait ?

Son soutien-gorge se détacha. Quand ses pouces effleurèrent ses mamelons nus, elle ne put retenir un gémissement de plaisir. Il la fit reculer contre la porte. Mourant d'impatience de sentir sa peau contre la sienne, elle s'attaqua aux boutons de sa chemise, et pressa son visage contre les boucles brillantes sur sa poitrine. Sa peau lui sembla brûlante ; sous sa surface satinée, elle sentait trembler ses muscles. Il avait une odeur de grand air, une odeur de joie physique. Elle pressa sa bouche contre sa poitrine, goûtant avidement sa peau.

— La chambre..., dit-il dans un halètement. Tout de suite.

19.

Il l'allongea sur le lit, lui retira son pantalon, et arracha les boutons de son propre jean. Enfin, elle put voir son corps splendide dressé près du lit, pommelé par le soleil qui filtrait à travers les rideaux. Il s'agenouilla près d'elle et sa grande main la parcourut tout entière, du cou jusqu'aux orteils.

— Je n'ai pas pu penser à autre chose depuis que nous avons fait l'amour, murmura-t-il. Les fantasmes ne valent rien à côté de la réalité.

— Des fantasmes ? chuchota-t-elle.

— Tu n'as aucune idée…

— Dis-moi…

Elle noua les bras autour de son cou et il lui parla à l'oreille, décrivant tout ce qu'il voulait faire avec elle. Pendant ce temps, ses mains opéraient leur magie sur son corps. Elle crut devenir folle… Enfin, il enfila un préservatif et, le regard rivé au sien, il se glissa en elle.

— Claire…, dit-il dans un souffle. Claire.

Il l'embrassa avec une sorte de fureur. Totalement abandonnée, elle noua les jambes autour de ses hanches et se laissa fondre en lui. Elle sentait déjà le plaisir approcher comme un raz de marée. Irrésistible ! Elle explosa en criant son nom ; il ne lui fallut que quelques secondes pour la rejoindre.

Elle flotta dans un brouillard délicieux jusqu'à ce qu'il se retourne en l'entraînant avec lui. En ouvrant les yeux, elle trouva son regard posé sur elle.

— J'adore être nu avec toi, dit-il.

— Moi aussi. Je suis totalement nue et heureuse de l'être. Tu connais tous mes secrets.

Son regard changea. Glissant à bas du lit, il enfila son jean.

— Que se passe-t-il ? demanda-t-elle, abasourdie.

— Rien du tout ! Je veux juste aller chercher les vêtements que je t'ai arrachés en bas. Si quelqu'un venait frapper à la porte, il verrait tes dessous sur le paillasson.

Quelques instants plus tard, il était de retour avec leurs vêtements en boule. Les laissant choir sur une chaise, il retira son jean et se glissa près d'elle sous le drap. Son regard était si limpide et sans nuages qu'elle se demanda si elle avait imaginé ce trouble momentané.

— Où en étions-nous ? murmura-t-il en l'embrassant.

La passion revint au triple galop, et elle oublia l'interruption pour se fondre dans ses bras.

Le lendemain soir, Claire trouva une place dans les gradins du stade et chercha immédiatement Tucker du regard. Il se tenait de l'autre côté du terrain, avec les garçons de l'équipe.

Ils avaient parlé et fait l'amour jusqu'à une heure tardive de la nuit. Vers 3 heures du matin, il s'était arraché de son lit et de ses bras, expliquant qu'il préférait lui éviter les commérages. Si sa voiture se trouvait devant chez elle au matin, cela se saurait obligatoirement.

Son cœur se gonfla, et elle s'agrippa à son banc des deux mains pour résister à l'élan qui la soulevait. Jamais, auparavant, elle n'avait eu envie de partager chaque instant de son quotidien avec un homme. Jamais elle n'avait éprouvé ce désir de se donner totalement, jamais elle n'avait voulu qu'un homme se donne entièrement à elle. Avec Tucker, elle baissait sa garde, elle renonçait aux protections qui lui avaient permis de vivre. Cela ressemblait à une ivresse, et elle aurait même aimé lui offrir davantage. Avec une sorte d'émerveillement terrifié, elle comprit qu'elle était amoureuse.

Que se passerait-il quand elle partirait ?

Une cruelle petite voix intérieure venait de trancher dans le vif de son bonheur. Elle la repoussa de toutes ses forces. Pour l'instant, en tout cas, elle n'allait nulle part !

Nick se lança en courant sur le terrain pour mettre le ballon en jeu. Elle le vit scruter la tribune des yeux, et leva discrètement la main. Son casque masquait son visage, mais quelque chose dans son attitude lui dit qu'il souriait.

Vers la moitié de la seconde mi-temps, il botta de nouveau pour un coup franc... et marqua ! Elle sauta sur ses pieds en l'acclamant, trépignant littéralement de joie. Lui aussi bondit : elle le vit atterrir maladroitement sur sa mauvaise jambe, mais au lieu de chercher à couvrir sa défaillance, comme il l'aurait fait autrefois, il courut vers Frankie Johnson pour heurter son casque du sien.

Malgré ce but et le *touchdown* réussi par un autre garçon, l'équipe perdit. Les dernières minutes s'égrenaient, et ils n'étaient pas parvenus à égaliser ; derrière elle, elle entendit un homme protester :

— Je ne comprends pas ce que fiche Hall... Ils n'ont aucun rentre-dedans !

Il semblait réellement en colère. Un murmure de voix indiqua que d'autres parents étaient d'accord avec lui.

— Il va falloir lui parler, dit un homme qu'elle ne reconnut pas.

Puis ce fut une voix de femme :

— On n'a qu'à demander une réunion, avec tous les parents de l'équipe.

— Oui, bonne idée.

Mal à l'aise, Claire écouta fuser les commentaires. Une vilaine ambiance planait sur les gradins. Si ces parents ne recouvraient pas leur calme avant de parler à Tucker, il y aurait une scène très désagréable. Le cœur battant, la gorge sèche, elle se glissa discrètement vers l'escalier et descendit au niveau du terrain.

Ce soir-là, chez Sparky, il vint beaucoup plus de parents que d'habitude. Les commandes étaient prises, les garçons bavardaient bruyamment entre eux quand l'un des pères poussa un sifflement strident. Le silence tomba instantanément, et chacun se tourna pour le regarder.

— Nous voulons parler à l'entraîneur, dit-il.

L'air surpris, Tucker se leva.

— Oui, bien sûr. Nous pouvons convenir d'un moment…

— Pourquoi pas tout de suite ? proposa une autre voix.

Tucker jeta un bref regard à la ronde. Autour de leurs tables, les garçons se taisaient, interdits.

— Je ne pense pas que ce soit le moment ou le lieu, dit-il d'une voix neutre.

— Il y a une salle au fond pour les noces, reprit le premier. On n'a qu'à laisser les jeunes terminer leurs pizzas.

Le visage de Tucker se ferma.

— Très bien. Allons-y.

Claire retrouva le sentiment de panique qui s'était levée en elle un peu plus tôt dans la tribune. Repoussant sa pizza à peine entamée, elle se leva avec les autres. Molly Burns, qui partageait sa table, la suivit sans commentaire. Les parents s'engouffraient dans la salle du fond et elle se mêla à eux, traversée par un sentiment de révolte. N'avaient-ils rien compris ? Ne voyaient-ils pas quel merveilleux travail Tucker accomplissait avec leurs enfants ?

— Bien ! dit Tucker. De quoi s'agit-il ?

Il était debout au centre de la salle, face à un demi-cercle de parents hostiles.

— Nous avons perdu quatre matchs, remarqua le père qui s'improvisait porte-parole des mécontents.

— Effectivement, répondit Tucker. Mais les garçons sont en progrès.

— De ma place, j'avais plutôt l'impression qu'on en faisait de la charpie, observa un autre, goguenard.

— Vos fils travaillent très dur pour s'améliorer ; ils se donnent à fond et apprennent d'importantes leçons de vie. A mon avis, c'est plus précieux que de marquer des points.

— On vous demande seulement de leur apprendre le foot ! cria un autre père.

— C'est bien ce que je leur apprend, répliqua Tucker.

Sa voix se faisait plus tendue. L'homme agita les mains avec impatience.

— Vous savez très bien ce que je veux dire. On veut qu'ils apprennent votre style. Qu'ils soient plus agressifs, de vrais durs…

En voyant la poitrine de Tucker s'enfler brusquement, Claire sut qu'il luttait contre la colère. Pourtant, sa voix était encore calme quand il demanda :

— Autrement dit, vous voudriez que je leur apprenne les coups bas ?

Il parcourut les groupes du regard, croisant délibérément le regard de chacun. Très vite, un homme s'écria :

— Pourquoi pas ? Il faut bien qu'ils tirent leur épingle du jeu ! Ils doivent apprendre à donner leur maximum !

— Avec des tactiques malhonnêtes ? C'est là qu'ils donneront leur maximum ?

Sa voix avait changé. Cette fois, les parents étaient allés trop loin.

— Je trouve que l'entraîneur fait un excellent travail, s'exclama Claire à haute et intelligible voix.

Tous les autres se retournèrent vers elle.

— Oh, pour vous, je n'en doute pas ! ricana une voix.

Elle rougit brutalement. Furieux, Tucker se retourna, fit un pas… et s'arrêta, le souffle court, les poings crispés. Elle sentit dans sa chair l'effort qu'il dut fournir pour se contrôler.

— Cette discussion concerne l'équipe, dit-il d'une voix menaçante. La prochaine personne à faire une remarque déplacée aura une leçon particulière dans l'art des coups bas.

Un silence tendu tomba. Judy le rompit en s'écriant :

— Claire a raison, Tucker fait un boulot formidable. Moi, j'apprécie beaucoup ce que Frankie a appris auprès de lui.

Elle sortit d'un groupe et, s'adressant directement à Tucker, elle confirma :

— Ne change rien à ce que tu fais.

Le visage de Tucker s'apaisa un peu. S'adressant de nouveau à toute l'assemblée, il dit très fermement :

— Je n'apprendrai pas de mauvais coups à vos fils. Je veux qu'ils abordent le sport dans les règles, d'une façon loyale et en s'amusant. Je tiens à ce qu'ils sachent prendre du recul par rapport à la victoire et la défaite. Ce n'est pas ce que vous leur souhaitez ?

— Non ! cria une voix. Et ce n'est pas comme ça que vous jouiez. Vous étiez une terreur.

— Vous voulez que vos gosses soient des terreurs ? demanda Tucker d'une voix méconnaissable. Vous voulez qu'ils jouent comme moi ? Vous en êtes bien sûrs ?

Il secoua la tête, comme pour en déloger des images trop douloureuses.

— A cause de ma façon de jouer, un brave gars ne peut plus pratiquer le sport qu'il aimait. Un autre homme a failli mourir à cause de mon sale caractère. C'est ça que vous voulez pour vos garçons ? Vous voulez les transformer en brutes ?

D'une détente incroyablement rapide, il se retourna et lança son poing dans le mur. Le geste était chargé d'une telle violence que Claire en eut le souffle coupé. Elle recula, les yeux ronds, le cœur battant à se rompre. Cet homme n'était pas le Tucker qu'elle connaissait, mais un inconnu terrifiant.

— Si c'est ce que vous voulez, vous pouvez chercher un autre entraîneur. Je ne le ferai pas.

Il se fraya un chemin entre les groupes ; la porte extérieure claqua derrière lui. Pendant un instant, personne ne bougea, puis un mouvement s'amorça vers la salle du restaurant.

Claire restait figée à sa place. Les paroles furieuses qu'elle venait d'entendre résonnaient dans sa tête. Tucker avait blessé un joueur, assez gravement pour mettre fin à sa carrière ; un autre avait failli mourir à cause de lui. Une douleur brutale s'installa dans sa poitrine. Elle avait mis son âme à nu devant lui en lui révélant ses secrets les plus intimes. Elle lui avait avoué ce qu'elle s'était promis de ne jamais montrer à personne, et lui... n'avait rien dit.

Ce fut seulement quand tous les autres furent sortis, piétinant un peu dans l'encombrement qui s'était formé à la porte, qu'elle trouva le courage de bouger. Repérant Nick parmi ses camarades, elle lui chuchota :

— Je dois y aller. Tu crois que les Johnson voudront bien te ramener ?

Il leva vers elle un regard heureux.

— Ouais, sûrement !

Donnant un coup de poing dans l'épaule de son ami, il demanda à brûle-pourpoint :

— Je peux rentrer avec toi ?

— Pas de problème !

Claire s'efforça de sourire.

234

— Merci. Nick, on se retrouve à la maison.

— D'ac'.

La traversée de la salle bruyante lui sembla interminable. Elle marchait très droite, s'interdisant de cligner des yeux, déterminée à ce que personne ne la voie pleurer. Enfin, elle atteignit la porte et émergea dans la nuit, une belle nuit d'automne avec une pointe de gel. Les étoiles semblaient toutes proches, et un hibou lançait son appel. Elle trébucha jusqu'à sa voiture, déverrouilla la portière ; elle se croyait sauvée quand une main se posa sur son bras.

— Il faut que je te parle, dit la voix de Tucker.

— C'est un peu tard pour cela, répondit-elle sans se retourner.

— Ne dis pas ça...

La main sur son bras se resserra, l'obligeant se retourner.

— Je t'en prie, Claire.

— Très bien, dit-elle en haussant les épaules. Parle.

— Pas ici. Viens chez moi.

Quand il voulut la prendre dans ses bras, elle résista. Elle ne voulait plus qu'une chose : rentrer chez elle, panser ses plaies en privé. Mais il avait capturé son regard et refusait de le lâcher.

— Très bien, dit-elle enfin. Je te suis dans ma voiture.

— Il vaudrait mieux que tu ne conduises pas. Viens avec moi. On reviendra chercher ta voiture.

Sachant qu'elle aurait dû refuser, elle se laissa entraîner vers le pick-up, puis installer sur le siège du passager. Au clair de lune, elle trouvait le visage de Tucker très dur, mais aussi très las et résigné.

Le trajet fut rapide dans les rues désertes. Une fois sur place, il l'entraîna vers l'arrière de la maison, se laissa tomber sur les marches de la véranda et l'attira près de lui.

— Je suis désolé pour ce que ce crétin a dit sur toi.

— C'est une petite ville, soupira-t-elle. Tout se sait.

— Oui…, dit-il, le regard fixé sur le jardin noyé dans la nuit. C'est le mauvais côté de cette existence.

Il y eut un silence, puis il se tourna vers elle.

— Je t'ai fait peur, n'est-ce pas ?

— Peur ?

— Quand je me suis mis en colère. Quand j'ai cogné le mur.

Sa bouche se crispa et il reprit d'une voix contenue :

— C'était moche, et quand j'ai vu ton visage… Tu avais l'air horrifiée. Et maintenant, tu as peur de moi.

— Non. Non, je n'ai pas peur, murmura-t-elle. Je sais que tu ne t'en prendrais pas à moi…

— Je m'arracherais le bras pour ne pas te faire du mal.

— Je sais, répéta-t-elle.

— Alors… pourquoi es-tu si bouleversée ?

Il ne comprenait pas. En voyant son air égaré, elle eut encore plus mal.

— La scène était pénible, dit-elle très bas, mais ce n'est pas ce qui m'a bouleversée. Tu avais raison, les autres disaient des bêtises inacceptables.

— Alors pourquoi as-tu l'air si triste et… vaincue ?

— Tu ne le sais pas ?

— Je pensais que c'était parce que je t'avais fait peur.

— Non. Non, ce n'était pas ça.

Il posa sur elle un regard si tendre qu'elle mit un instant à recouvrer sa voix. Cette fois, les larmes débordèrent. Elle balbutia :

— Quand comptais-tu me révéler tes secrets ? Me parler de l'homme que tu as blessé, et de l'autre qui a failli mourir ?

Incapable de le regarder plus longtemps, elle se prit le front à deux mains, et frotta les yeux de ses paumes.

— Je me suis mise à nu devant toi, je t'ai dit des choses dont je n'avais jamais parlé à personne… Je croyais te connaître de façon intime, mais je crois que pour toi, l'intimité s'arrête à la peau.

Un silence chargé s'abattit sur eux. Au bout d'un instant, il articula tout bas :

— Je ne suis plus le même homme. J'ai changé.

— Et tu as cru que je ne saurais pas faire la différence ?

— Bon sang, Claire ! J'avais peur que tu ne veuilles plus me revoir ! Après ce que tu m'as dit de ton enfance... Je ne voulais pas te perdre.

Son bras se glissa autour de ses épaules. Elle aurait aimé accepter ce réconfort ; le cœur brisé, elle se remit sur ses pieds.

— Je te faisais confiance, Tucker. Je n'aurai jamais peur de toi, mais je crois bien que je ne te connaîtrai jamais réellement non plus.

— Tu veux que je te dise, pour Ted et pour Carl ?

Elle secoua la tête.

— Ça ne s'exige pas. Ce n'est plus un cadeau quand ce n'est pas donné librement.

Les larmes l'étouffaient. Elle se détourna en chuchotant :

— Je veux rentrer chez moi.

Après un très long silence, il se leva et prit sa main dans la sienne. Et malgré tout, elle s'y accrocha.

Le parking de Sparky était presque vide. Immobilisant le pick-up près de sa voiture, il se tourna vers elle. Quand il la prit dans ses bras, elle ne résista pas. Son baiser avait un goût de désespoir ; les yeux ruisselants, elle s'écarta enfin et il la lâcha à regret.

— Ce n'est pas terminé, Claire. Je ne renoncerai pas à toi.

Elle secoua la tête sans le regarder et descendit très vite. Il regarda la petite voiture filer vers la sortie, s'immobiliser un instant dans un éclair de ses feux d'arrêt, puis virer à droite et disparaître.

20.

Le lendemain matin était un samedi. Renonçant à travailler, Claire s'installa sous la véranda avec un livre. Malheureusement, c'était un roman d'amour. Elle le referma vite. Si elle lisait ce genre d'histoire, elle aurait envie de pleurer et, après cette nuit, il ne lui restait plus de larmes.

Nick ne semblait se douter de rien. C'était étrange, alors que son propre monde s'effondrait, de le voir dévaler les marches en sifflant, tout heureux. Tout en vidant une boîte de pâtée dans le bol de Joe, il n'avait cessé de parler de son but. Quand il sortit pour aller retrouver ses copains, elle avait le visage douloureux à force de sourire.

La maison entière vibrait de la présence de Tucker, et elle n'aurait pas supporté d'y passer la journée ici. Le visage levé vers le soleil d'automne, elle chercha désespérément une activité susceptible de la distraire de ses pensées. Ne trouvant rien, elle s'apprêtait à rentrer dans la maison pour chercher un autre livre quand le téléphone sonna.

— Allô ?

Un long silence lui répondit.

— Allô ? répéta-t-elle.

Cette fois, elle entendit une respiration tremblante.

— Claire ? Ici Andrea Vernon.

— Andrea ? Tout va bien ? demanda-t-elle très vite.

238

— Pas très bien, dit la jeune femme à voix basse. Vous pourriez venir ?

Sans écarter le téléphone de son oreille, elle se précipita pour prendre ses clés de voiture.

— Mais physiquement, ça va ? insista-t-elle.

— J'ai besoin que vous veniez, répéta la voix à son oreille.

— J'arrive tout de suite.

Son sac, ses clés… La pharmacie ? Non, elle n'avait pas le temps. Refermant la porte d'entrée derrière elle, elle proposa :

— Quittez la maison, et mettez-vous à marcher vers le bourg. Je vous rejoins dans quelques minutes.

— Je ne peux pas partir, chuchota la jeune femme. Il faut que vous veniez ici.

— Roger est dans la maison ?

— Vite.

Un déclic étouffé, puis la tonalité. Oh, Seigneur… Dans quel état était-elle ? Elle courut vers sa voiture.

Moins de dix minutes plus tard, elle se garait devant la maison qu'elle partageait autrefois avec Roger. Les souvenirs déferlèrent sur elle en images disparates, chacune illustrant une humiliation, une douleur physique ou un moment de désespoir. Aucune importance ! Roger ne pouvait plus rien contre elle, mais il faisait encore souffrir Andrea. Ravalant son angoisse, elle descendit de voiture et se hâta vers la porte.

Le battant s'ouvrit avant qu'elle puisse sonner. Andrea se tenait sur le sol, livide, les yeux élargis de terreur. Deux traces de coups décoloraient le côté gauche de son visage.

— Venez, partons, dit Claire.

— Non. Il faut que vous entriez.

Un instant, les yeux de la jeune femme dérivèrent sur le côté. Une inquiétude subite paralysa Claire.

— Roger est à côté de vous ? demanda-t-elle sans bouger.

— Roger n'est pas ici.

Claire hésita. Tous ses instincts lui criaient de ne pas faire un pas de plus.

— Alors pourquoi ne pas sortir ? demanda-t-elle.

— Vous devez m'aider à faire mes bagages ! s'écria la jeune femme. Je ne sais pas ce qu'il faut emporter.

— Vous n'avez rien à emporter. Ils ont tout ce qu'il faut, au foyer.

— Je veux mes propres affaires, insista Andrea, butée.

Claire se rappelait ce que c'était, de se retrouver seule, sans un seul objet familier.

— Très bien, soupira-t-elle en franchissant le seuil.

La porte claqua derrière elle.

— Bonjour, Claire, dit une autre voix. Je suis content de voir que j'avais eu raison. Tu es parfaitement prévisible.

Derek Joiner s'avança. Elle pensa qu'il devait être fou, car il souriait en braquant une arme à feu sur elle.

— Je t'ai vue parler avec Andrea, et j'ai compris que vous échangiez des souvenirs. Cette sale habitude qu'a Roger de battre ses femmes… J'étais sûr que si Andrea t'appelait au secours, tu arriverais en courant !

— Nom de…

Jetant son marteau au loin, Tucker pressa son pouce meurtri. Le marteau tomba sur l'aire goudronnée devant son garage avec un grand bruit creux — un bruit qui faisait écho au vide qui s'ouvrait en lui.

Quel imbécile il faisait !

Il avait beau tenter de se changer les idées, il ne pensait qu'au désastre. Quelqu'un aurait dû lui apprendre la vie, à coups de marteau s'il le fallait. La veille au soir… Jamais il n'oublierait l'expression de Claire, au moment où il sabordait le plus grand cadeau de son existence. Quelle nuit il venait de passer, rongé par l'angoisse et le chagrin ! Claire avait raison sur toute la ligne, et lui, il se racontait des histoires, se disant qu'il attendait le bon moment pour lui parler de son passé. En fait, il avait peur. Peur de baisser sa garde, peur de lire le mépris ou la peur dans ses yeux. Peur de voir la chaleur et la tendresse disparaître, remplacées par la méfiance.

Par lâcheté, il avait fait un choix calamiteux. En lui cachant la part dont il avait honte, il avait perdu Claire.

Non ! Il ne la laisserait pas partir, il la supplierait à genoux s'il le fallait, mais elle lui reviendrait. Jamais encore il ne s'était humilié devant une femme, mais il ramperait jusqu'à ce qu'elle lui pardonne. A compter de cet instant !

Rapidement, il rangea ses outils, se lava les mains et sauta dans son pick-up. Si elle croyait que c'était terminé entre eux, elle n'avait aucune idée de l'obstination dont il était capable.

Il arrivait à destination quand il reconnut Nick sur le trottoir. Ralentissant, il se pencha par sa vitre pour lui dire :

— Salut, Kendall. Je te dépose quelque part ?

Le garçon leva vers lui un visage tendu et inquiet.

— Vous pouvez m'emmener en ville ?

— Bien sûr. Monte.

Tout en faisant demi-tour, il lui jeta un bref regard.

— Il y a un problème ?

— Tante Claire a disparu.

Il faillit lâcher le volant de saisissement.

— Quoi ?

— Je ne la trouve nulle part. Elle n'est pas à la maison, elle ne m'a pas laissé de mot et elle ne répond pas sur son portable.

— Elle est peut-être juste partie faire une course ?

— Non ! protesta le garçon en secouant vigoureusement la tête. On a un accord…

Sa voix s'étrangla, il avala sa salive avec effort.

— Depuis la fois où je voulais dormir chez Frankie et que je n'arrivais pas à la joindre, on a passé un contrat. Elle a dit que puisqu'elle voulait toujours savoir où j'étais, c'était juste que je sache toujours où la trouver. Si je ne suis pas là quand elle sort, elle me laisse un mot, et elle allume son portable pour que je puisse la joindre. Et cette fois…

— Elle a peut-être oublié ?

Nick lui jeta un regard agacé.

— Quand elle dit qu'elle va faire quelque chose, elle le fait.

— Tu veux qu'on aille parler à la police ?

Le garçon se tassa sur son siège, le regard fixé à sa vitre. Tucker le vit avaler sa salive plusieurs fois, puis il répondit :

— Ouais… La police.

— Broderick, dit le chef de police en prenant la ligne.

— Allô ? C'est la police ?

Sa main se crispa sur le combiné. Dans cette voix, la peur était palpable. A tâtons, il saisit de quoi écrire.

— Oui. Qui parle, s'il vous plaît ?

— Andrea Vernon, chuchota la femme. Il vient d'emmener Claire Kendall. Derek Joiner…

— Que voulez-vous dire ?

— Il l'a obligée à monter dans sa voiture. Il avait une arme.

— Vous êtes sûre ? Vous étiez là ?

La femme à l'autre bout du fil sanglota, proférant quelque chose qu'il ne comprit pas. Puis elle hurla :

— Oui ! Il était chez moi ! Il m'a obligée à appeler Claire !

Posant la main sur le combiné, il cria vers le bureau extérieur :

— Derek Joiner ! Trouvez-moi son immatriculation et le modèle de sa voiture ! Vite !

Se penchant de nouveau sur le combiné, il reprit sa voix la plus rassurante.

— Très bien, madame Vernon, nous commençons les recherches de notre côté. Dites-moi exactement ce qui s'est passé.

D'une voix entrecoupée de sanglots, elle balbutia :

— Derek est venu chez nous. Il voulait parler à Roger. Je lui ai dit qu'il n'était pas là, mais il a demandé s'il pouvait l'attendre. Alors je l'ai fait entrer !

Broderick dut faire un effort surhumain pour ne pas la brusquer. La pauvre femme ne lui disait rien de ce qu'il devait savoir !

— Il m'a frappée, en pleine figure, avec son arme. Il m'a dit d'appeler Claire et de m'arranger pour la faire venir. Je n'avais pas le choix ! Il disait qu'il me tuerait.

— Depuis combien de temps sont-ils partis, madame Vernon ?

— Je ne sais pas très bien. Il m'a interdit de vous appeler, dit-elle d'une voix brisée. Sinon, il dira à Roger que j'ai parlé à Claire.

Le crayon entre les doigts de Broderick se brisa net.

— J'envoie une femme de notre équipe chez vous, madame Vernon. Il faut lui dire exactement ce qui s'est passé. Tous les détails.

Hésitant un instant pour bien choisir ses mots, il précisa :

— Elle pourra aussi vous emmener en lieu sûr, d'accord ?

— D'accord…

Elle raccrocha sur un dernier sanglot. Se précipitant dans l'autre pièce, il ordonna :

— Appelez Kinsey Rohrmann sur sa radio !

Dès que la jeune femme répondit, il prit le micro des mains de la standardiste.

— Kinsey, va immédiatement chez les Vernon.

243

La standardiste lui mit un papier sous le nez ; il lut l'adresse à haute voix et reprit son explication :

— Mme Vernon vient de nous appeler. Elle viendrait d'assister à un enlèvement, et elle aurait été contrainte d'y participer. Essaie d'avoir les détails et rappelle au plus vite.

Il réfléchit un instant et ajouta :

— Je pense qu'il y a un problème chez les Vernon. Fais de ton mieux pour la convaincre de se rendre au foyer des femmes battues.

— Compris, chef. A tout de suite.

La standardiste lui tendait déjà un autre papier : la marque, le modèle et l'immatriculation de la voiture de Joiner.

— Merci, Josie !

Saisissant son couvre-chef, il se dirigea vers la porte en demandant par-dessus son épaule :

— Passez-moi directement toutes les communications en rapport avec les Vernon, Claire Kendall ou Joiner !

— Oui, chef !

Il alla d'abord chez Joiner. Le garage était vide, et personne ne répondit à son coup de sonnette. De plus en plus inquiet, il fila jusqu'à la maison de Claire pour s'assurer que le 4x4 de luxe de Joiner ne s'y trouvait pas, puis il se mit à quadriller la petite ville, vérifiant tous les lieux où pourraient se cacher un fugitif et sa victime. Il ne trouva rien.

Il n'avait aucun élément pour diriger ses recherches. Frustré, il retourna au poste de police. Il descendait de voiture quand il vit Fred Denton sur le trottoir opposé.

— Bonjour, Fred ! dit-il en traversant à grands pas. Vous avez vu Derek Joiner, aujourd'hui ?

Le maire se figea, puis regarda derrière lui comme s'il espérait que le policier s'adressait à un autre. Broderick vit qu'il avait rougi, et que la sueur perlait sur sa lèvre.

— Bonjour, Seth ! Belle journée ! répondit-il en lui tendant la main.

Broderick la prit en plongeant son regard dans le sien, sans parvenir à capturer ses yeux fuyants.

— Pas vraiment, non, dit-il durement. Où est Joiner, Fred ?

— Comment est-ce que je le saurais ? répondit le maire d'un ton un peu aigre. Je ne passe pas mes week-ends avec lui !

Se penchant vers lui, presque nez à nez, Broderick articula :

— Joiner est soupçonné d'un crime. Si vous cachez des informations, vous pourriez également être inculpé.

Le visage du maire se décomposa.

— Vous voulez bien répondre à ma question, maintenant ? reprit Broderick.

— Je n'ai rien eu à voir avec l'accident de la petite Janice ! s'écria le maire d'une voix aiguë. Je ne savais même pas que ce n'était pas un accident, jusqu'à ce…

Il se tut abruptement, la bouche ouverte et les yeux ronds. Le policier n'avait pas prononcé le nom de Janice Kendall !

— Nous parlerons de Janice plus tard, c'est promis ! Maintenant, dites-moi où je peux trouver Joiner.

Le maire se lécha nerveusement les lèvres.

— Je ne sais pas. La dernière fois que je l'ai vu, il partait en voiture.

— Aujourd'hui ?

— Oui. Tout à l'heure, il y a un petit moment.

Le policier se pencha encore plus près ; le maire recula.

— Etait-il seul dans sa voiture ?

— Non. Il y avait quelqu'un avec lui.

— Vous comptez me dire qui c'était ?

— Je… je ne suis pas sûr !

Broderick le fixa sans rien dire.

245

— Je ne sais pas ! éclata Denton. C'était peut-être… c'était peut-être la petite Kendall. L'autre, la sœur.

— Peut-être ? répéta Broderick d'une voix très douce, et avec un regard réellement effrayant.

Perdant tout contrôle de lui-même, le maire se mit à bafouiller :

— Je suis presque sûr que c'était elle. Ces cheveux roux sombres… auburn… on ne peut pas s'y tromper.

— Très bien, Denton, dit Broderick avec un sourire dépourvu de tout humour. En tant qu'ancien chef de police, vous connaissez certainement la procédure. Ne quittez pas la ville, nous aurons encore besoin de vous parler.

Il ouvrait la portière de sa voiture quand il vit Tucker Hall se diriger vers lui à grands pas, Nick Kendall trottant sur ses talons. Tous deux avaient le visage tendu, et l'adolescent semblait malade d'inquiétude. Sans préambule, Hall déclara :

— Nick craint qu'il ne soit arrivé quelque chose à sa tante. Pouvez-vous nous aider à la chercher ?

Broderick lança un regard rapide à Nick.

— Je suis au courant de la situation, dit-il.

— Quelle situation ? Que s'est-il passé ?

Tucker se planta devant lui ; instantanément, Broderick comprit pourquoi on le craignait, au temps où il était footballeur professionnel. D'une voix tout à fait neutre, il répondit :

— On l'a vue sortir de ville dans la voiture de Derek Joiner.

Les yeux de Hall s'assombrirent encore.

— Que faisait-elle avec lui ?

— Je ne peux pas vous le dire.

— Oui, mais vous savez quelque chose.

— Laissez-moi régler le problème, répondit posément Seth. Emmenez Nick chez lui. Je vous appellerai dès que j'en saurai davantage, vous avez ma parole.

Il monta dans sa voiture, et claqua la portière. En démarrant, il vit Hall et le garçon échanger un regard… et se diriger vers le pick-up de Hall. Il espérait de tout son cœur qu'ils suivraient son conseil, mais vu l'expression de l'entraîneur, il ne fallait guère y compter.

Il accéléra. Dès que les dernières maisons de Monroe furent derrière lui, il alluma le gyrophare et sa sirène. Si seulement il avait une idée de l'endroit où trouver Joiner !

21.

Nick… Tucker…

Cette pensée unique était la seule à surnager dans la confusion qui hantait Claire : si Joiner la tuait, Nick serait de nouveau seul, et Tucker ne saurait jamais qu'elle l'aimait.

— Tu es bien silencieuse, fit remarquer Joiner en haussant les sourcils. Quel sang-froid ! J'aime les femmes qui savent se taire.

— Je suis en train de faire quelques rapprochements.

— C'est vrai ? s'écria-t-il, enchanté. Tu veux me dire combien j'ai été malin ?

— Le feu contre la maison, c'était vous, je suppose ?

Il fronça les sourcils, contrarié.

— Tu étais censée croire que c'était le gamin. Tu étais censée te faire du souci pour lui, et oublier un peu Janice.

— C'est aussi pour cela que vous avez parlé à Roger Vernon d'un homme qui prétendait être le père de Nick ?

Il lui jeta un regard surpris.

— Vernon a dit que j'étais son client ?

— Non. Quand j'ai compris que l'homme n'existait pas, je me suis dit que le fameux intermédiaire devait être l'assassin de Janice. C'était une tentative de plus pour nous détourner de nos recherches.

— Tu n'aurais pas dû lancer cet ultimatum à Vernon. Il était complètement affolé quand il m'a téléphoné. J'ai compris qu'il était temps d'organiser un nouvel accident.

Avec un regard en coin, il ajouta :

— Allez, avoue : tu y as bien cru, à un moment, non ?

— Vous êtes un minable, Joiner.

— Je ne fais que protéger mes intérêts, expliqua-t-il en haussant les épaules.

— Mais quels intérêts ? Pourquoi faites-vous ça ?

D'un ton affreusement raisonnable, il répondit :

— Au fond, toute cette sale affaire est ta faute. Tu n'aurais pas dû t'en mêler.

Le regardant bien en face, elle accusa :

— Janice n'a pas quitté la route par accident, n'est-ce pas ? C'est vous qui l'avez poussée.

— Tu es une femme intelligente. Presque aussi intelligente que ta sœur. Et maintenant, tu vas devoir mourir comme elle.

— Mais pourquoi est-elle morte ?

Le visage détendu et presque aimable de Joiner se crispa. En l'espace d'un instant, il devint hideux.

— Elle était comme toi, à fourrer son nez dans mes affaires, à chercher à me créer des ennuis.

Avec un sourire répugnant de cruauté, il ajouta :

— Figure-toi qu'elle a couru tout droit chez Fred Denton. Elle est allée lui dire qu'il y avait un problème avec une demande de zonage… en pleine réunion du conseil municipal ! Elle avait compris que si on changeait le statut de la zone, elle serait exonérée de taxe. Si elle n'avait rien dit, tout serait passé comme une lettre à la poste, mais une fois Fred publiquement informé, je devais faire quelque chose.

— Fred Denton, vous dites ? Il est mêlé à cette histoire ?

— Fred et moi, nous sommes associés dans une petite transaction immobilière, dit-il d'un ton satisfait. Nous avons acheté des terrains en bordure du bourg, et plusieurs promoteurs sont intéressés. Ce serait l'endroit idéal pour un centre commercial.

— C'était pour ça ? demanda-t-elle d'une voix tremblante. Une opération immobilière louche ? Vous avez tué ma sœur pour vous faire quelques misérables dollars ?

— Plus de quelques dollars, Claire ! Denton et moi, nous pouvons nous faire des millions dans cette affaire.

Fronçant de nouveau les sourcils, il bougonna :

— Du moment que nous obtenons l'exonération de taxe…

— Et Janice a tout découvert.

— Elle a dit à Fred qu'elle irait tout droit chez les journalistes ! s'écria-t-il avec un grand geste indigné. Elle prenait des airs outrés. C'est sa faute si elle est morte : elle ne m'a pas laissé le choix. Si les promoteurs avaient eu vent d'un scandale, ils auraient immédiatement repris leurs billes. Ils ont une réputation à protéger !

Claire fit un effort pour détendre ses poings crispés. Ce n'était pas la colère qui l'aiderait, à ce stade. Elle devait réfléchir. Le plus naturellement qu'elle put, elle reprit :

— Je sais que vous l'avez appelée chez elle, ce soir-là. Vous vous êtes servi de son propre poste, au bureau. Comment avez-vous fait pour l'attirer hors de chez elle ?

— Elle était toujours partante pour faire des heures supplémentaires, dit-il avec mépris. Elle voulait payer des études à son fils. Je lui ai dit que j'avais absolument besoin qu'on ramène un dossier de Clinton le soir même, je lui ai promis de la dédommager, et elle a accepté.

— Et ensuite, vous l'avez poussée hors de la route.

Il la regarda d'un air de rancune.

— C'était un tragique accident, jusqu'à ce que tu commences à t'y intéresser. Résultat : maintenant, tu vas avoir un accident, toi aussi.

250

Il rabattit la voiture sur le bas-côté. Avec un spasme de pure erreur, Claire reconnut l'endroit où ils se trouvaient. La petite alaise plongeant vers le lac, l'endroit où Janice avait trouvé la mort ! L'endroit où elle-même avait failli tomber dans les eaux ombres, quinze jours plus tôt.

— C'est vous qui avez failli me faucher, l'autre soir, dit-elle en le regardant dans les yeux.

— Je ne pensais pas que tu serais assez forte pour emonter !

— Vous ne croyez tout de même pas vous en tirer comme a ? s'écria Claire, le cœur battant.

Elle prenait subitement la mesure du danger qu'elle courait. Jusqu'ici, la situation avait un côté si irréel qu'elle ne s'inquié-ait pas vraiment… Pas au moment où elle obtenait enfin des éponses à ses questions ! De toute son énergie, elle s'efforça de lui cacher sa terreur.

— Andrea Vernon vous a vu m'emmener !

— Andrea fera ce qu'on lui dit de faire. Sinon, elle sait bien que je parlerai à son mari.

Il sortit de la voiture, et contourna le capot. Démarrer, puis filer en le plantant là ! pensa-t-elle confusément. Bien entendu, il n'avait pas laissé les clés. Déjà, il ouvrait sa portière et lui saisissait le bras avec un sourire triomphant.

— Non ! cria-t-elle en s'accrochant au volant. Andrea dira tout à Seth Broderick. Elle tiendra tête à Roger !

Avec une force qu'elle n'aurait jamais soupçonnée chez lui, il l'arracha à son siège. Désespérément, elle s'agrippa à la portière.

— J'en doute, répondit-il, pensif, mais merci pour l'aver-tissement. Il vaut peut-être mieux qu'elle aussi, elle ait un accident. Enfin, une chose à la fois. Claire, tu vas de nouveau tomber de la falaise.

Sortant son arme de sa veste, il se mit à la tirer vers la barrière de sécurité. Elle se débattait, traînant les talons dans la poussière ; elle lui résista avec une telle véhémence qu'il se mit bientôt à jurer, le visage rouge, le souffle court. Quand il cessa ses efforts, d'un seul coup, elle tomba à la renverse sur le gravier. Il la dominait de toute sa hauteur, le visage tordu de rage. Prenant son arme par le canon, il la brandit comme une massue.

— Dis bonjour à Janice de ma part, s'exclama-t-il en l'abattant de toutes ses forces.

Le coup visait sa tête ; elle se jeta de côté et il s'abattit sur son avant-bras. Une explosion de douleur lui brouilla la vue ; un instant, elle crut qu'elle allait vomir. Joiner manqua tomber, et battit des bras pour retrouver l'équilibre. Dans sa main, l'arme décrivait des cercles terrifiants. Serrant son bras inerte contre elle, Claire lui lança un coup de pied à l'aine. Un coup trop rapide et mal ajusté, mais qui suffit tout de même à le plier en deux.

Puis ce fut la panique aveugle. Sautant sur ses pieds, elle se mit à le frapper de son bras valide. Elle ne réfléchissait plus, elle cherchait juste à le repousser le plus loin possible, le bourrant de coups de poing, de pied. Tout à coup, médusée, elle le vit basculer. En trébuchant en arrière pour lui échapper, il était passé par-dessus la barrière de sécurité.

Hébétée, elle le vit tomber au ralenti, puis disparaître… Elle se retrouva seule face au vide. Vacillante, les genoux tremblants, elle se raccrocha à la barrière et se pencha autant qu'elle l'osait. Il n'était pas tombé à l'eau mais s'accrochait à la paroi, juste au-dessus des derniers rochers.

Alors qu'elle le contemplait, sans réaction, une voiture fondit sur elle en rugissant. Quelques instants plus tard, Seth Broderick se précipitait à la rescousse.

— Ça va ? demanda-t-il en se penchant pour scruter son visage. Il vous a fait du mal ?

— Mon bras, bredouilla-t-elle. Je crois qu'il est cassé. C'était Derek Joiner... Tout ce qui s'est passé, c'était lui. Regardez, il est là, sur la falaise.

— J'ai vu ce qui s'est passé.

Le visage dur, il se pencha pour jeter un bref regard à l'homme accroché à la roche.

— Il n'ira nulle part, assura-t-il. J'appelle une ambulance pour vous, et ensuite, je m'inquiéterai de le faire remonter.

— Je n'ai pas besoin d'une ambulance, protesta-t-elle.

C'était bizarre : ses dents claquaient. Pourquoi avait-elle si froid, tout à coup ?

— Je n'ai rien, juste mal au bras...

Avant qu'il puisse répondre, elle entendit les portières d'un autre véhicule, puis un cri s'éleva :

— Tante Claire !

Nick courait vers elle à toute vitesse. Il s'arrêta net à un pas d'elle et, sans la toucher, s'écria :

— Ça va ?

Elle réussit à lui sourire en hochant la tête.

— On voyait ce qui se passait, poursuivit-il, au bord des larmes. Sauf dans les virages. On voyait bien qu'on ne pourrait pas arriver à temps. J'ai eu tellement peur...

— Oh, Nick...

Lâchant son bras blessé, elle l'attira contre elle dans un élan de tendresse éperdue. Dire que le pauvre garçon avait assisté à la scène, en pointillés, au hasard des tronçons de cette route sinueuse...

— Je suis contente que tu sois venu à ma rescousse !

Il ferma les yeux en s'accrochant à elle. Elle serra les dents, s'interdisant de réagir malgré la douleur atroce. Quand il enfouit son visage dans son cou, elle sentit ses larmes brûlantes sur sa peau et le berça, puisant un immense réconfort dans la façon dont il s'abandonnait.

Au bout de quelques instants, il recula en passant la manche de son blouson sur ses yeux.

— On t'a vue balancer ce type par-dessus bord, dit-il d'un ton très différent.

L'épouvante reculait déjà, et il commençait manifestement à voir la scène comme un film d'action.

— « On » ? dit-elle vaguement. Tu étais avec Seth Broderick ?

— Non, c'est M. Hall qui m'a emmené.

Tucker était donc là, lui aussi ! Il la dévorait des yeux. Nick ajouta quelque chose, mais elle n'entendit rien : elle courait déjà vers son amour. Il lui ouvrit les bras et la cueillit au vol, en prenant garde de ne pas heurter son bras blessé.

— Oh, Seigneur... Claire ! soupira-t-il. Ne me fais plus jamais une frousse pareille !

Sa bouche s'empara de la sienne pendant un instant brûlant. Fermant les yeux, elle s'accrocha à lui en murmurant son nom.

— Il t'a fait du mal ? demanda-t-il. En dehors de ça ?

Désorientée, elle baissa les yeux vers son bras inerte. Elle n'avait même plus mal ; elle ne sentait plus rien.

— Non, dit-elle vaguement. Il ne m'a rien fait d'autre.

Arrachant la chemise de flanelle qu'il portait par-dessus son sweat, il immobilisa son bras dans une écharpe de fortune. L'étoffe très douce était imprégnée du parfum de sa peau.

— Nous ferions bien de faire venir une ambulance.

Voilà qu'à présent, elle se remettait à grelotter et à claquer des dents.

— Je n'ai pas besoin d'une ambulance, protesta-t-elle avec lassitude. C'est juste mon bras.

— Tu crois ça ? protesta-t-il. Une fois, une seule fois dans la vie, laisse quelqu'un s'occuper de toi.

— Mais je veux bien ! Tu peux prendre soin de moi…, bredouilla-t-elle d'une voix brisée. Mais je veux juste… toi et Nick. Je t'en prie.

Une immense fatigue s'insinuait en elle. Passant son bras valide autour de la taille de Nick, elle l'attira plus près et posa la tête sur son épaule.

— Pas d'ambulance, capitula Tucker. Nick et moi, nous allons t'emmener à l'hôpital.

— Oui, chuchota-t-elle. Nick et toi.

— Dans une minute, dit-il en se dégageant avec douceur. J'ai une dernière chose à faire ici.

Elle aurait aimé le retenir, mais il s'éloignait déjà.

Il attendit que Broderick hisse Joiner par-dessus la barrière de sécurité et lui passe les menottes, puis il ferma le poing, le mit en position derrière son oreille droite… et le laissa retomber. Joiner se tassa sur lui-même, terrifié.

— J'ai envie de t'éclater la tête, Joiner, dit-il très bas. Très, très envie… Mais ça pourrait déplaire à Claire. Tu peux la remercier de t'avoir sauvé la peau.

Il lui tourna le dos et revint vers elle. Elle n'avait pas bougé ; Nick et elle s'accrochaient l'un à l'autre comme deux enfants effrayés.

— On y va, Kendall, dit-il à l'adolescent. Toi et moi, on va s'occuper de ta tante.

Le hall qui faisait office de salle d'attente, aux urgences, mesurait exactement vingt-sept pas de long. Tucker s'arrêta pour prendre un verre d'eau à la bonbonne, puis reprit sa marche de fauve en cage. Perché sur un siège de plastique,

Nick se penchait sur un vieux magazine, dont il ne tourna jamais les pages.

Le médecin les avait autorisés à rester auprès de Clair pendant qu'il l'examinait, mais quand elle partit à la radio, i durent retourner dans le hall. Plus l'attente se prolongeait, pl il lui venait des envies de démolir les murs qui le séparaie d'elle. La présence de Nick l'obligeait à se contenir. Ce derni était déjà suffisamment bouleversé.

Enfin, la porte s'ouvrit et Claire parut, dans un fauteuil roula poussé par une infirmière. Le visage livide, les yeux creux cernés, elle serrait contre elle son bras pris dans un plâtre ve vif. Elle tenait toujours la chemise de Tucker, celle dont il s'éta servi pour confectionner une écharpe provisoire.

Sautant sur ses pieds, Nick se précipita vers elle et s'arrêt un peu intimidé.

— Super plâtre, tante Claire !

— Il te plaît ? répliqua-t-elle avec un pâle sourire. Je voula le rose fluo, mais l'infirmière m'a convaincue que cela n'ira pas avec mes cheveux.

Fourrant les mains dans ses poches, Nick demanda grave ment :

— Ça va ?

— J'ai un peu mal, mais en gros, ça va.

Ils se regardèrent pendant quelques secondes, puis elle s tourna vers Tucker.

— C'est gentil d'avoir attendu, dit-elle tout bas.

— Comme si j'allais m'en aller, protesta-t-il, la gorg serrée.

Il ne voulait plus jamais la quitter des yeux ! Quand i pensait à ce qui aurait pu se passer... Mais elle ne lui avai pas échappé : elle était là, près de lui. Il aurait la chance de lu dire tout ce qu'il ressentait.

— Allons-y, reprit-il avec une tendresse bougonne. On te ramène à la maison.

Quand ils se garèrent devant la maison, une petite foule était rassemblée sous la véranda. Claire se redressa aussitôt, inquiète.

— Qu'est-ce qui se passe encore ?

Avant qu'il puisse mettre pied à terre, le groupe dévala les marches de la véranda, et s'avança vers le pick-up. Judy Johnson ouvrit la portière en s'écriant :

— Claire ! Comment te sens-tu ?

Désorientée, Claire la fixa, puis regarda les autres comme si elle cherchait à les reconnaître.

— Ça ira…, murmura-t-elle. Que font-ils tous ici ?

— Nous avons su ce qui s'était passé. Tout le monde a voulu s'assurer que tu allais bien !

Tucker reconnut plusieurs parents de l'équipe, ainsi que Molly Burns et sa fille, et les voisins les plus proches. La plupart d'entre eux portaient un plat ou un sachet de fruits. Avec un grand geste qui les englobait tous, Judy déclara :

— On a su que tu t'étais cassé le bras. Ce ne sera pas facile de faire la cuisine pendant quelque temps… Alors voilà vos premiers repas.

Claire contemplait toujours la petite foule ; elle semblait avoir perdu l'usage de la parole. Tout à coup, elle se laissa glisser de sa banquette et étreignit maladroitement Judy.

— Merci, chuchota-t-elle.

S'écartant de son amie, elle regarda tour à tour tous ces visages tournés vers elle.

— Comment vous remercier ? C'est…

— Oh, pas besoin de merci, assura une maman. La prochaine fois que quelqu'un tombera malade, ce sera toi qui apporteras quelque chose.

— Nous sommes voisins, renchérit Molly en venant l'embrasser. Les voisins se préoccupent les uns des autres.

Claire s'appuya contre elle, les yeux humides.

— Je ne sais pas quoi dire, et je…

— Tu sauras quand tu auras mangé des lasagnes dix fois en quinze jours ! s'exclama un plaisantin.

Jugeant que le moment était venu d'intervenir, Tucker descendit de sa place, contourna le pick-up et vint passer le bras autour de ses épaules. Elle s'appuya contre lui sans le regarder et Judy se retourna vers la petite foule :

— Je crois que Claire a besoin de s'asseoir. Apportez vos plats dans la cuisine. Molly et moi, nous allons tout ranger.

Alarmé, Tucker se pencha pour étudier son visage. Elle était toute blanche, les traits tirés, les yeux élargis. Et ces cernes ! La soulevant dans ses bras, il se dirigea rapidement vers la maison.

— Elle est fatiguée, dit-il d'une voix rassurante à ceux qui s'écartaient pour le laisser passer. Ce sont juste les cachets qui l'assomment un peu.

La panique le saisit lorsqu'il sentit sa tête rouler sur son épaule. Il espérait bien que ce n'était que le choc, et l'effet des cachets. Il voulait retrouver sa Claire habituelle, celle que rien n'arrêtait !

La déposant sur le canapé, il s'accroupit devant elle. Derrière lui, un flot continu de visiteurs entrait dans la cuisine et en sortait.

— Qu'est-ce que je peux t'apporter ? demanda-t-il très bas.

Sans ouvrir les yeux, elle chercha sa main à tâtons et s'y accrocha.

— Rien. Tu peux rester encore un peu ?

— Il faudrait de la dynamite pour me déloger.

— Merci, Tucker, soupira-t-elle.

Elle reposait contre le dossier, inerte, les yeux clos. Il aurait voulu la happer dans ses bras, la serrer si fort qu'elle deviendrait partie intégrante de lui. Il se contenta de se glisser près d'elle avec des précautions infinies. Avec un gros soupir, elle se blottit contre son flanc.

Les visiteurs commençaient à partir ; dans un coin, Nick s'entretenait avec Caitlyn Burns. Il était très rouge, mais ses yeux brillaient. Déjà un souci en moins : l'adolescent ne semblait pas traumatisé par cette expérience !

Molly partit à son tour, entraînant sa fille qui ne voulait pas partir. Judy émergea de la cuisine en proposant :

— Dites, si j'allais vous chercher une pizza ?

Nick, qui discutait avec Frankie, leva la tête, enchanté.

— Ce serait génial ! s'exclama-t-il.

Puis, avec un regard un peu coupable, il ajouta :

— Enfin, si tu es d'accord, tante Claire…

— Oui, tout à fait, soupira-t-elle sans ouvrir les yeux.

— Nick, si tu venais avec moi et Frankie pour la choisir ? proposa Judy, avec un regard appuyé en direction de Tucker. Je crois que ta tante aurait besoin d'un petit moment de calme.

Nick sauta sur ses pieds. Quelques instants plus tard, ils étaient seuls dans la maison.

Claire ouvrit les yeux.

— J'ai besoin de te parler, dit-elle.

Il sentit ses entrailles se nouer.

— Oui, moi aussi, déclara Nick. Attends, je vais te chercher un verre d'eau… C'est l'heure de ton cachet.

Quand il revint quelques instants plus tard, elle dormait.

Désemparé, il resta planté devant le canapé, son verre d'eau à la main. Il avait tellement besoin de s'expliquer, de lui demander pardon, de lui ouvrir enfin son cœur ! Tant de mots se pressaient dans sa bouche, mais il ne pouvait tout de même pas la réveiller pour lui infliger sa confession !

Très délicatement, il la souleva et l'emporta à l'étage. Sans chercher à lui retirer ses vêtements, il défit les attaches pour qu'elle soit plus confortablement installée, et s'assit près du lit pour la regarder dormir.

Il ne la réveillerait pas, mais il aurait au moins la joie de rester près d'elle. Elle ne serait pas seule, cette nuit.

22.

— Tante Claire ?

La voix l'appelait de très loin. Claire fit un effort pour émerger du brouillard. Ouvrant les yeux, elle finit par distinguer Nick sur le pas de la porte.

Il s'éclaircit la gorge.

— Tu te sens bien ?

Pourquoi lui posait-il cette question ? En faisant un mouvement pour se redresser, elle cogna la joue sur son plâtre. Désorientée, elle contempla son bras, et tous les événements de la veille lui revinrent à la mémoire.

Joiner... Andrea Vernon... Son bras... Tucker et Nick se précipitant à sa rescousse...

Le bonheur s'épanouit dans sa poitrine ; serrant la couette autour d'elle, elle jeta un regard à la ronde, sûre de trouver Tucker à son chevet. Il n'était pas là.

Rejetant la couette, elle jeta ses jambes hors du lit. Son bras protesta, mais ce n'était rien à côté des élancements dans sa poitrine. La veille au soir, il avait promis de ne pas la laisser.

— Tante Claire ? protesta Nick, inquiet. Tu crois que tu dois te lever ? Tu as pas l'air bien...

— J'ai un peu mal au bras, dit-elle en s'efforçant de lui sourire. Et ça n'a rien arrangé de me donner un coup de plâtre...

— M. Hall avait dit de t'apporter ton petit déjeuner au lit.

Un grand espoir se leva en elle.

— C'est vrai ?

— Il a dû partir il y a une heure ou deux, expliqua négligemment son neveu. Il a dit que je saurais prendre soin de toi. Alors, je t'apporte ton plateau ?

— Ecoute, ne te vexe pas, mais je préfère descendre. Tucker était ici… toute la nuit ?

— Ouais…

Gêné, il lui adressa un regard en coin.

— Je voulais rester près de toi, mais il a dit que si je dormais pas, je pourrais pas m'occuper de toi aujourd'hui.

Sa réaction n'était pas raisonnable, elle était certainement excessive… mais elle se sentait déçue ! Il avait prétendu qu'il resterait et n'était pas resté : c'était aussi simple que cela. Elle eut beau se répéter qu'il devait tout de même dormir et préparer ses cours, sa gorge se gonflait de larmes. A tâtons, elle cherchait son peignoir.

La voix inquiète de Nick lui parvint :

— J'ai bien fait de le laisser rester toute la nuit ?

Nick percevait son chagrin sans le comprendre. Dans un élan de tendresse, elle lui ouvrit les bras. Au lieu de se dérober, il se serra contre lui avec emportement.

— Je… Euh… J'ai pensé que c'était O.K. Puisque tu l'avais embrassé…

Il s'écarta d'elle, le visage rouge pivoine. Le cœur serré, elle réussit à lui dire :

— Tu as fait exactement ce qu'il fallait.

Rassuré, il dévala l'escalier en trois bonds. Elle descendit lentement, en s'appuyant à la rampe. De la cuisine, Nick lui parlait à cent à l'heure, égrenant la liste de tous ceux qui étaient passés prendre des nouvelles. Rougissant de nouveau, il annonça :

— Mme Burns et Caitlyn sont venues. Elles repasseront tout à l'heure.

— C'est gentil. Tu veux bien m'aider à ranger un peu, avant qu'elles ne reviennent ?

— Ouais, pas de problème.

Quand elle entra dans la cuisine, elle se sentait déjà épuisée. Lourdement, elle se laissa tomber sur une chaise. Nick la servit et s'assit en face d'elle pour la regarder manger. Manifestement, Tucker lui avait laissé des instructions détaillées : chaque fois qu'elle buvait un peu de café, il sautait sur ses pieds pour remplir sa tasse. Son cœur se gonfla de tendresse pour les deux hommes de sa vie. Tucker n'était pas là à son réveil... mais il s'était assuré qu'on prendrait bien soin d'elle.

— Merci, Nick. Tu me dorlotes.

Qui aurait cru, deux mois plus tôt, qu'elle éprouverait un tel sentiment de plénitude du fait que Nick lui préparerait son petit déjeuner ?

Il haussa les épaules, mais ses yeux brillaient.

— Avec l'entraîneur, on a parlé de ce qu'il te faudrait. Il m'a aidé à doser le café. J'avais plus qu'à mettre la cafetière en route.

Avec un regard en coin, il ajouta :

— Il sait que tu prends du thé, d'habitude, mais il s'est dit qu'il te faudrait du café, ce matin.

Elle lui sourit, émue aux larmes.

— Il me connaît bien..., bredouilla-t-elle.

Un coup de sonnette retentit à la porte d'entrée. Elle se leva d'un élan, se souvint qu'elle était en peignoir et laissa Nick filer à sa place. Quelques instants plus tard, Seth Broderick entrait dans la cuisine. Ravalant sa déception, elle lui tendit la main.

— Bonjour, Seth. Un peu de café ?

Il garda sa main dans la sienne en scrutant son visage.

— Bonjour, Claire. Vous vous sentez mieux, ce matin ?

— J'ai mal partout, mais je sais que j'ai eu beaucoup de chance. Vous êtes arrivé au bon moment !

Il lui sourit amicalement.

— A mon avis, vous contrôliez la situation.

Tirant une chaise près d'elle, il braqua sur elle son regard pénétrant.

— Vous vous sentez suffisamment en forme pour me donner votre témoignage ?

Pendant une demi-heure, elle décrivit les événements de la veille. Il la laissa parler sans l'interrompre, griffonnant des notes. Quand elle termina, il se mit à lui poser des questions, en notant ses réponses. Enfin, il prit le temps de relire sa déposition, réfléchit quelques instants et déclara :

— Cela devrait suffire. Je ferai mettre le texte au propre et je vous demanderai de le signer.

Elle hocha la tête, contemplant le café dont elle ne voulait plus. Se penchant vers elle avec un nouveau regard scrutateur, il reprit :

— Joiner est à la maison de détention du comté. Il soutient que vous l'avez mal compris, qu'il voulait seulement se rendre à l'endroit où Janice était morte. Il est beaucoup moins intelligent qu'il ne le pense. Fred Denton est en train de raconter tout ce qu'il sait, et quand il aura terminé, j'aurai largement de quoi les inculper, tous les deux.

Elle soutint son regard.

— Fred Denton a participé au meurtre de Janice ?

— C'est difficile à dire. Il semblerait que non, mais nous n'avons pas fini de l'interroger.

La bouche dure, il ajouta :

— Même s'il ne l'a pas tuée, il était au courant. Il a de gros ennuis, Claire.

Elle détourna les yeux. Il lui avait semblé qu'elle prendrait plaisir à voir Denton confondu et humilié. En fait, elle ne ressentait que de l'amertume.

— Vous aviez raison, dit-elle. Monroe a réellement changé. Ou alors j'ai changé, moi. Je n'ai plus besoin de voir Denton puni pour l'attitude qu'il avait quand j'étais petite.

— Depuis ce temps-là, il semblerait qu'il a trempé dans plusieurs embrouilles. Je crois bien que nous allons devoir élire un autre maire.

— Et Andrea ? Elle va bien ?

— Elle se trouve au foyer des femmes battues, répondit Broderick avec satisfaction. C'est Joiner qui l'a frappée, hier, mais elle a accepté de porter plainte contre Vernon.

Il fit alors un geste qui la surprit et l'émut profondément. Lui prenant la main, il déclara très gravement :

— Merci d'être allée vers elle. Ma jeune collègue me dit que vous avez confié à Andrea vos propres expériences auprès de Vernon. Il vous a fallu beaucoup de courage.

— J'ai fait de très mauvais choix…, balbutia-t-elle. J'espère qu'Andrea en fera de meilleurs.

— Vous lui avez donné sa chance.

Voyant Nick revenir dans la pièce, il leva les yeux et sourit avec entrain.

— Quand à votre garçon, il a fait tous les bons choix, hier. Il a compris qu'il se passait quelque chose et il a donné l'alerte. Vous pouvez être fière de lui.

— Mais je suis fière ! s'écria-t-elle. Mon garçon est quelqu'un de formidable !

Nick leva les yeux au ciel. Très amusé, Broderick reprit :

— J'espère que tu ne la laisses pas parler comme ça devant les copains de l'équipe ?

— Oh… Tante Claire est cool.

Enchantée, elle se leva pour l'embrasser. Il l'embrassa en retour et quitta très vite la pièce en s'éclaircissant la gorge.

— Je vais vous laisser vous reposer, dit Broderick. Appelez-moi si vous avez besoin de quoi que ce soit.

Elle arracha son regard de la porte par laquelle Nick venai
de disparaître et répondit :

— C'est gentil d'être venu. J'allais passer vous voir dans la
journée…

— Je ne vous aurais pas demandé de vous déplacer. Nous
prenons soin les uns des autres, à Monroe.

Elle l'accompagna jusqu'à la porte. Il était parti depuis
plusieurs minutes qu'elle s'attardait encore, espérant voir le
pick-up de Tucker surgir au coin de la rue. Rien. Elle finit par
se détourner.

— Il reviendra ! dit-elle tout haut.

Sa propre attitude la troublait profondément. Jamais elle ne
s'était senti aussi incertaine, aussi *dépendante*. Oui, il reviendra
sans doute, mais en fait, rien n'avait changé entre eux. Elle lu
avait indiqué clairement qu'elle renonçait à leur histoire. La
veille au soir, il avait promis de rester auprès d'elle, mais cela
ne l'engageait pas réellement : elle était choquée, effrayée, e
il cherchait seulement à la rassurer.

Il était temps pour elle de s'habiller et d'affronter la journée.
Elle se trouva très maladroite, et son bras lui faisait mal quand
elle termina. Au moment de quitter la chambre, elle vit la
chemise de Tucker abandonnée sur une chaise. Une impulsion
irréfléchie la poussa à l'enfiler, à s'enrouler dans la flanelle douce
imprégnée de l'odeur de sa peau. Fermant les yeux, elle respira
profondément et se sentit un peu réconfortée.

Elle était en proie à un état bizarre, à la fois épuisée et incapable de tenir en place. Lentement, elle redescendit. Elle ferait
bien d'essayer de travailler un peu — si elle y parvenait, avec
une seule main. Franchement, l'idée la fatiguait d'avance. Son
travail, si important deux mois plus tôt, n'éveillait plus en elle
aucun intérêt. Ses dossiers ne lui tiendraient pas chaud la nuit,
ils ne la feraient pas rire. Son existence idéalement ordonnée
de Chicago lui semblait tout à coup terne et sans vie.

Elle avait tout de même le pouvoir de faire certains choix, de prendre certaines décisions ! S'installant à son bureau, elle décrocha le téléphone. La conversation fut longue et détaillée, mais quand ce fut terminé, elle put dire :

— Merci, Ken. Essaie de m'avoir ces estimations le plus rapidement possible. Je reviendrai d'ici à quelques jours pour signer les papiers.

En raccrochant, elle sentit une présence derrière elle et se retourna. C'était Nick, qui frottait machinalement les pieds sur le plancher.

— Nick, te voilà... La maison est superbe.

Il avait travaillé d'arrache-pied pour tout ranger en prévision de la visite de Caitlyn.

— Merci, dit-il en s'éclaircissant la gorge. Dis... je pensais...

— A quoi ? demanda-t-elle en se renversant contre le dossier de son siège.

— A mon père. C'était juste un mensonge, mais en fait, je m'en fiche.

Le cœur gonflé de compassion, elle se pencha vers lui.

— Si tu savais comme je regrette ! Tu t'es fait des espoirs, et tu as dû avoir beaucoup de peine.

Il haussa les épaules.

— C'est pas grave. De toute façon, j'aurais pas voulu vivre avec lui.

Son regard dériva de côté et il avoua brusquement :

— Je veux rester avec toi quand tu rentreras à Chicago.

— Tu... Oh, Nick, si tu savais comme cela compte pour moi, d'entendre cela ! Je suis contente. Moi aussi, je veux rester avec toi, mais écoute... Nous n'allons pas rentrer à Chicago, nous restons à Monroe.

Il fronça les sourcils.

— Je t'ai entendue, au téléphone. Tu parlais de ton travai
tu disais que tu rentrais là-bas.

Interdite, elle repassa mentalement la discussion en s
demandant ce qu'il avait pu entendre. Puis son visage se détend
dans un sourire.

— J'y retourne, oui, mais seulement pour quelques jours
Je suis en train de tout organiser pour déplacer le siège de mo
entreprise à Monroe. C'est ici que nous serons le mieux, to
comme moi. Je n'ai plus envie de partir.

— C'est vrai ?

Un instant, son visage s'illumina, puis, presque tout de suit
il se rembrunit.

— Mais ton appartement…

Les lèvres un peu tremblantes, il acheva :

— Tu dis ça pour me faire plaisir, mais je sais bien que t
veux rentrer chez toi.

— Quoi, pour un logement ? Il est agréable, c'est vrai, mai
mon foyer est à Monroe.

Elle parlait avec une conviction absolue : pour une fois dan
sa vie, elle était certaine de faire le bon choix.

— Je peux travailler ici aussi bien qu'à Chicago ! Je m'e
suis bien rendu compte ou cours de ces derniers mois.

Nick s'enflamma à son tour. Sautant sur ses pieds, i
s'écria :

— Mais… mais c'est génial ! Je peux aller le dire à Frankie
Il avait les boules de penser que je partais !

— Bien sûr ! Dis à sa mère que je l'appellerai tout à
l'heure.

Il sortit au grand galop. Un instant plus tard, il repassa l
tête par la porte pour demander :

— Tu es sûre que c'est O.K. si je te laisse ? M. Hall…

— Tu as été parfait, je n'ai plus besoin de rien. File chez
Frankie.

— D'ac' !

Il disparut ; un instant plus tard, elle entendit claquer la porte, puis le tonnerre de ses pas sur les marches de la véranda. Prudemment, elle s'arracha du fond de son siège, serrant les dents pour résister aux élancements de son bras. Automatiquement, ses yeux se tournèrent vers la fenêtre donnant sur la rue. Toujours aucun signe de Tucker.

Et s'il ne revenait pas ?

Elle aurait dû écouter ses explications, l'autre soir. C'était trop injuste de le condamner d'emblée, simplement parce qu'il ne lui révélait pas tous ses secrets. De son côté, il ne lui avait jamais rien demandé, il ne l'avait jamais pressée de se confier ; il la laissait choisir ce qu'elle dirait et à quel moment. Elle aurait dû lui accorder la même liberté, attendre sans rien exiger.

Si elle voulait le voir, elle allait devoir se déplacer... Mais elle ne pouvait pas conduire avec ce plâtre. Frustrée, elle lança un coup de pied dans une basket de Nick, une rescapée du grand rangement qui traînait encore sur le plancher. La chaussure fila heurter la plinthe. Avec un soupir, elle alla la ramasser.

— Quelle maturité, marmonna-t-elle.

Les murs de la maison commençaient à se refermer sur elle ; elle avait besoin de trouver à s'occuper, au grand air de préférence. Elle sortit dans le jardin, y erra un peu au hasard, et réussit enfin à s'apaiser, à genoux dans la terre. En arrachant d'une main les chardons et les mauvaises herbes qui s'insinuaient entre les fleurs, elle regretta que les malentendus avec Tucker ne puissent être éliminés aussi facilement !

— Je tourne le dos quelques heures, et voilà ce que je trouve ! C'est bien la dernière fois que je laisse Nick aux commandes...

La voix de Tucker sembla se lover autour d'elle comme une étreinte. Elle se retourna si brusquement qu'elle bascula sur

269

les fesses. En deux pas, il la rejoignit et se pencha pour l'aid
à se relever.

— Je ne peux pas te faire confiance, alors ? demanda-t-il.

Elle scruta son visage sans parvenir à déchiffrer so
expression. Inquiète tout à coup, elle essuya ses mains sur so
jean et demanda maladroitement :

— Qu'est-ce qui t'amène ?

— Je voudrais te parler.

En voyant la gravité de son expression, elle crut que tou
était perdu.

23.

Il la regardait fixement, comme s'il cherchait une réponse dans son regard. Puis, sans préambule, il commença :

— Ted était dans mon équipe…

D'un geste vif, elle posa les doigts sur sa bouche.

— Attends. Tu n'es pas obligé de me dire quoi que ce soit.

Retirant sa main de ses lèvres, il la serra dans la sienne.

— Tu as le droit de savoir.

— Mais non. Je n'ai aucun droit.

— Tu le penses vraiment ? demanda-t-il avec un regard bizarre.

Le cœur serré, elle hocha affirmativement la tête.

— Tu te trompes, Claire. Tu as le droit de me demander tout ce que tu veux.

— Et qu'est-ce qui m'autorise à m'immiscer dans tes affaires ?

Il l'étudia encore un instant, puis elle vit le coin de sa bouche se retrousser.

— Je crois que tu le sais, répondit-il d'une voix sourde.

Son cœur s'emballa. Elle ne pouvait plus articuler un mot, sa peau la brûlait, sa gorge se gonflait… Penchant la tête, il captura sa bouche de la sienne. Tendresse, chaleur, passion… et promesse !

— Je veux te dire, reprit-il en relevant la tête. Tu as le dro[it]
de connaître ce que j'ai vécu de plus moche. J'avais peur de t'e[n]
parler, peur de ce que je lirais dans tes yeux. Si je me montrai[s]
tel que je suis, je craignais de ne jamais te revoir.

— Je sais qui tu es. Et je…

Redoutant encore de se faire des illusions, elle ravala c[e]
qu'elle allait dire et déclara :

— Je tiens énormément à toi.

— Personne n'a jamais su qui j'étais vraiment, personn[e]
n'a connu celui qui se cache sous l'apparence. Personne ne m'[a]
jamais voulu, moi, avec tous mes défauts. A l'époque, on m[e]
regardait et on ne voyait que la célébrité, l'argent. Je veux êtr[e]
tout à fait sûr que tu me connais, toi.

— Tucker, je te connais ! Tu ne pourras rien dire qui puiss[e]
changer ce que je ressens pour toi.

Il détourna les yeux.

— Tu devrais peut-être écouter ce que j'ai à dire avant d[e]
t'engager.

Il saisit sa main et se mit à l'étudier comme s'il ne l'ava[it]
jamais vue auparavant.

— Tu sais que j'ai un problème avec la colère, tu as pu t'e[n]
rendre compte… Un jour, au temps où je jouais pour Chicago[,]
je me suis énervé à l'entraînement. Contre Ted Bromley, un bo[n]
joueur et un type bien. Je l'ai jeté par terre, si fort qu'il s'es[t]
bousillé le genou. Trois opérations, des mois de rééducation…
Il ne pourra plus jamais jouer. J'ai fichu sa vie en l'air.

Elle retourna sa main entre les siennes pour la serrer à so[n]
tour.

— Si tu veux me parler, dis-moi toute l'histoire. Tu n'as pas
subitement perdu la tête et attaqué le premier venu.

Il releva la tête.

— Comment peux-tu en être aussi sûre ?

— Je te connais, répéta-t-elle. Il t'est sûrement arrivé d'aller trop loin, mais je sais que tu ne t'en prendrais pas à quelqu'un sans raison. Ce Ted, que t'avait-il fait ?

— Quoi qu'il ait fait, il ne méritait pas de perdre son job et la possibilité de pratiquer le sport qu'il aimait.

— Bien sûr que non. Mais toi, tu ne mérites pas non plus de porter toute la culpabilité. Raconte-moi, Tucker… Que s'est-il vraiment passé ?

Il regarda le vide pendant de longs instants, puis lâcha un soupir explosif.

— Il y avait une rivalité entre nous. Même à l'entraînement. Pour commencer, ce n'était pas méchant. Je le heurtais, il me poussait. Je le retenais par le maillot, il me donnait un coup de coude. S'il voulait attraper une passe, j'essayais de l'en empêcher. Puis, de fil en aiguille, ça a viré à la bagarre. Il m'a empoigné par le masque, j'ai perdu la tête et je l'ai plaqué. C'est là que son genou s'est tordu.

— C'était donc en partie sa faute, dit-elle à voix basse.

— Mais moi, j'ai encore pu jouer deux saisons. Lui, il a passé six mois avec des béquilles.

— Chaque footballeur connaît les risques qu'il prend en entrant sur le terrain. C'est bien ce que tu as dit aux parents, au début de la saison ?

Il secoua la tête, le visage fermé.

— Ce n'est pas la même chose.

C'était absurde, mais elle sentait le bonheur éclore en elle. Réprimant un sourire, elle murmura :

— Nous en reparlerons. Que fait-il, maintenant ?

— Il anime une émission sportive à la télé. Il analyse les stratégies des équipes, les performances des joueurs.

— Il aime son métier ?

— Oui. En tout cas, la dernière fois que je lui ai parlé, il semblait satisfait.

— Il a donc trouvé son créneau après sa carrière de sportif. Tout comme toi.

— J'ai choisi de me retirer. Pas lui.

— Vous avez pris votre retraite pour des raisons différentes, mais vous êtes peut-être tous les deux là où vous deviez être.

— Tu sais quoi ? Je crois que je vois ce que tu voulais dire.

— Quand cela ?

— Quand tu disais que tu étais butée comme une mule.

— Oui, et je te conseille de ne pas l'oublier.

Elle le taquinait ouvertement, à présent. Il était revenu vers elle, et elle ne le laisserait plus s'échapper.

— Maintenant, parle-moi de celui qui a failli mourir.

Elle lut un chagrin sincère dans son regard.

— C'est là que j'ai compris que j'avais un réel problème. C'était pendant un match, et un joueur de l'autre équipe faisait des coups bas. Carl Jones.

Il poussa un gros soupir, puis reprit :

— J'aurais dû l'ignorer. Lui tourner le dos et m'en aller. Mais il a fait une sournoiserie de trop et j'ai craqué. Je lui ai foncé dessus et il est tombé si brutalement qu'il s'est cassé deux cervicales. Il est resté plus d'un mois à l'hôpital.

— Et ensuite ?

— Il s'est remis. Il a avoué les plaquages tordus, mais ça ne changeait rien. Là, j'ai su que je devais renoncer au foot. J'avais un problème, et le sport ne faisait que l'alimenter. J'ai passé un accord avec la fédération : j'ai pris ma retraite, et ils ont laissé tomber l'affaire.

— Ça a dû être terrible, dit-elle. Pour lui comme pour toi.

Respirant à fond, elle reprit fermement :

— Tu as eu le courage de reconnaître ton problème. Tu as su prendre le taureau par les cornes, même si cela te coûtait. Je t'aime, Tucker. J'aime tout, chez toi. Ton passé ne me dérange pas ; c'est ce qui a fait de toi celui que tu es aujourd'hui.

Lentement, il se retourna, l'enveloppant d'un regard brûlant. Il semblait ne pas en croire ses oreilles.

— Tu parles sérieusement ?

— Oui. Je t'aime.

Il l'attira dans ses bras, et enfouit son visage dans ses cheveux.

— J'avais une frousse affreuse de t'avoir perdue.

S'écartant de nouveau, il scruta son visage d'un air émerveillé, caressant sa joue, sa bouche, son cou.

— Moi aussi, je t'aime. Je n'imaginais même pas que cela puisse arriver.

Prenant son visage entre ses mains, il demanda :

— Tu veux bien m'épouser ? Demain ?

Emportée dans un vertige de joie, elle s'efforça d'adopter un visage grave.

— Demain ? Je ne sais pas, Tucker... Je ne sais pas si je pourrai attendre aussi longtemps.

Il l'embrassa de nouveau, avec une intensité qui lui coupa le souffle. Soulevant le revers de la chemise de flanelle, il murmura :

— J'adore cette chemise. Quand j'ai vu que tu la portais, j'ai su que j'avais encore une chance. Je me suis dit que tu ne porterais pas ma chemise si tu comptais m'envoyer au diable.

Faisant bien attention à son bras, il l'entraîna vers les marches de la véranda et l'installa près de lui.

— J'ai commencé à chercher un poste de prof à Chicago, annonça-t-il en serrant ses mains entre les siennes. J'ai déjà deux rendez-vous.

— Désolée, dit-elle en empoignant son T-shirt pour l'attirer à portée de baiser. Tu vas devoir annuler.

— Mais pourquoi ?

— Parce que les mariages longue distance fonctionnent rarement. Si tu pars à Chicago, je me sentirai trop seule, ici. Je te veux dans mon lit chaque nuit !

Il la dévora des yeux.

— Est-ce que j'ai dit qu'on se marierait demain ? J'ai changé d'avis. C'est aujourd'hui !

Elle l'embrassa plus passionnément encore.

— Oui…, haleta-t-elle. Aujourd'hui. Tout de suite.

Ses mains se resserrèrent sur ses épaules, et il se retourna à demi vers la maison.

— Où est Nick ?

Malgré le désir incandescent qui la soulevait, elle se força à s'écarter de lui.

— Chez les Johnson. Il reviendra d'une minute à l'autre.

— Encore partie remise ! se plaignit-il en écrasant sa bouche de la sienne.

Il finit par sauter sur ses pieds et s'écarter de quelques pas, en respirant avec effort.

— Il faut que je me change les idées, ou ça va mal se terminer. Dis-moi pourquoi tu veux rester ici. Tu mourais d'envie de rentrer à Chicago !

— J'ai fait des erreurs depuis que je suis revenue, dit-elle, pensive. La plus grande était de refuser de voir cette ville à travers les yeux d'une adulte. Je redoutais de m'engager avec toi parce que cela m'engageait aussi avec Monroe.

Se levant à son tour, elle alla se planter devant lui.

— Maintenant, je n'ai plus peur, et je compte bien m'accrocher à ce que j'ai. Je te veux et je veux cette ville. C'est le meilleur endroit pour Nick, pour toi, et aussi pour moi.

— Tu as une entreprise à Chicago. Moi, je peux enseigner n'importe où.

276

— Je peux déplacer mon entreprise à Monroe, mais je ne peux pas emmener mes amis à Chicago. Ici, j'ai des voisins que je veux apprendre à connaître. Nick a ses amis...

Se haussant sur la pointe des pieds, elle l'embrassa passionnément et conclut :

— Et toi, tu as une équipe qui a besoin de toi. Qui d'autre que toi saurait tenir la bride aux parents ?

Le soulagement, dans le regard de Tucker, était si flagrant qu'un bonheur fou s'engouffra en elle. Il aurait réellement renoncé à tout pour elle, il serait parti à Chicago. Elle lui ouvrit les bras, et il la broya contre elle, lui dévorant la bouche. Leurs cœurs battaient au même rythme, tandis que de petits murmures de plaisir leur échappaient. Quand elle laissa sa main s'égarer du côté de sa ceinture, il l'écarta doucement.

— Ici ? Je suis choqué, mon amour. Que vont penser les voisins ?

— Que j'ai beaucoup de chance, murmura-t-elle en glissant les doigts sous son T-shirt.

— J'ai su que tu étais une femme dangereuse dès l'instant où je t'ai vue. Tu promets que tu me choqueras encore dans cinquante ans ?

— Ça, tu peux y compter.

— Je compte sur beaucoup de choses, murmura-t-il, les lèvres contre sa paume. A commencer par un amour éternel.

La serrant contre lui, il la retourna face à la maison.

— C'est ici que tu veux vivre ? Tu crois que Nick préférerait ?

— Oh, Tucker... Tu quitterais ta maison de rêve pour nous ?

— Sans problème.

Les larmes aux yeux, elle se retourna dans ses bras.

277

— Et tu adores ta maison ! Non, je ne permettrai pas ça. Nous allons recommencer à zéro, loin des souvenirs pénibles de mon enfance.

— Ma maison aurait besoin d'une famille, lui dit-il, les yeux dans les yeux. C'est ce que je veux avec toi. Un foyer rempli d'amour et de gosses.

Frottant doucement ses lèvres contre les siennes, il murmura :

— Nick fera un grand frère fantastique.

— Oui. C'est ce que je veux aussi. Je n'arrive pas à croire que je ne voulais pas revenir ici. Tout ce que je veux, tout ce dont j'ai besoin, se trouve dans ce trou perdu.

— Tu es bien sûre ? demanda-t-il très gravement.

— Sûre. Aussi sûre que de vouloir t'épouser. La chipie de la ville est partie pour toujours.

— Mais j'aime ma chipie, protesta-t-il, l'air peiné.

— Tu devras t'en passer. Je suis une petite provinciale, maintenant et à tout jamais.

Nick émergea du petit bois, vit sa tante dans les bras de son entraîneur et s'arrêta net. Puis, constatant qu'ils l'avaient vu, il s'avança lentement, le visage rouge pivoine.

— Je lui ai donné assez de café, monsieur Hall ? demanda-t-il.

— Absolument. Tu as parfaitement préparé le terrain.

Il y eut un sourire, un clin d'œil, et Nick se détendit, rassuré.

— Je suis revenu parce que j'ai oublié de nourrir Joe ce matin, expliqua-t-il.

— Tu aurais pu m'appeler. Je l'aurais fait.

— Ça me plaît de le faire.

La porte moustiquaire claqua derrière lui, puis le tiroir où l'on rangeait l'ouvre-boîte. Ils l'entendirent appeler son chat.

— C'est bizarre, dit-elle en se dégageant doucement des bras de Tucker. Joe arrive toujours en courant quand elle entend ce bruit.

Elle marchait déjà vers la maison quand Nick cria :

— Tante Claire ! Viens vite !

Echangeant un regard inquiet avec Tucker, elle se précipita à l'intérieur.

— Où es-tu, Nick ? demanda-t-elle.

— Dans ma chambre !

Elle gravit l'escalier au galop, Tucker sur ses talons ; ils poussèrent la porte et s'arrêtèrent net en découvrant le garçon hilare, à genoux devant une pile de linge sale.

— Joe a eu ses chatons ! Regardez !

Elle s'agenouilla près de lui. Quatre chatons minuscules reposaient contre la jolie chatte, un rayé orange, un rayé gris qui ressemblait exactement à sa mère, et deux noir et blanc. Joe braqua un regard méfiant sur les humains, puis se détourna pour lécher le chaton le plus proche avec un regard très doux.

— On peut les garder ? demanda Nick. S'il te plaît !

— Cinq chats, c'est beaucoup, murmura-t-elle.

— Je ne suis pas sûr que ma maison soit assez grande, ajouta Tucker.

Nick lui jeta un regard perplexe par-dessus son épaule.

— Pourquoi votre maison ?

— Tucker et moi, nous allons nous marier, annonça Claire. Nous allons tous vivre dans la même maison.

Nick se redressa sur ses talons, les fixant tour à tour. Troublée par ce manque de réaction, elle ouvrait la bouche pour l'interroger quand Tucker demanda :

— Ça t'ennuie si j'épouse ta tante ?

— Si ça m'ennuie ?

D'un seul coup, le visage de Nick s'illumina.

— Non ! C'est génial !

Puis, avec un de ses regards en coin :

— Alors, je dois vous dire « tu » ? Et je vous appelle… comment ?

— Je n'y avais pas encore pensé. Je crois que c'est à toi de décider.

— Je peux vous appeler papa ?

Claire vit les yeux de Tucker se mouiller de larmes ; elle pressa sa main et l'entendit répondre d'une voix méconnaissable :

— Tu es un gosse formidable, et je serais fier d'être ton papa.

Le visage de Nick changea. Avec une angoisse subite, il demanda :

— Je vais bien vivre avec vous, hein ?

— Bien sûr ! s'exclama Claire. Nous sommes une famille !

— Alors c'est réglé, décida Nick. On ne peut pas donner les chatons.

Il les fixait d'un air malin. Amusée, Claire demanda :

— Et pourquoi pas ?

— Parce qu'eux aussi, ils sont une famille ! s'écria-t-il, triomphant.

Le bras de Tucker se resserra autour de ses épaules.

— Il est trop malin, ce gosse, marmonna-t-il.

Enchanté, Nick lui sourit.

— Tante Claire a dit la même chose, un jour.

Il se retourna vers les chatons au moment précis où Joe, rassurée, s'allongeait sur le flanc pour les faire téter. Emerveillé par le spectacle, il fit remarquer :

— J'avais encore jamais rien vu d'aussi cool.

En contemplant son jeune visage heureux, Claire sentit son cœur se gonfler de bonheur.

Chère lectrice,

Vous nous êtes fidèle depuis longtemps?
Vous venez de faire notre connaissance?

C'est pour votre plaisir que nous avons
imaginé un rendez-vous chaque mois
avec vos auteurs préférés, vos
AUTEURS VEDETTE dans les
collections Azur et Horizon.

Les **AUTEURS VEDETTE** vous
donneront rendez-vous pour de
nouveaux livres vedette.

Pour les reconnaître, cherchez
l'étoile... Elle vous guidera!

Éditions Harlequin

HARLEQUIN

LE FORUM DES LECTEURS ET LECTRICES

CHERS(ES) LECTEURS ET LECTRICES,

VOUS NOUS ETES FIDÈLES DEPUIS LONGTEMPS?

VOUS VENEZ DE FAIRE NOTRE CONNAISSANCE?

SI VOUS AVEZ DES COMMENTAIRES, DES CRITIQUES À
FORMULER, DES SUGGESTIONS À OFFRIR, N'HÉSITEZ
PAS… ÉCRIVEZ-NOUS À:

    LES ENTERPRISES HARLEQUIN LTÉE.
    498 RUE ODILE
    FABREVILLE, LAVAL, QUÉBEC.
    H7R 5X1

C'EST AVEC VOS PRÉCIEUX COMMENTAIRES QUE NOUS
ALLONS POUVOIR MIEUX VOUS SERVIR.

DE PLUS, SI VOUS DÉSIREZ RECEVOIR UNE OU
PLUSIEURS DE VOS SÉRIES HARLEQUIN PRÉFÉRÉE(S)
À VOTRE DOMICILE, NE TARDEZ PAS À CONTACTER LE
SERVICE D'ABONNEMENT; EN APPELANT AU
(514) 875-4444 (RÉGION DE MONTRÉAL) OU 1-800-667-4444
(EXTÉRIEUR DE MONTRÉAL) OU TÉLÉCOPIEUR
(514) 523-4444 OU COURRIER ELECTRONIQUE:
AQCOURRIER@ABONNEMENT.QC.CA OU EN ÉCRIVANT À:

    ABONNEMENT QUÉBEC
    525 RUE LOUIS-PASTEUR
    BOUCHERVILLE, QUÉBEC
    J4B 8E7

MERCI, À L'AVANCE, DE VOTRE COOPÉRATION.

BONNE LECTURE.

HARLEQUIN.

VOTRE PASSEPORT POUR LE MONDE DE L'AMOUR.

COLLECTION
HORIZON

Des histoires d'amour romantiques qui vous mènent au bout du monde!

Découvrez la passion et les vives émotions qu'apportent à la Collection Horizon des auteurs de renommée internationale!

Captivantes, voire irrésistibles, ces histoires d'amour vous iront assurément droit au coeur.

Surveillez nos trois nouveaux titres chaque mois!

ROUGE PASSION

**De fiévreuses histoires
d'amour sensuelles!**

**De provocantes histoires
d'amour passionnées et
romantiques qu'on lit d'une
seule traite. Aventureuses,
parfois humoristiques, et
sensuelles, elles mettent en
vedette des hommes et des
femmes d'aujourd'hui.**

**ROUGE PASSION...
trois nouveaux titres
chaque mois.**

HARLEQUIN

COLLECTION
ROUGE PASSION

- Des héroïnes émancipées.
- Des héros qui savent aimer.
- Des situations modernes et réalistes.
- Des histoires d'amour sensuelles et provocantes.

LAISSEZ-VOUS TENTER
par 3 titres irrésistibles
chaque mois.

RP-1-R

L'ASTROLOGIE EN DIRECT TOUT AU LONG DE L'ANNÉE.

(France métropolitaine uniquement)

Par téléphone 08.92.68.41.01

0,34 € la minute (Serveur JET MULTIMÉDIA).

Composé et édité par les
éditions Harlequin
Achevé d'imprimer en janvier 2006

BUSSIÈRE

GROUPE CPI

à Saint-Amand-Montrond (Cher)
Dépôt légal : février 2006
N° d'imprimeur : 53043 — N° d'éditeur : 11855

Imprimé en France